El jardín
de las brujas

EL JARDÍN
DE LAS BRUJAS

Clara Tahoces

Papel certificado por el Forest Stewardship Council®

MIXTO
Papel procedente de
fuentes responsables
FSC® C117695

Primera edición: septiembre de 2020

Printed in Spain – Impreso en España

ISBN: 978-84-666-6805-7
Depósito legal: B-8.107-2020

Compuesto en Comptex & Ass., S. L.

Impreso en Black Print CPI Ibérica
Sant Andreu de la Barca (Barcelona)

BS 6 8 0 5 7

Penguin
Random House
Grupo Editorial

Fiant aures tuae intendentes in vocem deprecationis meae.

Ps. CXXIX. V, II.

[Estén atentos tus oídos a la voz de mi súplica.]

Inscripción en la tumba de la IX duquesa de Osuna

No eran ni mucho menos únicamente las masas ignorantes las que seguían fascinadas por los fenómenos sobrenaturales en los siglos XVII y XVIII. Incluso los racionalistas que estaban convencidos de que las nuevas ciencias físicas, descubriendo nuevas leyes, habrían de extender infinitamente el dominio de lo conocido, mantenían aún una curiosidad por el otro lado de la barrera y sentían una inclinación por lo oculto, lo misterioso, lo eterno y obsesivamente desconocido.

EDITH HELMAN

Los jardines se concebían creando efectos psicológicos basados en la misma fuerza expresiva del paisaje.

CARMEN AÑÓN

PRIMERA PARTE

El día de mi nacimiento, mi muerte comenzó su caminata. Camina hacia mí, sin prisa.

JEAN COCTEAU

—¿Está muerta?

—No, tonto... estará dormida o borracha.

—Parece desmayada.

Las voces de unos niños llegaron a mí como un coro lejano.

—Venga, chavales, ¡fuera de aquí! Dejad a la señora en paz. ¿No veis que se encuentra mal?

Alguien me zarandeó agarrándome del hombro.

—¿Está bien? ¿Le traigo otro café? ¿Necesita algo?

Aquella sacudida me devolvió al mundo de los vivos. Y casi preferí no haber regresado. Me recibió un intenso dolor de cabeza. Como pude, entreabrí los ojos y, aunque llevaba gafas de sol, la luz me cegó durante unos instantes. Me iba a estallar la cabeza. Era como si mil agujas se clavaran en mi cráneo, todas al mismo tiempo.

Me costó un rato darme cuenta de dónde estaba. De no escuchar nada, pasé a oírlo todo. Parecía que tuviera un megáfono pegado a los oídos. En torno a mí, el ruido del tráfico, como si se generara en mi propio cerebro, resultaba ensordecedor. Insoportable. Para colmo, todo me daba vueltas y sentía náuseas.

Estaba recostada sobre la mesa de la terraza de un bar, con los brazos estirados hacia delante y la cabeza apoyada sobre ellos. Como pude, alcé la vista hacia mi interlocutor, pero no fui capaz de distinguir su rostro con claridad; lo veía borroso, como si fuera una aparición. Incluso dudé unos instantes. Los ojos me ardían y me costaba mantenerlos abiertos.

—¿Qué... qué? —balbucí.

—Que si quiere otro café. Aunque veo que no ha tocado el que le traje antes.

—¿Qué... qué ha pasado? ¿Qué hago aquí?

El hombre esbozó una media sonrisa, como si supiera algo que yo ignoraba.

—¿No lo recuerda? Madre mía... ¡Menuda tajada!

No entendía a qué se refería. ¿De qué estaba hablando? Me había quedado en blanco. Haciendo un enorme esfuerzo, comprobé que mi memoria solo alcanzaba hasta la noche anterior, hacia las ocho y media, cuando me recogió un coche gris para acudir a la grabación del documental. No recordaba haber bebido alcohol. Pero, a partir de ahí, todo se volvía confuso. Tampoco venía al caso explicárselo a ese hombre. Bastante tenía con tratar de mantener mi cabeza en su sitio, que me daba vueltas como si acabara de bajar de un barco. Además, a él tampoco parecía importarle.

Cuando al fin pude verlo con claridad, lo reconocí: era un camarero —Antonio, creo que se llamaba— de una terraza próxima a mi domicilio. Pero continuaba desorientada. Desconocía cómo y cuándo había llegado hasta allí.

—No... ¿Qué... qué ha pasado? —titubeé.

—Pues, para que no se acuerde, ha debido de ser un señor fiestón —dijo sonriendo.

Era inútil negarlo. No iba a creerme. Ni yo misma lo comprendía. Tenía la boca seca y una sed acuciante, así que le pedí que me trajera una botella de agua y una aspirina. Cuando regresó, aproveché para abordarle de nuevo.

—¿Llegué aquí acompañada? ¿Vine con alguien?

—Sí. A eso de la una bajó de un coche con un tipo alto, joven, con el pelo blanco. La llevaba sujeta del brazo para que no se cayera y ya traía las gafas de sol. Fue él quien le pidió un café doble. Luego se montó en el coche y se marchó. Pensé que habría ido a aparcar, pero ya no volvió. Vaya... la juerga y todo eso está bien, pero, si ese chico era su novio, dejarla así, que ni se tenía en pie... —dijo chasqueando la lengua—. Eso no está bien.

Miré mi reloj. Aún con dificultad, pude intuir que marcaba las cuatro y diez de la tarde.

—¡¿Me está diciendo que llevo aquí desde la una?! —La sensación de pánico debió de reflejarse en mi rostro, porque el camarero, involuntariamente, dio un paso atrás.

—Sí. Empezaba a preocuparme. Usted suele venir aquí y nunca la había visto igual.

—¿Era un coche gris oscuro, de alta gama?

—No me fijé en la marca, pero sí, era un cochazo gris.

Ante la atónita mirada del camarero, me bebí la botella de agua de dos tragos. Le pedí otra, esta vez de litro, y pagué todo, incluido el café doble que no había tocado. Me levanté de la silla agarrándome a la mesa para no trastabillar y me fui a mi casa que, por suerte, estaba a solo un par de manzanas de allí. El camarero, muy amable, se ofreció a acompañarme, pero me pareció que ya había dado la nota bastante y, avergonzada, decliné su ayuda.

Al llegar a casa no aguanté más y tuve que correr al baño a vomitar. Después, me miré al espejo y observé que tenía las pupilas muy dilatadas. Con razón veía borroso. ¿Qué me estaba pasando? ¿Y por qué no recordaba nada de lo ocurrido la noche anterior? Fue ahí cuando empecé a preocuparme por esa laguna en mi memoria.

De pronto reparé en mi móvil. ¿Estaría en mi bolso o lo habría perdido? Fui al salón a buscarlo y, al verlo en el bolsillo interior, respiré aliviada. Aparte de veintitantos mensajes de WhatsApp de diferentes personas, que, desde luego, ni quería ni podía leer en ese instante, y de varias llamadas perdidas, todo parecía en orden. Tampoco me faltaban la cartera ni ninguna otra de mis pertenencias.

Era sábado, así que me tomé otro analgésico, me puse el pijama, bajé las persianas de mi habitación y me acosté con la esperanza de que al despertar el dolor de cabeza hubiera remitido y, sobre todo, de que mi mente hubiera recobrado la claridad perdida. En realidad, no podía hacer mucho más. Tenía la cabeza embotada y no era capaz de pensar. Mi cuerpo estaba derrotado, como si hubiera pasado varias horas en el gimnasio. Necesitaba descansar.

Al poco de tumbarme, el sopor se apoderó de mí y me abandoné a él. Poco a poco me sumergí en la oscuridad más absoluta. Podía sentir mi respiración acompasada mientras me quedaba dormida o, para ser más exactos, me desvanecía.

En mitad del sueño, escuché risas a mi alrededor y observé unos pequeños puntos de luz que iban creciendo a medida que se acercaban a mí, como antorchas en la noche. No sé por qué, pero me produjeron desasosiego; mi corazón se aceleró y mi respiración comenzó a entrecortarse presa de la angustia. Una suave brisa acarició mi rostro y alborotó mi pelo.

Después, de nuevo, oscuridad.

Dolor.

Frío.

Miedo.

Y entonces lo vi... Vi el cuerpo de un bebé, inmóvil, tirado en un jardín.

1

Supe de la existencia de María Josefa de la Soledad Alfonso-Pimentel y Téllez-Girón, IX duquesa de Osuna, cuando tenía seis años. En casa de mis padres había un grabado suyo, realizado por Fernando Selma, basado en un dibujo de Goya de 1794. No es esta, sin embargo, su imagen más conocida, ni en la que, dicho sea de paso, aparece más favorecida, pero es la que había en el vestíbulo.

De vez en cuando, al entrar o salir, observaba el retrato y me preguntaba quién sería aquella mujer tan poco agraciada y por qué ocupaba un lugar en las paredes de nuestra vivienda. Se intuía la figura de una mujer delgada, de mirada inaprensible, con el pelo cardado, que posiblemente fuera una peluca al uso de la época, nariz un poco aplastada, como la de un boxeador, boca pequeña y labios apretados. Aun reconociendo que no era una imagen bella, había algo misterioso y extraño en su expresión. Algo que me atraía. Así me lo pareció en ese momento, y así me lo sigue pareciendo todavía hoy.

Desde niña he sentido curiosidad por todo cuanto me rodea. Un día, justo antes de salir a la calle, pregunté quién era la mujer del retrato. «Es una antepasada tuya», me aclaró mi madre. La respuesta me dejó un tanto confusa, pero como teníamos prisa no pude indagar más. Sin embargo, poco después iba a ocurrir algo que haría que me olvidara de aquella mujer, al menos por un tiempo. Entonces no lo sabía, pero ese iba a ser un día importante en mi vida.

Estábamos citados con dos médicos de la Asociación Española Contra el Cáncer que iban a reconocerme. Aunque hoy es casi imperceptible, nací con la cara marcada. Mi mejilla derecha mostraba una mancha roja de tamaño algo mayor al de una lenteja. No me dolía ni me causaba molestias, pero resultaba incómoda por dos motivos. El primero era que los médicos me advirtieron de que debía tener cuidado de no dañar esa zona con objetos punzantes, ya que podía morir desangrada. Tal cual. Y el segundo era la reacción de la gente. Todo el mundo reparaba en mi marca y hacía siempre el mismo comentario: «Debes de ser una niña muy traviesa. ¡Mira qué golpe te has dado en la cara!». En mi ingenuidad, solía explicarles que se trataba de una marca de nacimiento. Acto seguido, avergonzados, a los adultos se les demudaba el rostro y cambiaban de tema. Para los niños era, sencillamente, un motivo más de burla.

Tras llegar a un piso antiguo y señorial, y reconocerme a la luz de una lámpara que tenía adosada una gran lupa, los médicos me mandaron esperar en la habitación contigua. Recuerdo que el suelo era de parqué y las puertas de cristal esmerilado. Algunas personas me preguntan cómo puedo acordarme de detalles así. No sé por qué, pero lo cierto es que tengo muchos y muy variados recuerdos de mi niñez. Sin embargo, en este caso hubo una buena razón para que no olvidara aquel lugar.

Supuse que esos médicos nunca se habían puesto en la situación de sus pacientes, a la espera de un dictamen, en la sala contigua. De haberlo hecho, se habrían percatado de que las puertas de cristal que separaban los dos ambientes no impedían que se escuchara lo que se hablaba al otro lado.

Y así fue. Escuché que la marca que lucía mi rostro era inoperable y que se iría extendiendo con el tiempo. Esto, sumado a los grandes lunares que había en mi espalda, que también eran de nacimiento, resultaba poco halagüeño. También oí a mi madre sollozar y algunas palabras de aliento por parte de los doctores.

Al salir, quise asegurarme. Haciendo gala de una madurez impropia de una niña, pregunté qué me pasaba. «Nada», respondió mi padre. Interpreté ese «nada» como la confirmación de la gravedad de mi estado. Más tarde supe que pensaban que se trataba de un cáncer de piel.

No sé si este episodio fue el responsable de que a partir de ese día comenzara a hacerme preguntas relacionadas con la muerte, el más allá y el destino. Pero hay una realidad de la que no fui consciente hasta mucho después: no volví a ser la misma. Todo aquello influyó mucho en el desarrollo de mi niñez. Me marcó. Y lo hizo de una manera mucho más profunda que la mancha que lucía en mi rostro.

Cómo saber entonces que esa mujer, esa antepasada que tanto me intrigaba, y que había dejado en un segundo plano, estaba unida a mí por algo que iba más allá del parentesco.

2

Nos unía algo, sí... algo que me ha acompañado desde siempre: el interés y la afición por todo lo relacionado con el misterio. Pero, en aquel tiempo, estaba lejos de calibrar hasta qué punto.

Y es que, desde que tengo memoria, comencé a interesarme por los enigmas, lo extraño, lo insólito, lo secreto y, en definitiva, todo aquello que escape a eso que denominamos «norma». Aún me pregunto si ese creciente interés —no compartido con el resto de mis hermanas— se debió a lo que me había ocurrido en la consulta de los médicos, ya que aquello, lo recuerdo bien, desató en mi interior un tsunami de preguntas sin respuesta. O si, por el contrario, tenía que ver más con otras situaciones que habían acontecido en el seno de mi familia y de las que me fui enterando a medida que me hice mayor.

Posiblemente una de las primeras palabras que aprendí relacionadas con el misterio fue el término «maldición». Procede del latín *maledictio, -ōnis* 'injuria'. Se supone que es una imprecación contra alguien con intención de causarle daño. Por tanto, ser objeto de una maldición se emplea, de manera coloquial, para expresar que esa imprecación, lanzada por un tercero, está causando el efecto deseado, es decir, el mal.

Mi madre la empleaba para referirse a la «maldición de los primogénitos». Temía que se cebara con nosotros como lo había hecho, al parecer, con varios miembros de su familia por rama paterna. Dicho así, podría pensarse que mi madre es una persona supersticiosa. No lo es. Pero entiendo perfectamente que haber vivido de cerca determinados sucesos te lleve a plantearte según qué cosas.

Lo primero que quise preguntarle fue si, de existir una maldición, sabía quién la había lanzado y por qué. La pobre no supo aclarármelo. Después, fui conociendo los detalles y averigüé a qué se refería.

Mi madre parecía estar a salvo al ser la quinta de un total de seis hermanos, aunque quién podía aseverarlo... Mi tío Íñigo, el sexto hijo y, por tanto, el pequeño, había fallecido en un accidente de aviación en el aeródromo de Cuatro Vientos (Madrid) y eso significaba que la desgracia podía acontecer en cualquier momento y del modo más inesperado.

Su triste final, no puedo negarlo, me conmovía y sigue haciéndolo todavía hoy hasta el punto de que fue el detonante para que empezara a plantearme, a muy corta edad, la posibilidad de la existencia del destino. He convivido con esta intriga desde entonces. ¿Habría uno preconfigurado para cada uno de nosotros y él, sin sospecharlo, se habría precipitado inexorablemente hacia el suyo? Para no generar especulaciones, lo más adecuado en estos casos es remitirse a los hechos.

Mi tío Íñigo estaba obsesionado con volar desde niño. En la familia todavía conservamos algunos dibujos en los que plasmó aviones e incluso se autorretrató vestido de piloto. Por rama materna casi todos los hermanos, incluida mi madre, tenían gran habilidad para el dibujo.

Cuando fue mayor, intentó ingresar en una escuela de pilotos por todos los medios disponibles a su alcance. Y fue allí donde al final halló la muerte el mismo día de su matriculación. Sí, ya sé que suena de película.

Su muerte, analizada con frialdad, se había ido gestando tras un cúmulo de casualidades fatales que se inician cuando fue licenciado antes de tiempo del servicio militar por méritos propios. Debido a su edad, ya no podía optar a convertirse en piloto militar. Por tanto, su única opción era adentrarse en la aviación civil. La perentoriedad por cumplir su sueño fue tal que se vio impelido a pedir un préstamo a sus hermanos, entre ellos a mi madre, para poder matricularse, ya que mi abuela se había negado a que cursara estudios de piloto. De ahí que el tiempo se le hubiera echado encima.

Ella, no sé realmente el motivo —y me temo que hoy ya no puedo averiguarlo—, estaba convencida de que su hijo se iba a matar en un avión. Y al observar que sus ansias iban en aumento en lugar de disminuir, como habría deseado que ocurriera, decidió oponerse de manera frontal, prohibiéndoselo.

Es sabido que este tipo de estrategias no suelen dar buenos resultados, así que a Íñigo no le quedó otro remedio que actuar a sus espaldas. Pero ella, que era muy sagaz, lo averiguó... Cuando mi abuela se enteró de que sus hermanos le habían prestado el dinero que ella le había negado, le instó a que lo devolviera no sin antes lanzar una escalofriante sentencia: «Estás obsesionado con volar y sé que te vas a matar. Por eso voy a darte el dinero yo misma, porque no quiero que esto caiga sobre la conciencia de tus hermanos».

Por desgracia, sus palabras no pudieron resultar más premonitorias.

No pilotaba él, lógicamente. Lo hacía el instructor de la escuela y jefe de Vuelos, quien también falleció en aquel funesto accidente. Ocurrió el 26 de junio de 1969. Íñigo tenía veinticinco años.

Los hechos se desencadenaron con rapidez. Aquella tarde Íñigo solo había ido a matricularse, pero el azar quiso que se encontrara con un compañero y el instructor de vuelo. Al saber que acababa de inscribirse, quisieron que se estrenara aquel mismo día y que calmara un poco sus ansias de volar. De hecho, según me ha contado mi madre, a la que todavía le cuesta hablar sobre esto, cuando llegó se estaban quitando los monos de aviación. Entonces decidieron que Íñigo se pusiera uno y recibiera su primer paseo por el cielo.

Y despegaron... O, al menos, lo intentaron.

En el accidente —que se produjo sobre las siete menos cuarto de la tarde— el aparato, matrícula EC-BPO, modelo AISA I-11B, perteneciente al Real Aeroclub de España, fue a parar unos doscientos metros fuera de la pista del aeródromo y quedó completamente destrozado, esparciéndose sus restos por un amplio radio.

Las víctimas son el instructor de la Escuela de Pilotos y jefe de Vuelos y el alumno don Íñigo Escrivá de Romaní Ubarri, de veinticinco años, que por primera vez había montado como aprendiz en el aparato, que pilotaba el instructor, piloto también de helicóptero...

ABC, 27 de junio de 1969

Me cuesta escribir sobre esto porque, a pesar del tiempo transcurrido, sé que mi madre aún lo tiene presente y, en algún momento, va a leer estas líneas. Desde entonces siente aprensión por todo lo que suponga un desplazamiento —no solo los que implican coger un avión, también los viajes por carretera—. Pese a todo, se ha subido a aviones en infinidad de ocasiones. Lo que le ocurre es un temor —muy comprensible, por otro lado— a que alguien la llame por teléfono diciéndole que ha ocurrido algo terrible.

Ella cuenta que recuerda muy bien lo sucedido, las horas previas a la muerte de su hermano, porque sintió un extraño hormigueo que solo ha vuelto a experimentar en una ocasión más. Una especie de presagio indefinido que desde su interior le gritaba que algo no iba bien. Es más, intentó distraerse, hacer algo esa tarde para no quedarse en casa; no podía estar inactiva.

Como me resulta complicado narrar estos acontecimientos familiares, he preferido ceñirme a la información pura y dura.

Para mi familia, la muerte de Íñigo llegó en el peor momento, si es que existe uno bueno para que sobrevenga algo así. Mi abuelo materno, José María Escrivá de Romaní Roca de Togores, había fallecido tan solo unos meses antes, en mayo de 1968, el día del cumpleaños de mi hermana mayor Sofía. No llegué a conocerlo. Y el hermano mayor de mi madre, el primogénito, había muerto tres meses antes del accidente, en marzo de 1969. Ambos por enfermedad.

Mi abuela materna nunca se recuperó de estos duros golpes y, por lo que sé, tampoco volvió a ser la misma. Cuando empecé a tratarla, aunque era demasiado pequeña para saber los motivos, siempre me pareció una mujer triste. Se limitaba a esperar la muerte. Pero su final no llegaría hasta mucho después.

Cuando yo era niña aún salía de casa para visitarnos, pero llegó un momento en el que dejó de hacerlo y permaneció durante años en esa situación de inactividad. Era una persona deprimida, sin alegría, que trataba de disimular el dolor que, sin duda, la acompañó durante el resto de su existencia.

Al que ya sentía por la muerte de mi abuelo y de su

hijo primogénito, había que sumar la del hijo pequeño, totalmente inesperada, a la que además habría que añadir —supongo yo— un aderezo de impotencia y culpabilidad. Y es que ella no solo la había vaticinado con una exactitud escalofriante, que ni siquiera hoy alcanzo a explicar, sino que, en cierta forma, la había precipitado al ser quien le dio el dinero para que mi tío acudiera aquella tarde a enfrentarse a ¿su destino?

La pregunta lógica que me surgió al conocer esta historia familiar fue esta: ¿de no haberle dado mi abuela el dinero, se habría matado de igual modo o todo el escenario mortuorio se habría visto alterado y pospuesto, concediéndosele una segunda oportunidad?

A medida que fui creciendo, el conocimiento de todos estos datos me obligó a formularme preguntas para las que no estaba en absoluto preparada. Por ejemplo: ¿por qué mi abuela estaba tan segura de que Íñigo iba a morir en un avión? ¿Significaba eso que había un destino prefijado, al menos en lo tocante a la muerte, y que había personas capaces de atisbarlo? ¿Cómo era posible que una persona, que solo había acudido a matricularse, acabara así? ¿Obedecía todo a un gran cúmulo de casualidades fatales? No hallé respuestas y nadie fue capaz de proporcionármelas.

Hoy sigo sin tenerlas.

En este caso es importante remarcar que mi tío no pilotaba el AISA I-11B. De haberlo hecho, podríamos barajar la teoría de la profecía autocumplida para explicar el accidente, que es lo primero que dicta la lógica ante un suceso así. Dicho mecanismo psicológico podría haber generado que mi tío, influido por el funesto vaticinio lanzado por mi abuela, se hubiera estrellado. Pero me temo que aquí no nos sirve.

En cualquier caso, perder a un marido y a dos hijos en el transcurso de un año no es un plato fácil de digerir y puedo dar fe de que mi abuela nunca lo superó. Y mi madre creo que tampoco, aunque siempre ha sido una mujer muy fuerte —más de lo que ella seguramente cree— y se ha sobrepuesto a estos y otros acontecimientos a lo largo de su vida. Sí sé que después de estos sucesos, durante mucho tiempo, se vio asaltada por pesadillas. Soñaba con muertos con frecuencia. En una de estas pesadillas veía un enorme pájaro con las alas carbonizadas tumbado sobre una camilla. Creo que el sueño es revelador y no necesita una interpretación adicional.

Pese a todo, la «maldición de los primogénitos» —que tanto temía mi madre— o la «maldición», a secas, no hundía sus raíces exclusivamente en los hechos que acabo de explicar... Había otros, pero no supe de ellos hasta mucho más tarde.

3

La maldición.

Siempre he pensado que la manera más eficaz de expulsar a los demonios que nos persiguen es arrojar luz sobre ellos. Pero, claro, aunque, en mi opinión, la maldición no era tal, estamos hablando de hechos que sí ocurrieron en mi familia, no de recursos literarios ni de tramas salidas de la imaginación de esta escritora; sucesos auténticos, vidas truncadas y, en definitiva, dolor. Créanme cuando digo que mi imaginación, aunque activa, no habría podido fantasear tanto, y de haberlo hecho, no habría resultado creíble. La diferencia es que en este caso está todo documentado.

Como expliqué antes, aparte de los ya expuestos, mi madre tenía otros motivos para temer a la supuesta maldición familiar. A medida que me hice mayor, empecé a entreverlos. Sin embargo, no fue hasta que me planteé volver a escribir este libro —es la segunda vez que lo intento— cuando al dedicarme a organizar la información y darle forma pude vislumbrar toda su dimensión. No puedo ocultar que, de madrugada, en la soledad de mi despacho, un escalofrío me recorrió el cuerpo.

Y es que, por la rama materna, varios miembros de la familia han acabado su existencia de manera trágica y, en otros casos, prematura, debido a diversas enfermedades. Comentaré brevemente algunas de estas muertes procurando establecer un orden lógico.

Empezaré diciendo que mis bisabuelos eran Bernardina Roca de Togores Téllez-Girón[1] y José María Escrivá de Romaní Fernández de Córdova. Mi abuelo, José María Escrivá de Romaní Roca de Togores,[2] era el segundo hijo de este matrimonio.

El primer hijo, por tanto, el primogénito, tuvo a su vez un hijo primogénito que murió a consecuencia de un accidente de coche.

Como ya comenté, mi abuelo José María venía después. Se casó en 1927 con mi abuela y tuvieron seis hijos. Mi abuelo falleció joven, en 1968, por enfermedad.

Su hijo primogénito falleció unos meses después, en marzo de 1969, también por enfermedad.

El segundo hijo de mis abuelos murió en 2005, por enfermedad. Había tenido cuatro hijos. El primer varón, por tanto, el primogénito (aunque no el mayor de los hijos),[3] falleció en 2001, con cuarenta años, por enfermedad.

1. Condesa de Oliva (1868-1942).
2. Maestrante de Valencia.
3. Antiguamente, el primogénito era el hijo mayor de los varones. A las mujeres no se las tenía en cuenta. Hoy esto ha cambiado.

El tercer hijo de mis abuelos falleció en 2015, también por enfermedad.

El cuarto hijo falleció en 2006, por enfermedad. Su hija mayor falleció en 2016, por enfermedad. Mi madre era su madrina.

La siguiente en la lista es mi madre, la única mujer y la que aún vive de los seis hermanos.

Para finalizar estaba Íñigo, el hermano pequeño, que se mató en un accidente de aviación en 1969.

Me he detenido más en mis tíos y primos por ser a quienes más conocí, pero si retomamos la línea de los hermanos de mi abuelo materno, el goteo de muertes continúa...

El siguiente hijo después de mi abuelo, es decir, el tercero, también perdió a un hijo primogénito que falleció en un accidente de submarinismo cuando tenía veintisiete años.

La siguiente hermana de mi abuelo era una mujer y le seguían otros dos hijos, que fueron fusilados en 1936, ambos el mismo día, dos meses después de estallar la Guerra Civil. Tenían veintiséis y treinta y cuatro años, respectivamente.

Luego venía otra hija, que perdió a una niña de corta edad.

Y, a continuación, el pequeño, que falleció en un accidente de automóvil en 1934, con veintiocho años, poco antes de contraer matrimonio.

Al enumerar lo que antecede, se justifica sobradamente el temor de mi madre. Poco me parece para lo que le ha tocado vivir. Ella no afirma que todo esto se deba a una maldición ni mucho menos —me gustaría dejarlo claro—, pero esa palabra se ha utilizado siempre en casa al enterarnos del fallecimiento prematuro o accidental de algún familiar, ya que, por desgracia, hemos llegado a ver la muerte como algo casi cotidiano.

Aún matizaría un par de cosas más sobre este tema.

La primera es que, aunque inicialmente se especulaba con la supuesta «maldición de los primogénitos», lo cierto es que no solo afectaba a los hijos mayores, por lo que al final la «maldición de los primogénitos» se transformó en «la maldición». A secas.

Y la segunda es que al hablar de maldición nos referíamos a las muertes prematuras en el seno de la familia, sí, pero sin hacer distinción entre enfermedad o accidente. Para nosotros era lo mismo, porque el hecho es que se producían muertes de personas jóvenes a las que, en teoría, no les tocaba fallecer.

Puedo entender la preocupación que debieron de sentir mis padres, en especial mi madre, tras la visita a los dermatólogos de la Asociación Española Contra el Cáncer. Ya que, desgraciadamente, la palabra «cáncer» también ha perseguido a nuestra familia sin tregua.

Por mi parte, aunque mi carácter cambió, seguí haciendo vida normal porque me encontraba bien. Al final llegué a la conclusión de que si la marca de mi rostro era inoperable, ¿qué podía hacer yo, excepto aprovechar el tiempo? Pero también sé que en mi subconsciente había algo que me frenaba. Subyacía y de vez en cuando mandaba una señal, una especie de alarma que me invitaba a desistir ante proyectos a largo plazo. El peligro nunca llegó a ser real —lo cierto es que no tenía cáncer de piel, ¡se habían equivocado!—, pero durante mucho tiempo viví como si lo fuera. Como es lógico suponer, eso me condicionó. No tomé plena conciencia de todo esto hasta hace poco.

Las cosas empezaron a mejorar cuando cumplí doce años. No sé de qué modo, pero la famosa marca se desvaneció de manera espontánea, casi «milagrosamente», de un día para otro. Por la cara interna de la mejilla se mantiene o al menos la siento al pasar la lengua por esa zona, aunque dejó de ser visible en mi rostro.

Al principio, confieso que no me lo terminaba de creer. Pensaba que cualquier día al despertarme y mirarme al espejo la vería de nuevo, porque lo que habían dicho es que acabaría extendiéndose... ¿Cómo podía haber desaparecido sin más? Se me olvidaba que ya no la tenía y me costaba asimilarlo, pero la verdad es que, literalmente hablando, dejé de ser una persona marcada.

Poco a poco comencé a sentir que la fortuna empezaba a fijarse en mí. O... ¿quizá lo había hecho mucho antes y no era consciente? Resultaba comprensible que, con toda esa preocupación encima durante años, hubiera olvidado un episodio trascendente que sí podría haber terminado con mi vida.

No sé precisar si fue antes o después de aquella visita a los médicos, aunque es seguro que debió de ser por aquellas fechas cuando estuve a punto de morir ahogada en un parque infantil, es decir, con seis o siete años.

Aquel día habíamos ido al Club de Campo de Torrelodones, una localidad próxima a Madrid. Mi hermana Sofía y yo pedimos permiso a mis padres para ir a los columpios que había en el recinto. Una vez allí jugamos en el tobogán y en otros divertimentos para niños. Había uno, llamado «castillo», que consistía en escalar una estructura de hierro bastante alta. No era como las que hay en la actualidad. Visto ahora con perspectiva, aquel era un entretenimiento arriesgado, tal vez por eso lo terminaron eliminando de los parques.

La estructura estaba coronada por dos semicírculos, también de hierro, que visualmente se asemejaban a los de la escalerilla de una piscina, pero más finos y con menor separación entre aro y aro. Pues bien, escalé el castillo, como había hecho otras tantas veces, y no sé cómo introduje la cabeza entre dichas anillas con tan mala suerte que perdí pie y mi cuerpo quedó colgando, sujeto solo por la cabeza. De repente, advertí que mi propio peso se había convertido en un lastre. Literalmente, me ahogaba. Lo peor es que no podía articular palabra, ni siquiera para gritar y alertar a mi hermana de lo que ocurría. Además, por esas cosas de la vida... en el parque, en ese instante, no había nadie excepto nosotras.

Sí, le debo la vida a mi hermana.

Sofía, aunque era un poco mayor que yo, tampoco tenía edad suficiente para darse cuenta de lo que estaba sucediendo. Jugaba abajo, en la arena, de espaldas a mí, ignorante de lo que ocurría unos metros por encima de ella. Y yo la veía desde arriba sin poder hacer nada, solo agitar las piernas en el vacío.

No obstante, debo confesar que, pasada la angustia inicial, viví esta situación con cierto desapego, como si no fuera yo quien protagonizara la escena, como si se tratara de una película. No sé si la falta de oxígeno tuvo algo que ver, pero sentí que me iba y tampoco me importó. Con esto último quiero decir que me invadió una suerte de laxitud mental, de resignación ante lo que parecía inevitable. Sin embargo, mi parte física se resistía dando patadas al aire.

Quizá extrañada por mi silencio, mi hermana al fin miró hacia arriba, en mi dirección, y ella, que es muy inteligente, advirtió algo anormal. Después, me ha comentado que fue el color de mi rostro, que cambió y se tornó púrpura. Entretanto, yo continuaba dando patadas al aire tratando de volver a tomar contacto con la estructura metálica, pero era difícil hacerlo en una situación de tensión como aquella.

De pronto, Sofía salió corriendo y desapareció. No recuerdo con precisión lo que ocurrió después; tal vez mi memoria ha querido bloquearlo por algún motivo, pero sé que mi hermana avisó a un guarda que andaba por la zona, y enseguida aparecieron también mis padres, que no se hallaban lejos.

Fue el guarda quien a toda prisa escaló hasta mí y me auxilió, sacándome de aquel trance. Así que, después de todo, tenía que dar gracias por estar viva. Me había enfrentado cara a cara con la muerte y había vencido. La maldición, si es que existía, no había podido conmigo. O quizá me había dejado vivir en compensación por todo el mal causado. No solo no estaba maldita sino que además la suerte parecía estar de mi parte.

Lo que ignoraba es que la supuesta maldición era mucho más antigua... Como un ser antediluviano, hundía sus raíces en el pasado, y permanecía conectada con la mujer del grabado que había en las paredes de la casa familiar.

—¿Papá tampoco va a volver? —preguntó la niña mientras entre varios sirvientes terminaban de ponerle la mortaja a su padre.

—No, hija. Me temo que no —contestó doña Faustina con mirada ausente. Sus ojos estaban fijos en la ventana. Tal vez intentaba bañarlos con la escasa luz que penetraba a través de ella. No podía dejar de pensar en el futuro incierto que se les avecinaba a las tres—. Ve haciéndote a la idea.

La niña, delgada y feúcha, apretó con fuerza la mano de Francisca, su hermana pequeña, como si al hacerlo pudiera ahuyentar el miedo que se había apoderado de su corazón. Era la única hermana que le quedaba. Y temía que ella también se fuera para siempre.

Josefa, a quien todos llamaban Pepita, acababa de cumplir once años y, aunque destacaba por su inteligencia, no alcanzaba a entender por qué todos a los que amaba se iban. Era incapaz de comprender la esencia última de la muerte y su crueldad. Lo habían hecho primero tres de sus hermanos, entre los que se encontraba Antonio, el primogénito, que siempre la hacía reír con sus bromas y le acariciaba el pelo cuando la niña se enfadaba por alguna tontería. Al morir, su padre le reveló que ella era ahora la primogénita y que, por tanto, debía cuidar de Paquita. Pero su progenitor no pudo explicarle qué pasaría si, llegado el caso, él también tuviera que marcharse para no regresar.

Lo cierto es que Francisco de Borja, su padre, algo había intuido acerca de su propia salud, pues tan solo quince días antes de ese frío y triste 9 de febrero de 1763, había acudido a una escribanía a firmar unos poderes para su esposa. Quería que ella se convirtiera en curadora, administradora y general gobernadora de las personas, bienes y rentas de sus dos hijas menores.

Por desgracia, su preocupación tenía un motivo más que fundado.

Hacía unos meses que no se encontraba bien, situación agravada, sin duda, por la pérdida de sus tres hijos mayores. Solo le quedaban las pequeñas, que, por algún motivo, parecían más fuertes. Acaso habían salido a doña Faustina, su mujer, a quien él consideraba una dama de hierro. Lo había comprobado en multitud de ocasiones durante sus largas ausencias debido a su labor profesional en la corte como mayordomo y gentilhombre de Carlos III. En esos períodos, su esposa, tutelada por un administrador, había sabido llevar la Casa de Benavente con destreza, combinando esa función con sus tareas como camarista al servicio de la reina. Pero, en efecto, ese malestar que sentía se debía a algo. Finalmente los peores presagios se cumplieron y Francisco de Borja falleció.

A continuación, entre cuatro personas, agarraron al padre de las niñas y lo metieron en la caja. Quizá alguien tendría que haberse encargado de que esas dos pequeñas no presenciaran lo que iba a ocurrir en aquel dormitorio; pero no era la primera vez que, Pepita al menos, asistía a ese macabro espectáculo, así que nadie reparó en ello ni las condujo a otra estancia del palacete de la calle Segovia de Madrid.

Las primeras veces que asistió a la ceremonia de la mortaja, Pepita se echó a llorar, pero en esta ocasión estaba más preocupada por Paquita, por cómo pudiera ella vivir ese momento. Era tan dulce y delicada... Toda la belleza y la gracia física que a ella le faltaban, la poseía Paquita. Aunque Pepita solo era una niña, ya sabía que la inocencia y el ánimo de su hermana se iban a ver trastocados para siempre por este acontecimiento.

Lo sabía porque a ella le había ocurrido así.

Pepita había dejado de ser una niña a raíz de la muerte de sus hermanos. Su candor se había desvanecido y no quería que a su hermana le pasara lo mismo que a ella, que todas las noches, cuando cerraba los ojos, veía desfilar ante sí las imágenes de sus hermanos amortajados metidos en cajas. Los oía gritar, pedir auxilio, rogar que les sacaran de la gélida tierra en la que habían sido introducidos. Los miraba impotente, sin poder ayudarlos. Noche tras noche. Fue así hasta que ella misma contrajo las fiebres. Ahí cayó en una espiral de delirios hasta el punto de que llegó a creer que por fin volvería a encontrarse con sus hermanos.

Pero no.

La muerte no se la llevó.

¿Por qué?

Lo ignoraba, pero estaba convencida de que había un motivo. Un motivo poderoso.

—No mires, Paquita. No mires ahora. ¡Tápate los ojos! —le susurró.

Mas ya era tarde; su hermana tenía los ojos abiertos como platos y la mirada fija en aquella maniobra, como si hubiera caído hechizada ante la escena que se desarrollaba frente a ella.

Pepita también miró. No pudo evitarlo. Y al girar la cabeza hacia su padre, le pareció que movía una mano.

—Mamá, ¿has visto eso? ¡Ha movido la mano!

—No, hija. Eso no es posible —contestó su madre retirando la vista de la ventana por un instante—. Tu padre está muerto. Sé que es terrible, pero cuanto antes lo asumas, mejor será para todas. Dentro de poco tendrás que desempeñar su papel. Ahora eres la mayor y la heredera de todo. Ya te lo explicó tu padre antes de morir.

A la niña eso le daba igual.

—Sí, pero... ¿y si no está muerto? Es que... lo van a enterrar vivo.

—Hija, no me lo pongas más difícil de lo que ya es.

—No, ¡mira!

Pepita soltó la mano de su hermana y se dirigió corriendo hacia el ataúd. En esos momentos los sirvientes acomodaban el cuerpo en su interior, pero la mano amoratada de Francisco de Borja aún permanecía fuera. La niña la tomó entre las suyas con delicadeza. Al hacerlo notó su tacto frío y acartonado. Estaba hinchada y el sello que portaba, con el escudo de la Casa de Benavente, parecía a punto de quebrarse debido a la presión. Sin decir palabra la soltó, pues ella sola se percató de que era imposible que su padre estuviera vivo.

—Ven aquí con nosotras, hija. Ven.

La niña obedeció; regresó junto a ellas y agarró la mano de su hermana de nuevo. Esta vez ejerciendo mayor fuerza, aferrándose a la vida y el calor que le transmitía su pulso vital. La sombra terrible de la pérdida sobrevolaba su alma y se extendía hacia su pequeña hermana como una tormenta a punto de descargar toda su furia. Era a ella a quien debía proteger ahora. ¿Sería ese el motivo por el que aún estaba viva?

—Te ayudaré al principio —dijo su madre interrumpiendo sus pensamientos—. Pero tienes que prepararte para llevar las riendas de esta casa. Buscaremos un buen pretendiente, uno adecuado a tu posición, pero que no destaque en exceso. Con todo lo que vas a heredar no necesitas que sobresalga más que tú. Además, por suerte, eres lista. Así que tiene que ser un segundón. Yo me encargaré de eso, no te preocupes. Eres un poco joven, pero... —dudó unos segundos— quizá no tanto. Yo me casé a los catorce. Verás como todo se arreglará.

La niña no dijo nada, no la escuchaba. Sus palabras le llegaban como un eco vacío y lejano, y no le importaba en absoluto lo que su madre trataba de explicarle. Únicamente podía pensar en el tacto de la mano de su padre y en lo solo que iba a estar por la noche en el interior de esa fría caja.

Cuando por fin cerraron la tapa del ataúd y el rostro de su padre se perdió para siempre, Paquita salió de su hechizo, soltó la mano de su hermana y salió corriendo a abrazarse a la caja. Su llanto rompió el silencio que reinaba en la habitación. Doña Faustina no pudo soportar más la tensión y se desplomó. Un par de sirvientes acudieron con celeridad en su auxilio.

Entonces Pepita no supo qué hacer. ¿Debía ir a buscar a su

hermana para consolarla o quedarse junto a su madre, a la que los criados intentaban reanimar aplicándole unas sales? La vio tan sola y desvalida que se decantó por su hermana. Fue hacia ella y la abrazó con toda su alma, como si así pudiera darle el calor y el amor que necesitaba en ese momento.

—No te preocupes. Yo cuidaré de ti. Te lo prometo —le susurró al oído.

Ignoraba que poco después su hermanita también se iría para siempre, y que su madre y ella se quedarían solas en el mundo.

4

No deja de ser curioso. Después de varios años dedicada a perseguir misterios, me percaté de que el mayor de ellos se escondía justo en mi propia familia. Había estado al alcance de mi mano desde el principio —o eso creía—, pero mi juventud me había impedido verlo. De otro modo, habría centrado mis esfuerzos en descubrir lo que había detrás de una anécdota que me contó mi madre de pequeña.

Francisco de Goya había trabajado para nuestra antepasada. Uno de los retratos que el pintor le realizó no fue de su agrado. Al parecer, no se veía favorecida. La duquesa se molestó tanto que rasgó el lienzo con saña. Al enterarse de lo ocurrido con su creación, Goya se ofendió y en venganza decidió poner la cara de la duquesa a todas las brujas que aparecían en sus obras, deformándola y acentuando aún más su fealdad.

Debido a mi edad, asimilé esta historia como una anécdota familiar más, sin darle mayor trascendencia. Goya era un gran artista, sí. Pero por aquel entonces desconocía la auténtica dimensión de su obra, su importancia universal y por qué no decirlo... su misterio.

Tampoco fui capaz de relacionarla con un genuino y apasionante enigma que tenía como protagonistas a mi antepasada, la IX duquesa de Osuna, su casa de campo y unos enigmáticos cuadros. Y supongo que, de haberlo hecho, tampoco habría descubierto gran cosa.

Pero el grabado colgado en el vestíbulo de la casa familiar tuvo la culpa de mi cambio de perspectiva. Pese a que lo veía a diario, me había olvidado de él por completo. Al final iba a ser cierto aquello de que los grandes misterios se esconden en la luz. Para mis ojos, aquel grabado formaba parte del mobiliario, como un sofá imperio que había en el recibidor o una talla de la Virgen confeccionada con pelo natural que te topabas al entrar y que de noche provocaba más de un susto.

No fue hasta mucho después cuando comencé a interesarme por esta historia, la figura de la duquesa y esos cuadros de los que hablaba mi madre. Para entonces ya no vivía con mis padres, así que empecé a ver los objetos que había en la casa familiar de un modo diferente, casi como lo haría un visitante que entrara por primera vez. Necesité observarlo desde fuera para tomar conciencia del significado de ese grabado. Cuando al fin me centré en lo importante, averigüé que la anécdota no era del todo cierta; se trataba de una historia transformada con el paso del tiempo. Pero, para mi asombro, descubrí que la realidad era aún más intrigante.

Era verdad que los IX duques de Osuna habían sido mecenas de Goya, pero, según pude indagar, su relación con el pintor en absoluto había sido insatisfactoria. De hecho, fue Goya quien inmortalizó a la duquesa y a su familia en un cuadro maravilloso que hoy se conserva en el Museo del Prado.[4] Me atrevería a decir incluso que fue él quien realizó su retrato más cautivador y brillante, en el que se aprecia mejor su elegancia y su esencia.[5]

Los duques de Osuna eran buenos pagadores, así lo atestiguan las facturas del pintor y los libramientos de pago de los duques. De no haberlo sido, este podría haberse convertido en un motivo de disputa, pero no era el caso. Además, solo en la casa de campo de los duques, situada en la Alameda de Osuna, entonces a las afueras de Madrid, había más de una veintena de cuadros del pintor. Por tanto, la teoría del descontento de la duquesa tampoco tenía sentido.

Así pues, ¿cuál era el origen de la leyenda familiar? ¿Y de dónde surgía la relación del rostro de la duquesa con las brujas?

La clave estaba en estas últimas.

Sí, en las brujas.

Entre los numerosos encargos que los Osuna le hicieron a Goya, hubo uno muy especial que ni siquiera

---

4. Francisco de Goya, *Los duques de Osuna y sus hijos* (1788), Museo Nacional del Prado.

5. *María Josefa de la Soledad Alfonso Pimentel, condesa-duquesa de Benavente, duquesa de Osuna*. Goya, 1785. Colección particular.

ellos sospecharon que, con el tiempo, se convertiría en un tema universal. Los duques —aunque todo parece indicar que fue ella— encargaron a Goya una serie de cuadros que aparece referenciada tanto por el pintor como por sus mecenas con el intrigante título de «Asuntos de brujas» y que están fechados entre 1797 y 1798. Son seis lienzos de pequeño tamaño (todos miden 42 × 30 cm) que sirvieron para decorar la citada casa de campo, conocida popularmente como El Capricho.

Si hay un arquetipo visual que sirva para representar el diablo y las operaciones mágicas de las brujas, es justo uno de estos cuadros: *El aquelarre*,[6] que tiene al macho cabrío como protagonista absoluto. Tampoco se quedan a la zaga *El conjuro*[7] y *Vuelo de brujas*.[8] Los tres han sido protagonistas de multitud de ilustraciones sobre brujería, satanismo y cuestiones diabólicas: cubiertas de libros, cartelería, cuadernos...

La serie está compuesta por otros tres lienzos más de temática oscura, aunque son menos conocidos. Me refiero a *El convidado de piedra*,[9] *La lámpara del diablo*[10] y *La cocina de las brujas*.[11]

Estudiando todo esto, deduje que la leyenda familiar guardaba relación con dichos cuadros. Pero había

6. Fundación Lázaro Galdiano.
7. Fundación Lázaro Galdiano.
8. Museo Nacional del Prado.
9. En paradero desconocido.
10. National Gallery de Londres.
11. Colección privada.

un par de elementos más que también eran relevantes. El primero era uno de los famosos *Caprichos* del pintor, concretamente el número 55, *Hasta la muerte*,[12] que algunos expertos relacionan con la madre de la duquesa, popularmente conocida como la «duquesa vieja», doña María Faustina Téllez-Girón Pérez de Guzmán. Representa una sátira sobre las mujeres mayores que intentan conservar la belleza a toda costa, aun a riesgo de convertirse en objeto de las burlas de quienes las rodean. Sin embargo, la mayoría de los estudiosos de la obra de Goya no creen que la mujer que aparece en *Hasta la muerte* sea doña Faustina. Dudan de que Goya se burlara de ella, habida cuenta de las buenas relaciones que, por aquel entonces, el pintor mantenía con la casa de Benavente-Osuna.

De hecho, en cuanto los *Caprichos* estuvieron disponibles para su venta, en 1799, hay constancia documental de que la duquesa se apresuró a adquirir cuatro libros grabados al aguafuerte y varias estampas por mil quinientos reales de vellón. ¿Se arriesgaría el pintor a abrir una brecha con sus mecenas burlándose de la madre de quien pagaba sus facturas y le allanaba el camino en la sociedad madrileña ilustrada de su tiempo? Parece poco probable, porque, además, lo cierto es que Goya continuó trabajando para los duques con normalidad.

12. Aguafuerte sobre papel verjurado, ahuesado (1797-1799).

La leyenda familiar también rezaba que la duquesa, ofendida con el pintor por haberla retratado poco favorecida, terminó acuchillando el retrato. Parece lógico suponer que esta especulación sobre el *Capricho* n.º 55 podría haber generado parte de la leyenda, mezclada con las brujas que Goya sí pintó para mi antepasada. Así pues, el mito parecía desenredarse para dejar paso a la verdad desnuda. No obstante, aún quedaba algo por aclarar: el retrato acuchillado. ¿Existía realmente? Y si existía, ¿quién lo pintó? ¿Fue Goya?

Según pude averiguar, en efecto, existió. Existe, de hecho. Pero no fue un retrato realizado por Goya, sino por el pintor Agustín Esteve, que ejerció como profesor de dibujo de los hijos de la duquesa. Era un retrato de cuerpo entero que presentaba las huellas de haber sufrido cuatro cuchilladas. Así lo cuenta Carmen Muñoz Rocatallada, la condesa de Yebes, que escribió una de las biografías más completas sobre la duquesa: «Esteve había hecho antaño un retrato de la condesa-duquesa, de cuerpo entero, en el que aparecen las huellas de cuatro cuchilladas. Es fama que María Josefa, a quien no agradó el cuadro, apuñaló el lienzo. En la generación inmediata a la suya se tuvo la historia por cierta».[13]

Además, en el catálogo de la antigua casa ducal de Osuna realizado por Narciso Sentenach, se puede leer

13. Carmen Muñoz Rocatallada, *La condesa-duquesa de Benavente. Una vida en unas cartas*, Madrid, Espasa-Calpe, 1955, p. 51.

lo siguiente: «ESTEVE (?). 46. Retrato de la duquesa de Benavente. Cuerpo entero. Obsérvanse en este lienzo cuatro puñaladas que se dice le fueron inferidas por la propia duquesa. Lienzo. Alto, 2,00. Ancho, 1,48».[14]

Todo encajaba... Esteve fue discípulo de Goya y, en cierta forma, quedó eclipsado por él, así que era muy plausible que este hecho generara la confusión que había dado origen a la leyenda.

Al repasar visualmente los retratos de la duquesa realizados por Esteve de cuerpo entero, intuí que podría tratarse de uno publicado por Joaquín Ezquerra del Bayo,[15] y que actualmente pertenece a la colección del duque del Infantado. Si ese fuera el caso, podía entender el disgusto de la duquesa. Sin menospreciar el arte de Esteve, si se compara este retrato con el que Goya hizo, queda mal el primero, de ahí que el cuadro en cuestión sea menos conocido.

Al fin el misterio había quedado resuelto. Con estas pesquisas di por finalizada mi investigación acerca de la historia que me había explicado mi madre de pequeña. Pero ¡lo que son las cosas! A raíz de solucionar este enigma me surgieron nuevas preguntas. Y había

14. Narciso Sentenach y Cabañas, *Catálogo de los cuadros, esculturas, grabados y otros objetos artísticos de la colección de la antigua casa ducal de Osuna*, Madrid, Viuda e Hijos M. Tello, 1896.
15. Joaquín Ezquerra del Bayo, *Retratos de la familia Téllez-Girón. Novenos duques de Osuna*, Madrid, Blass, 1934.

una en especial que me inquietaba: ¿por qué los duques habían encargado unos cuadros de temática tan siniestra a Goya?

En aquel tiempo, me estoy refiriendo al año 2012, trabajaba en la redacción de la revista *Más Allá de la Ciencia* y realizaba mi labor profesional en estrecha colaboración con el hoy afamado escritor Javier Sierra, buen amigo desde finales de la década de 1980, y mi jefe durante varios años. Recuerdo haber comentado con él todo el asunto. Javier, con la lucidez que siempre le ha caracterizado, me dijo algo que no he podido olvidar. Estábamos comiendo en un restaurante situado en la calle Orense, próximo a la redacción. No se llamaba así, pero a nosotros nos gustaba referirnos a él como La Balconada.

Mientras esperábamos a que nos sirvieran el plato del día, hablamos de asuntos relacionados con la revista, sobre posibles temas para los siguientes números, de la ilustración que iba a ocupar la portada de aquel mes y cuestiones por el estilo. Pero la conversación pronto derivó hacia los libros, algo inevitable tratándose de dos escritores. Me gusta comentar mis vicisitudes literarias con él, porque siempre me ofrece una visión amplia de las cosas y un punto de vista acertado ante los dilemas que me surgen.

Aún recuerdo la expresión de sorpresa en su rostro cuando le hablé del grabado y de los descubrimientos que había hecho en torno a mi familia. Javier se quitó las gafas despacio, me miró fijamente y, mientras limpiaba sus cristales, sentenció:

—Aquí hay un misterio. Y no es uno cualquiera, porque te atañe a ti. Deberías escribir un libro contando tus pesquisas sobre tu antepasada.

—¿Tú crees? —repuse con voz vacilante—. No sabría por dónde empezar. Además, ya sabes que estoy con otro libro.

—Eso es lo de menos. Ahí tienes un gran tema —señaló Javier arqueando una ceja.

—No sé si sería capaz...

—¡Excusas! Hazte a la idea de que esta no es una historia más —replicó clavando aún más sus ojos en los míos.

Para quien no conoce a Javier, diré que es casi imposible resistirse al poder de convicción que desprende su mirada.

Luego añadió:

—Este es el libro de tu vida.

Javier tenía razón (como casi siempre). Pero lo que ni él ni yo sabíamos es lo complicada que iba a resultar la investigación para esta obra. Había muchas sombras por despejar y no todas eran figuradas. De haber sabido entonces lo que hoy sé, quizá habría dejado pasar el asunto y me hubiera dedicado a otros misterios más «amables». Porque este solo lo parecía.

En el fondo, aquel día comprendí que mi amigo estaba en lo cierto. Su olfato para detectar buenas historias nunca se equivoca y, por mi parte, había sentido un intenso hormigueo mientras indagaba en esa vieja leyenda familiar. No podía ser casual. No estaba ante un tema más y, de algún modo, ambos lo intuimos.

Merecía la pena intentarlo.

5

Sí, merecía la pena intentarlo.

Debía indagar en la vida de los IX duques de Osuna y averiguar a qué obedecía ese misterioso encargo de temática oscura. Pero pronto descubrí que no iba a resultar fácil y todo se quedó en una tentativa, en un proyecto irrealizable, al menos en ese momento.

Me hallaba volcada en la escritura de otro libro, por lo que no disponía de tiempo material para dedicarme a la investigación histórica que requería un proyecto de esa envergadura. Era un ensayo con una fecha de entrega ya fijada que precisaba toda mi atención. ¿Cómo iba a presentarme ante mis editores de buena mañana para decirles que había resuelto dedicar mis esfuerzos a otra historia que nada tenía que ver con el libro del que habíamos hablado en un principio? Pensarían que me había vuelto loca.

Jamás había incumplido un plazo; mi trabajo me costaba. El libro que tenía entre manos, ya de por sí, demandaba un gran compromiso, tanto que, como a la mayoría de los escritores en este país, me obligaba a quitarme tiempo de mi ocio y descanso para poder seguir escribiendo y publicando. Es una realidad triste, pero es la que hay.

Tampoco podía, ni quería, olvidar que mi actividad profesional principal estaba en la revista. Gracias a ella pagaba mis facturas, aunque no puedo negar que me encantaba mi trabajo y me sentía privilegiada por dedicarme a algo que me gustaba. Pero, claro, limitaba mis ratos libres.

No obstante, saqué tiempo para realizar algunas averiguaciones y documentarme sobre la vida de los IX duques de Osuna y su relación con Goya en la Biblioteca Nacional. En aquella época no había tanta información sobre los duques como ahora y cualquier gestión llevaba más tiempo del deseado, entre otras razones, porque los escritos que podían ayudarme a entender la configuración familiar eran antiguos y de difícil acceso.

Aquellos días en los que pasé tantas horas en la biblioteca, descubrí que mis antepasados, el matrimonio formado por María Josefa Alfonso-Pimentel y Téllez-Girón y Pedro de Alcántara Téllez-Girón Pacheco eran primos, algo común en su tiempo, pues los matrimonios se concertaban de acuerdo con las familias para mantener su hegemonía. Ella pertenecía a la Casa de Benavente y él a la Casa de Osuna.

María Josefa de la Soledad, o Pepita, como la llamaban sus íntimos, fue la primera mujer en heredar los títulos de su casa, ya que, a la muerte de su padre,

Francisco de Borja Alfonso-Pimentel Vigil de Quiñones, en 1763, no había un varón para hacerlo. No lo había. Pero lo hubo. A buen seguro, María Josefa tuvo que presenciar con impotencia y horror la muerte de dos hermanos y una hermana antes de la de su progenitor. Y después la de la pequeña Francisca. Por tanto, ella y su madre, María Faustina Téllez-Girón Pérez de Guzmán, que era la segunda mujer de Francisco de Borja, se quedaron solas. Cuando esto ocurrió Pepita tenía once años y seguramente no imaginó la que se le venía encima: se convirtió en una de las mujeres más poderosas de su tiempo. Además de XV condesa y XII duquesa de Benavente, hay que sumar otros seis condados, seis marquesados, un vizcondado, seis ducados, dos principados y once señoríos. Fue cuatro veces grande de España y heredó una inmensa fortuna e incontables posesiones, con las obligaciones y privilegios que aquello suponía.

En cuanto a su esposo, Pedro de Alcántara Téllez-Girón Pacheco, era un poco menor que ella. María Josefa había nacido en 1952 y Pedro en 1955. Este último entró al servicio real muy joven, en el cuerpo de Guardia de Corps y, con el tiempo, tras participar en diferentes campañas, fue ascendiendo en la carrera militar. Era sobrino de María Faustina y ella lo escogió como candidato para su hija porque no era el primogénito de los Osuna. Los hijos varones que no ostentaban la condición de primogénitos solían dedicarse a la carrera militar o se tonsuraban. De este modo, quería evitar que los numerosos títulos de su casa pudieran hacer sombra a los de su hija. Procedía de una de las familias de más abolengo de España, como (juzgaba ella) merecía su hija, pero no antepondría su poderío al de María Josefa. Era, por tanto, el pretendiente perfecto porque, además —aunque no era lo relevante en esa época, y me atrevería a decir que más bien era lo de menos—, al parecer, «sentían mutuo aprecio» el uno por la otra. Supongo que, con esta expresión, lo que sus biógrafos quisieron decir es que no se llevaban mal y que tenían cosas en común, porque amor no creo que hubiera.

En cualquier caso, la boda estaba proyectada para el 29 de diciembre de 1771, pero el imprevisible destino tenía otros planes para los contrayentes. Dos meses y medio antes de la boda, José María, el hermano mayor de Pedro, el primogénito de la Casa de Osuna, moría con apenas diecisiete años.[16] Al ocurrir esta desgracia, Pedro de Alcántara heredó numerosos títulos,[17] como el marquesado de Peñafiel (título reservado al primogénito), el condado de Ureña, los señoríos de las villas de Morón de la Frontera, Arahal, Cazalla de la Sierra, Olvera, Archidona, Ortejícar, Tiedra, Briones, Gumiel de Izán, así como la grandeza de España de primera clase y antigüedad, y un largo etcétera que se hace tedioso escribir y más aún leer.

16. El 15 de octubre de 1771.
17. En ese momento no heredó el ducado de Osuna porque su padre aún vivía.

De manera que ambos habían perdido a sus hermanos primogénitos... Recuerdo que me chocó conocer este dato y la presunta maldición regresó a mi cabeza en ese preciso instante, pero al no tener a nadie con quien comentar el asunto, me limité a tomar nota del dato en mi cuaderno de campo. Tal vez ahí empezó a forjarse la leyenda negra.

Debido a esta trágica circunstancia, la boda estuvo a punto de no celebrarse. María Faustina, cómo no, se opuso. Pero los novios se empeñaron en seguir adelante y al final se casaron como estaba previsto. De este modo, se reunieron los títulos de las dos casas: Benavente y Osuna. Los jóvenes esposos se convirtieron en una de las parejas más influyentes, envidiadas y poderosas de su tiempo, aunque ella siguió utilizando siempre el título de su casa: condesa-duquesa de Benavente.[18] Esto da una idea de su carácter.

18. Lo común era adoptar el del marido.

—Hay que suspender la boda —dijo doña Faustina con tono grave.

Al principio Pepita pensó que su madre bromeaba. Aunque, la verdad, le extrañó. Se tomaba su enlace matrimonial muy en serio. Y llevaba tanto tiempo planificándolo que le parecía imposible que le quedaran ganas de hacer chanza sobre ello.

Faustina dejó caer la carta sobre la mesa, como si le quemara en la mano, y se recostó contra el respaldo de la butaca. La joven aprovechó para coger el papel. Quería saber qué decían aquellas líneas que tanto habían perturbado a su madre.

Leyó primero la fecha que había junto al sello de la Casa de Osuna: 15 de octubre de 1771. Es decir, la misiva había sido escrita el día anterior. De hecho, acababa de llegar con un mensajero. Se habían dado mucha prisa en entregarla, así que debía de ser algo urgente. La caligrafía se advertía apresurada y las líneas un poco descendentes, como si hubiera sido escrita con cierto desánimo y precipitación. Estaba firmada por su tío, Pedro Zoilo Téllez-Girón y Pérez de Guzmán el Bueno, que además era el padre de Pedro, su prometido. Ya se disponía a leerla cuando su madre reclamó nuevamente su atención.

—¡¿Cómo la vida puede hacernos esto justo ahora!? —exclamó desconsolada—. Ha muerto José María, el hermano primogénito de tu prometido. ¡A solo tres meses de vuestra boda! Esto obliga a modificar los planes. Hay que cancelar el enlace.

—Qué espanto... No quiero imaginar cómo estará el pobre Pedro —dijo Josefa al enterarse de la triste noticia.

Si había alguien en esa habitación que podía comprender el estado anímico de su prometido era ella. Un dudoso honor que se había granjeado después de perder a sus cuatro hermanos. Por desgracia, sabía con exactitud cómo era la espantosa negrura que acechaba en esos instantes a la mente de su prometido.

—Es una faena —prosiguió doña Faustina, más preocupada por los aspectos prácticos que por la terrible noticia—. Hay que anularlo todo de inmediato.

Su madre pensaba en las consecuencias de ese fallecimiento más que en el hecho en sí de la muerte de su sobrino. Algunos opinaban que era fría como un témpano de hielo, que nada le afectaba. Y aquel comentario podría corroborarlo. Sin embargo, todo se debía a que su ánimo se había curtido a base de golpes. Su piel se había transformado en una coraza que no dejaba traslucir sus sentimientos. Su máxima en la vida era continuar, siempre continuar. A su modo de ver, si no se podía hacer nada por los que ya no están, era preciso seguir caminando.

—¿Cancelar el enlace? Pero, madre... ¿por qué? —acertó a preguntar Pepita.

—Lo sabes perfectamente. No me he gastado una fortuna en tu educación para esto. ¿Es que no te das cuenta? —dijo llevándose las manos a la cabeza—. Ahora Pedro pasará a ser el primogénito de la Casa de Osuna, justo lo que no quería que sucediera. Se convertirá en el marqués de Peñafiel y, por tanto, con el tiempo, en el duque de Osuna. ¡Lo heredará todo! No te dejará brillar, hija. Siempre quedarás por detrás de él. Así que de ningún modo puede celebrarse la boda.

—Pero madre, ya sabes que Pedro es el único pretendiente con el que he desarrollado afinidad. Tenemos los mismos gustos y pareceres. Sin duda es el esposo ideal para mí. Tiene una edad similar a la mía, le gusta la lectura, la música, la pintura... ¡tiene inquietudes! Y quiere formar una familia numerosa, igual que yo. Además, a él no le molesta que estudie y haga mis cosas. Me dará poderes. ¡Sus títulos no serán un escollo! Quizá sea al contrario.

No daba la impresión de que doña Faustina la escuchara. Sus ojos miraban hacia el techo, como si se dirigieran a alguien invisible, que Josefa era incapaz de ver.

—Dios mío, ¿por qué tiene que pasar esto justo ahora? Posees cinco grandezas de España. ¡Cinco! Lo valoré todo y era prácticamente imposible que un candidato estuviera a tu altura. Y ahora ocurre esto. —Miró a su hija y añadió—: Enviaré unas flores con una nota de pésame y haré saber que no es momento para celebraciones, y mucho menos para una boda.

—No, ¡por favor! —rogó la joven—. Quiero casarme con Pedro.

Desde la muerte de Paquita, Josefa se había quedado muy sola. Al final, por más ruegos que le hizo, dio igual: la Dama Sombría había decidido arrebatarle lo que más quería en este mundo y prácticamente lo único que le quedaba: su hermana pequeña. La pobre había muerto poco tiempo después que el resto de sus hermanos. Ahora ella también formaba parte de sus plegarias y su recuerdo flotaba por las noches ante sus ojos sin que pudiera hacer nada por ayudarla, excepto rezar y buscar consuelo para su inocente y desprotegida alma.

Desde luego, si el Altísimo había querido que ella sobreviviera, no era, como había creído inicialmente, para cuidar de su infortunada hermana, pensaba la joven. Pero al menos ahora sabía, o lo sospechaba, que había algo más al otro lado de ese umbral que llamamos muerte. Nunca se lo había contado a nadie, pues quién iba a creerla, pero más de una noche había sentido el hálito vital de Paquita junto al cabecero de su cama. Ello la invitaba a creer que quizá no se había ido del todo. Aunque sabía que nunca tendría pruebas de ello, le reconfortaba el mero hecho de pensarlo.

Josefa quería casarse con Pedro y dejar atrás la soledad acumulada durante años. En él había descubierto a un compañero fiel y divertido, alguien con quien compartir sus penas y alegrías, y que, además, tenía la facultad de hacerla sonreír con facilidad. Y eso no era sencillo. Aunque ella tuviera un hueco de oscuridad en su corazón imposible de henchir, su primo, tres años menor que Josefa, poseía la virtud de mitigar su dolor.

Su madre pasaba más tiempo en la corte atendiendo a la reina que con ella. Era lo normal. Durante años la niña había quedado en manos de nodrizas y maestros. Gracias a su penetrante inteligencia, que todos cuantos conocían a Pepita destacaban, y al gran interés que había mostrado en prepararse para la vida ilustrada, esa pequeña triste, escuchimizada, inquieta y solitaria había aprendido francés e inglés con soltura. Además, sabía escribir correctamente sin cometer una sola falta de ortografía y se había cultivado leyendo cuanto había caído en sus manos. Todo le generaba sincero interés. No, no era una pose como la de otras damas de la sociedad madrileña de su tiempo. Aunque se sentía especialmente fascinada por Rousseau y su visión sobre la naturaleza.

Su madre le había insistido en que debía prepararse para el futuro, que ella no estaría eternamente para protegerla y que, al contrario de lo que hacían otras jóvenes de su condición, que —auspiciadas por sus esposos—, simplemente dejaban la vida correr, no debía depender de ningún varón.

Aun así, su progenitora le arreglaría, como era preceptivo, un buen casamiento.

Sin embargo, los años habían ido pasando y Josefa había cumplido ya los diecinueve. Aún no era mayor de edad, pero el tiempo se le echaba encima. De los nobles en edades casaderas que había disponibles en aquel momento, a doña Faustina la elección de su sobrino Pedro de Alcántara le pareció la más acertada. Era el segundo hijo del duque de Osuna. Por eso había cursado la carrera militar en el cuerpo de la Guardia Real, un destacamento de élite con la misión de custodiar al rey.

Se trataba del candidato perfecto.

Nunca se convertiría en un escollo para su hija ni para ella misma, pues a Faustina le gustaba tener el control de cuanto la rodeaba, en especial, del capital heredado por Josefa tras la muerte de su padre. Acaso como una vía de escape, doña Faustina empleaba más tiempo del deseado jugando a las cartas, muchas veces apostando dinero, que no siempre recuperaba. Rara era la noche que no recibía a sus amigos y a los extranjeros de paso en la corte con este fin. No obstante, se las había arreglado para disponer de unos ahorros, pues le preocupaba su vejez. Era muy consciente de que no siempre podría estar siguiendo a la reina allá donde fuera.

Pero ahora se le planteaba un dilema porque tampoco deseaba que su única hija se convirtiera en una desgraciada. Bastante habían sufrido ya ambas. Así que lo repasó todo de nuevo. Tras darle muchas vueltas, concluyó que tal vez no fuera tan mala idea el enlace matrimonial. Al fin y al cabo, una vez que falleciera el actual duque de Osuna, Pedro heredaría numerosos títulos, tierras y efectivo. Y su hija estaba suficientemente preparada para saber qué hacer con ese patrimonio. Por otra parte, de este modo ella podría tener acceso a una sustanciosa pensión que, por descontado, debería quedar estipulada y firmada en las capitulaciones matrimoniales. Ya se encargaría ella de que así fuera.

La familia del novio adoraba a su hija y estaría de acuerdo con sus condiciones, pues a su casa también se sumarían numerosos títulos y bienes. De hecho, como prueba de buena voluntad hacia los contrayentes podría cederles el condado de Fontanar. Todos quedarían contentos. Juntos se convertirían en la pareja más influyente y poderosa de la nobleza.

Su sobrino era un encanto y siempre había remado a favor de su hija. Era considerado y sensible a sus necesidades y, por algún motivo, estaban unidos intelectual y espiritualmente. Eso era mucho más importante que cualquier otra consideración. Bien sabía ella lo que ocurría cuando nada, excepto un excelso patrimonio y los títulos nobiliarios, unía a los novios.

Doña Faustina no había podido estudiar, como lo había hecho su hija, que se había convertido en una verdadera ilustrada y quizá en la mujer mejor preparada de su tiempo, pero sabía mucho de relaciones interpersonales, pues las practicaba a diario en la corte, donde todo era una gran mascarada. Así que, después de estos pensamientos y de la pausa que habían generado, se incorporó, miró a su hija con fijeza y dijo las palabras que la joven deseaba escuchar.

—De acuerdo. La boda seguirá adelante. Pero se hará bajo mis capitulaciones.

6

Después de numerosas visitas a la Biblioteca Nacional, una tarde, poco antes de la hora de cierre, alguien me tocó en el hombro por detrás. Al girarme vi a un hombre con gafas de montura metálica, pelo oscuro y ralo, repeinado hacia un lado; rostro fino y nariz aguileña. La verdad, tenía pinta de seminarista.

—Disculpe, ¿le interesa este tema, la vida de los duques de Osuna? —preguntó esbozando una sonrisa.

Por lo general no suelo dar muchas pistas de en qué ando metida, y menos a desconocidos, porque la prudencia obliga a ello. Sin embargo, antes de responder a su pregunta, eché una ojeada a los volúmenes que tenía sobre mi puesto en la biblioteca y concluí que era absurdo mentir. Resultaba evidente, así que utilicé una vieja táctica para no descubrir mis cartas del todo: echar el peso de la carga sobre quien formula la cuestión.

—¿Por qué lo pregunta? —Mi respuesta fue acompañada de una expresión inocente.

—Pues porque me he fijado en que lleva varios días viniendo para consultar este tipo de libros —dijo señalando uno de ellos— y me preguntaba qué es lo que busca exactamente. Tal vez pueda ayudarle.

—¿Trabaja aquí?

—Más o menos.

¿Qué clase de respuesta era esa? ¿Trabajaba allí o no? Supongo que notó la desconfianza que, sin querer, se dibujó en mi rostro, porque se apresuró a añadir:

—Oh, no me malinterprete. No quiero parecer entrometido. Hago una suplencia y no he podido evitar fijarme en usted o, mejor dicho, en los libros que ha solicitado.

—¿Y por qué?

—Porque ellos —dijo señalando un grabado de los duques en uno de los libros abiertos—, o más bien ella, fueron los creadores de un lugar maravilloso: el parque de El Capricho. Vivo cerca, en la Alameda de Osuna, y es una pena que no sea tan conocido como otros espacios verdes de Madrid.

Conocía superficialmente El Capricho, la que fuera la antigua finca de recreo de los duques, e incluso lo había visitado en alguna ocasión, pero, la verdad, no sabía gran cosa de él, excepto que los cuadros que mis antepasados encargaron a Goya sirvieron para decorar el palacete que se encuentra en ese emplazamiento.

—Supongo que El Retiro, por su ubicación, tiene muchos más adeptos —comenté abriéndome un poco a la conversación.

—Supone bien. Y es una lástima, aunque imagino que la duquesa así lo habría querido.

—¿Y por qué cree eso...? —pregunté haciendo notar que no me había dicho su nombre. Al tiempo, con un gesto, le invité a sentarse en la silla contigua.

—Hilario... Hilario Martín. Porque, a fin de cuentas, aquella era su residencia privada, su proyecto. Allí pasaba grandes temporadas a refugio de las miradas indiscretas y organizaba tertulias con los personajes más selectos e ilustrados de su tiempo. No sé, pero no creo que, de seguir viva, aprobara que la gente perturbara su particular santuario.

—Parece saber mucho sobre ese lugar. ¿Me puede recomendar algún libro?

—Hay poco escrito. Pero, ya que me pregunta, busque este —dijo anotando algo en un papel—. Por increíble que le parezca, no lo hallará aquí, en la biblioteca.

Hilario miró su reloj, inquieto.

—¡Vaya! ¡Qué tarde! Estamos a punto de cerrar y tengo que hacer cosas antes de irme.

Le di las gracias y me despedí de él. Luego, cuando se alejó, cogí el papel que Hilario había depositado sobre la mesa y leí el título: *El Capricho de la Alameda de Osuna*. Sus autoras eran Carmen Añón y Mónica Luengo. Todavía un poco sorprendida por lo que acababa de ocurrir, guardé el papel dentro de mi cuaderno, recogí mis cosas y me dirigí hacia el vestíbulo. Antes de salir, quise agradecerle, de nuevo, a Hilario la pista bibliográfica, pero ya no lo vi por ninguna parte, así que abandoné el edificio con el firme propósito de conseguir ese libro y también de realizar una visita a El Capricho.

7

¿Qué clase de libro me había recomendado el tal Hilario Martín que no se podía hallar en la mismísima Biblioteca Nacional?

A priori no se trataba de un libro antiguo. Había sido publicado en 2003, así que pensé que no sería difícil dar con él. Pero, una vez más, me equivocaba. Mi intención era adquirirlo, no solo consultarlo, pero no lo hallé en ninguna de las librerías corrientes ni tampoco en las que solía comprar libros raros o de viejo. Ni siquiera pude localizarlo vía internet. Y, aunque Martín había recalcado que no figuraba en la Biblioteca Nacional, al menos quise asegurarme a fin de poder consultarlo. En efecto, así era. En la biblioteca me explicaron que no todos los libros que se publican aparecen en su catálogo, que a veces se producen errores, lo que, para el caso, viene a ser como si el libro no existiera. Que un libro puede estar en sus fondos, pero no siempre figura.

En vista de esto, opté por una medida desesperada y poco usual: localizar a sus autoras. ¡Y funcionó! Por increíble que parezca, fue más fácil dar con una de ellas que con su obra. Acostumbrada a investigar y localizar testigos de vivencias insólitas, fue relativamente sencillo conseguir el contacto de Carmen Añón. Pero, una vez que lo tuve en mi poder, dudé qué hacer. Quizá resultara contraproducente presentarme como descendiente de los duques de Osuna. Mis intenciones podrían malinterpretarse y acaso diese la impresión de que intentaba aprovecharme de esta circunstancia. Tras valorarlo, al final determiné que, en este caso, estaba justificado. A fin de cuentas, mi investigación tenía que ver con los duques. Así que escribí a Carmen Añón.

Su currículum revelaba que se trataba de una mujer preparadísima, una paisajista especializada en jardines históricos y, entre otras muchas cosas, había participado de manera activa en los proyectos de restauración del jardín de El Capricho, al igual que la coautora de su libro, Mónica Luengo, que era su hija. Es más, si hoy podemos disfrutar del jardín de la duquesa, en parte, es gracias a ellas, que trabajaron duro para que así fuera junto a otros muchos profesionales. En ese momento no imaginaba que Carmen recibiría el Premio Nacional de Restauración y Conservación en 2017. Un merecido colofón a su labor profesional.

Me contestó rápido y fue muy agradable. Tras intercambiar varios mensajes de correo electrónico, pude hablar con ella por teléfono. Así descubrí que su libro había quedado en el olvido, metido en cajas, sin llegar a ser distribuido. Una lástima. Carmen se las ingenió para conseguirme uno y dedicármelo. Hoy, al menos, he comprobado que el libro ya puede ser consultado en la Biblioteca Nacional.

Sobre El Capricho, Carmen me comentó que aquel era un lugar especial al que había dedicado muchos años de su vida y por el que sentía debilidad. Al leer su libro advertí que no era solo una forma de hablar. En su obra, Carmen y Mónica habían plasmado todos sus conocimientos sobre el jardín y me atrevería a decir que, hasta la fecha, es lo más completo y exhaustivo que se ha publicado sobre este rincón de Madrid.

Su lectura me animó aún más a visitar el jardín, pero tuve que esperar a que llegara el fin de semana, ya que una de sus particularidades es que solo abre los sábados, domingos y festivos. No es un parque normal, vaya. Para entrar hay que traspasar unos tornos y muchas cosas no están permitidas a fin de preservarlo: llevar comida, acudir con perros, bicicletas, patines, jugar a la pelota. Todo ello da una idea de que no hablamos de un parque cualquiera, sino de un verdadero museo al aire libre con un aforo limitado.

Visto con la perspectiva que permite el tiempo, ahora soy consciente de que cometí un error. Entré como un elefante en una cacharrería. Y El Capricho no lo merecía. Era un «lugar especial», como bien había señalado Carmen Añón. Sí, posiblemente hice lo contrario de lo que la duquesa hubiera deseado. Tengo que reconocer que, en ese instante, pudo más mi ojo periodístico. El error residió en que creía que ese proyecto había que abordarlo como cualquier otro. Y me equivocaba. Era justo lo opuesto. Había que darle tiempo y mimarlo como a un bebé. Se podría decir que, solo cuando he sido consciente de las verdaderas motivaciones que me han llevado a escribir este libro, es cuando he podido hacerlo.

Con esos ojos de informadora, viciados por el desempeño de mi profesión, llegué a El Capricho un sábado a las diez de la mañana acompañada de un frío espantoso. Iba armada con mi cámara de fotos y mi cuaderno, dispuesta a inmortalizar todo el jardín como si al día siguiente fuera a cerrar sus puertas para siempre. Y lo hice, sí. Pero ¿de qué servían esas fotos si no era capaz de ver más allá de lo que tenía ante mis narices?

Porque ese jardín ¡no era un jardín!

A esas alturas de mi vida tenía conocimientos suficientes para haberme dado cuenta de que las cosas no son lo que parecen y que hay que arañar la superficie para llegar a la esencia. ¡Qué demonios! Por aquellas fechas ya había publicado un extenso diccionario de símbolos oníricos, lo que me había obligado a introducirme en el lenguaje de lo simbólico. Debería haberme percatado de que lo que tenía enfrente era un libro de símbolos. Pero solo fui capaz de ver una parte, no pude alcanzar su corazón, su significado real. Y todo por las prisas de querer inmortalizarlo para estudiarlo después. Un error muy común entre las personas que, como yo, hemos trabajado en la divulgación periodística.

Pese a ello, sí que fui consciente de que aquel lugar no necesitaba una, sino cien visitas como mínimo. Después, con suerte, empezaría a vislumbrar lo que había detrás.

Atravesé el jardín como una exhalación. Había mucho que ver y fotografiar. Mi idea era hacer fotos de todo y luego, ya con calma, detenerme en los lugares que considerara más interesantes. Así que comencé por las Columnas de los Duelistas y la Exedra, con sus ocho esfinges y el busto de la duquesa. A continuación, alcancé el Laberinto, que solo se puede contemplar desde arriba, para luego llegar al palacio en el que la duquesa pasó largas temporadas, vedado al público. Visité también el Templete de Baco, el Abejero y la Columna de Saturno devorando a su hijo. Me dejé sorprender después por la Ruina, el Fortín, el Jardín de Juegos, la Ermita, la Casa de Cañas...

—Interesante, ¿no cree?

La voz, masculina, procedía de mi espalda. Me sobresalté porque desde mi llegada, exceptuando el personal que había a la entrada, en los tornos, no me había cruzado con nadie. Di un respingo y sin querer moví mi cámara de fotos y disparé en dirección al lugar de donde venía la voz. Luego la bajé y observé al hombre que tenía justo enfrente. Era moreno, aunque tenía abundantes canas. El pelo le llegaba por los hombros, algo descuidado, en mi opinión. Lucía barba y bigote, también abandonados a su suerte. Y una vestimenta confeccionada como con tela de saco. No iba de calle, pero tampoco vestía un atuendo similar al de los trabajadores que había en la puerta. Algo en él (no sé especificar qué) me hizo deducir que se trataba de parte del personal que atendía las necesidades del jardín. ¿Un jardinero, quizá?

—Mucho —respondí dejando que la pesada cámara reposara sobre la cinta que la sujetaba a mi cuello.

—Es una lástima que la gente no sepa lo que realmente significa este lugar.

—¿Y qué significa? —pregunté intrigada.

—Hay tanto que explicar que no sabría por dónde empezar. ¿De verdad le interesa?

—Sí. Si tiene tiempo, claro.

—Tiempo es lo único que tengo —repuso con un poso de amargura.

Me pareció indiscreto preguntarle por qué, así que cambié de tema.

—¿Trabaja aquí?

—Trabajé —puntualizó—. Pero uno regresa a los lugares donde fue feliz. No sé quién dijo esto, pero es verdad. Nos refugiamos en el pasado y volvemos a revivir las escenas que un día nos hicieron bien.

—Me interesa todo sobre este jardín —dije, ansiosa, al tiempo que sacaba mi inseparable cuaderno y un bolígrafo.

—Lo primero que tiene que saber es que esto no es

un jardín —comentó invitándome a sentarme en un banco próximo a nosotros.

Estábamos cerca de la ría. Desde allí se divisaba una pequeña isla artificial de la cual nacía una cascada. Sobre ella había un montón de piedras y una lápida erigida por Pedro de Alcántara Téllez-Girón y Beaufort Spontin, XI duque de Osuna, uno de los nietos de María Josefa, en memoria de Pedro Téllez-Girón Velasco Guzmán, III duque de Osuna, que estuvo preso no lejos de donde nos encontrábamos, en el castillo de la Alameda.

—En este lugar —continuó mi interlocutor— las personas vivieron, amaron, riñeron y hasta hubo algunas que murieron. No fue concebido como un simple jardín. Era una casa privada de campo, la de la duquesa de Osuna. Un espacio al que ella acudía siempre que podía, quizá huyendo del ajetreo de la ciudad o de sus fantasmas internos. Su creación abarcó varias fases y siguió creciendo aun después de muerta la duquesa, ya que sus nietos se encargaron de que así fuera.

—¿Y el duque, su marido? ¿No tuvo él nada que ver en todo esto?

—No. Fue ella. Era su proyecto de vida, una especie de «libro» póstumo. ¿Por qué si no iba a tomarse tantas molestias en crear un lugar como este? —dijo sin esperar respuesta—. Él la ayudó, sin duda. La apoyó y firmó cuanto había que firmar, aunque ella tenía poderes, cosa poco habitual en su época. Pero fue ella quien planeó, dispuso y ordenó todo.

Hacía frío y podía sentir la humedad. La noche anterior había llovido mucho y el suelo estaba mojado. Mis dedos empezaron a entumecerse, pero no quise sacar los guantes de mi mochila, ya que eso me imposibilitaría tomar notas.

—¿Cómo se llama? —quise saber.

—Arsenio.

—¿Y qué hacía aquí? —pregunté para contextualizar aquella improvisada entrevista.

—No quiero hablar sobre mí. Mi labor y yo no somos importantes en esta historia... —El hombre se removió en el asiento, incómodo.

Temí que mi inocente pregunta acabara provocando su espantada, así que hice un gesto con la mano izquierda quitando importancia a lo que había dicho.

—Lo que interesa es este jardín, que «habla» a quien sabe escucharlo —afirmó Arsenio con tono enigmático mientras abría los brazos para referirse al entorno.

En ese instante lamenté no haber llevado mi grabadora. Ahí había una historia, puede que incluso dos. El propio Arsenio era un personaje en sí mismo. Sabía mucho más de lo que aparentaba y se expresaba con lucidez y concreción, algo que no casaba con su aspecto. No quiero parecer prejuiciosa, pero esa fue la impresión que me dio tras cruzar unas pocas palabras.

—De acuerdo. No quiero incomodarle. Perdone si hago preguntas fuera de lugar. Son las ansias de saber. Cuénteme lo que considere oportuno.

Por su expresión, deduje que daba por zanjado el

tema y que quería continuar con la charla. Respiré aliviada y tomé nota mental de que tenía que ser más cuidadosa para no provocar en él otra reacción como aquella, aunque sinceramente no veía que mi pregunta fuera inapropiada. Solo quería conocer qué relación tenía ese hombre con El Capricho. ¿Tan complicado era?

—Por alguna razón la duquesa se fijó en este emplazamiento para dar vida a su particular proyecto. No se sabe el motivo, pero no era el lugar más lógico en aquella época, ya que la nobleza, a la hora de construir residencias de verano, escogía terrenos cercanos a los Reales Sitios, en la zona norte de Madrid, camino de El Pardo y El Escorial.

—¿De qué época hablamos?

—De 1779. Fue el día de San Juan cuando el contrato de arrendamiento entre el conde de Priego y don Pedro, el marido de la duquesa, se hizo efectivo. Claro, aquello que arrendaron no era así, ni parecido, como se podrá imaginar. En aquel tiempo había una casa palacio, otra casa más pequeña, unas caballerizas, una huerta, árboles frutales... poco más. Pasado ese tiempo, la propia duquesa realizó una oferta de compra que el conde de Priego no pudo rechazar, por lo que la venta se hizo efectiva en octubre de 1783. Después, fueron ampliando la finca con nuevas adquisiciones de terrenos.

Recuerdo que me sorprendió la precisión con la que Arsenio hablaba. Tenía una memoria envidiable.

El viento era cortante, pero él, que apenas iba abrigado, no parecía inmutarse. Yo, en cambio, estaba helada.

—¿Y se sabe por qué escogieron estas tierras en vez de otras más próximas a los Reales Sitios, como habría sido más lógico?

—A ciencia cierta, no. Hay quien cree que fue por el agua, que había mucha, lo que podría facilitar la creación del jardín, aunque se decía también que esta zona era insana, precisamente por la humedad del terreno, y que provocaba fiebres tercianas. También hay quien piensa que se debió a la cercanía con el antiguo castillo de los Mendoza,[19] donde un antepasado suyo estuvo preso, en concreto al que está dedicada esa lápida —explicó señalando con mano sarmentosa hacia la isla. Entonces pude fijarme en sus uñas, excesivamente largas—. El III duque de Osuna estuvo preso en el castillo entre los reinados de Felipe III y Felipe IV, ya en tiempos de los Zapata. La propia duquesa se interesó por el castillo, en ruinas en aquel tiempo. Lo compró. Y, según reza la lápida, esas piedras que se ven en la isla proceden de esa fortificación.

Mi vista no daba para tanto, pero el teleobjetivo de mi cámara sí, así que tomé una foto con la esperanza de poder leer lo que había escrito en ella. Después, pude comprobar la rabia que destilaba el texto.[20]

19. Hoy conocido como castillo de la Alameda, de Barajas o de los Zapata. Data de principios del siglo XV.

20. «A la memoria de Pedro Téllez-Girón, III duque de Osuna, virrey de Nápoles, encerrado en el castillo de la Alameda en MDCXXI, por envidia y prepotencia de sus enemigos. Erige este monumento sobre las piedras de su prisión D. Pedro Alcántara Téllez-Girón, XI duque de Osuna, conde de Benavente. Año de MDCCCXXXVIII.»

—Y, en su opinión, ¿cuál pudo ser el motivo real?

—Yo creo que fue lo segundo, una motivación sentimental —explicó, convencido, Arsenio—. Ella veneraba a su antepasado, igual que a san Francisco de Borja, que también lo fue. Y es casi seguro que inculcó esa devoción a sus nietos. Aunque, ¡quién puede saberlo! Doña Josefa era muy suya. Don Pedro, su antepasado, llegó a ser virrey de Nápoles, pero cayó en desgracia y fue apresado, al parecer, víctima de una conspiración. Lo único cierto es que falleció entre los fríos muros del castillo. Su vida, llena de intrigas y conspiraciones; y sus amistades, como el literato Quevedo, darían para un libro.

Arsenio estaba bien informado. Era cierto lo que contaba sobre Quevedo y el duque. Por lo que había leído, todo indicaba que el escritor actuó como agente secreto suyo e incluso se vio forzado a disfrazarse de mendigo para evitar ser encarcelado en Italia.

—Entonces ¿usted cree que ella pensaba que este lugar tenía algo especial y por eso lo escogió?

—Estoy seguro de que así fue. La duquesa no daba puntada sin hilo. Era una mujer muy inteligente y culta. Le interesaba todo. Y no era una pose de cara a la sociedad. Sus inquietudes eran auténticas. Ella y su marido atesoraban una de las bibliotecas más grandes y selectas del país, con más de sesenta mil ejemplares. De hecho, disponían de un permiso especial para tener libros prohibidos por la Inquisición.

—¿Qué clase de libros? —pregunté sorprendida.

—De brujas y demonios —dijo bajando la voz, como si alguien pudiera oírnos.

—¿A qué se refiere? Tengo entendido que le encargó unos cuadros a Goya sobre esa temática, pero libros... no sabía que tuviera libros de eso.

—En realidad está todo conectado: los libros, los cuadros... y este jardín. Pero eso —dijo el hombre levantándose de su asiento— tendrá que averiguarlo por usted misma.

—Espere, Arsenio. No se vaya aún —le rogué al ver que se disponía a marcharse—. ¿Podríamos hablar de nuevo en otro momento? Me gustaría entrevistarle, si no tiene inconveniente.

—Estaré por aquí... Suelo estar. Ya nos veremos —dijo con un tono que, de pronto, me pareció enigmático.

No insistí. No pude. La expresión de su rostro me hizo desistir. Parecía querer decir: «No te molestes. No servirá en esta ocasión».

El hombre se dio la vuelta y se perdió entre la maleza. Sé que suena extraño lo que acabo de referir al hablar de «maleza», pero hay zonas de El Capricho que no siguen un trazado al uso y es fácil perderse si no lo conoces bien. Y él debía de conocerlo. En aquel tiempo no lo sabía, pero dichas zonas están hechas ex profeso, porque el jardín sigue dos esquemas muy diferentes. Uno ordenado y bien delimitado, casi geométrico, y otro desorganizado, misterioso y romántico. Es un espacio dual, igual que la personalidad de la propia duquesa.

Aunque no supiera nada sobre ese extraño hombre, al menos tenía su imagen capturada en mi cámara, ya que le había disparado una foto involuntariamente. O... eso pensaba.

Ya en casa, al volcar el material fotográfico que tomé ese día en El Capricho —algo más de trescientas cincuenta fotografías—, a pesar de que la busqué con desespero, no hallé la imagen de Arsenio. Creía haberlo inmortalizado, pero lo cierto es que jamás apareció.

1788

Josefa tomó su abanico y sus guantes y descendió del carruaje ayudada por Manuel de Ascargorta. Los caballos emitieron algunos resoplidos antes de calmarse y el cochero se dispuso a esperar pacientemente a que regresaran.

Juntos, a pie, pretendían finalizar el recorrido que restaba hasta alcanzar el Templete, elevado sobre una colina. Debían darse prisa, si querían llegar a tiempo, pues el sol estaba a punto de caer. No conversaron en ese instante, aunque el administrador tenía mucho que decirle y sobre todo que preguntarle. Era de los pocos empleados a los que Josefa hablaba con toda confianza, como si fuera un miembro más de la familia, y de los escasos que podían permitirse el lujo de regañarla cuando se excedía en gastos. No en vano, ella valoraba que hubiera estado a su lado en los momentos más difíciles a los que se había enfrentado en la vida, cuando perdió a los primeros hijos y con ellos casi también su cordura. La trató entonces como si fuera su propia hija y la ayudó a continuar pese a que la tristeza y el dolor la comieran por dentro. Ahora eso había cambiado. Continuaba sintiendo la pérdida, por supuesto, y ese sentimiento nunca la abandonaría, pero había pasado algún tiempo y con él habían llegado al mundo nuevos vástagos a los que amar. Todo ello había contribuido a mejorar el ánimo de Josefa.

Ascargorta le tendió la mano para subir el último tramo y ya sobre el Templete ambos se sentaron a admirar la puesta de sol, el motivo que les había llevado allí. La panorámica desde arriba con el cielo rojizo, embebido de nubes oscuras, parecía una acuarela salida del Parnaso.

—¿No es maravilloso lo que se contempla desde aquí? —dijo ella sin apartar la mirada del espectáculo que se ofrecía ante sus ojos.

—Lo es. El jardín ya va tomando forma y es gracias a su tesón y buen hacer. —Ascargorta hizo una pausa y añadió—: Por cierto, hoy llegaron noticias de la Venus. Se hará todo como ha pedido. Juan Adán ya está trabajando en ella.

—Tiene que ser perfecta, Manuel. No quiero fallos.

—Señora, bien sabe que la aprecio, pero a veces me cuesta comprender sus deseos. ¿Para qué tanto sofoco? ¿Por qué no delega las tareas del jardín y se olvida una temporada de la Alameda? Han pasado por aquí los mejores: Boutelou, Mulot, Prevost, Tadey... pero a ninguno le ha cedido el testigo. Se empecina en supervisarlo todo y luego pasan las cosas que pasan por andar con las prisas.

—Si te refieres al incidente del otro día, está más que olvidado —replicó ella restándole importancia a su alarmismo.

Josefa había sufrido un accidente con otro carruaje cuando se dirigía a la Alameda para supervisar el avance de los trabajos. Una de las ruedas se había salido de su eje y aquello casi les cuesta un disgusto.

—No solo a eso, Pepita. Si es que se empeña en hacerlo todo. Entiendo que quiera dejar su impronta en este jardín, ya que, a fin de cuentas, es su creación. Pero ¿es consciente de que en este proyecto lleva ya gastada una fortuna?

—Manuel, siempre estás con lo mismo —dijo mirándolo fijamente con una media sonrisa entre divertida y seria—. ¡Disfruta de este instante! Esta puesta de sol no volverá a repetirse. ¿Sabes el milagro que esto supone? Estamos asistiendo a un momento único e irrepetible. Deja ya el trabajo por hoy.

—No puedo centrarme en las cosas bellas teniendo sobre la mesa todas esas facturas. Es mi empeño. Para eso se me paga, para que la ayude al buen mantenimiento de esta casa y eso intento, pero...

—Olvídalo, Manuel —le interrumpió Josefa, anticipándose a lo que él iba a decir. Lo conocía demasiado bien para no saber sus verdaderas intenciones—. Sé lo que pretendes, y no voy a renunciar a la Venus. Te pongas como te pongas.

—¿Y por qué es tan importante esa escultura, si puedo preguntar? Es que le recuerdo que llevamos dos intentos fallidos con sus correspondientes gastos y pérdidas de tiempo. Espero que con este escultor, Adán, sea la definitiva, aunque sus servicios no sean precisamente baratos.

—¿Tanto tiempo a mi lado y aún no has comprendido que esto no es un jardín? —fue su arcana respuesta.

—Siempre me lo dice, pero no acabo de asimilarlo. Adonde quiera que mire solo veo árboles, plantas y setos. Será que soy hombre de números y cuentas. Y lo que no está en el debe y el haber no existe para mí.

—Lo que no está en el debe y el haber es justo lo que encarna este lugar. Manuel, ya van naciendo los nuevos hijos y hay que ir pensando en protegerlos del mal que nos acecha fuera. Aquí encontrarán su refugio. Eso pretendo. Proporcionarles un entorno en el que se sientan seguros y al que puedan dirigirse en tiempos difíciles. Condensar la luz de la vida en un solo espacio y que se convierta en su resguardo.

—No ha contestado a mi pregunta sobre la Venus —le hizo notar.

—Ya que insistes, te lo explicaré. Tú, Manuel, ves en la Venus un elemento decorativo más, una nueva factura que satisfacer y un incipiente quebradero de cabeza que sortear. Pero yo veo otra cosa. Veo la personificación misma del amor, de la fertilidad y de la belleza. No es una escultura, sino lo que ella representa lo que le da valor. Sobre todo deseo que sea la guardiana de esta casa de campo y la encargada de regir las emociones de sus habitantes. Que el amor lo presida todo. Es la forma en la que volverá la vida con cada estación. La muerte en otoño y el renacimiento en primavera, todo ello favorecido por el control de la madre naturaleza. Eso, Ascargorta, significa Venus.

—Perdóneme si hago tantas preguntas, pero ¿puede un trozo de mármol ser todo eso y no solo una talla de corazón pétreo?

—Por supuesto. Y su esencia estará justo ahí —dijo señalando al centro del Templete—. Debemos servirnos de la naturaleza para modificar nuestros estados de ánimo. Además, quiero que ella dé alegría y energía a este lugar.

—No sé si alcanzo a entenderlo —musitó confuso—. Pero permítame aconsejarle que guarde bien sus pareceres y sentires frente a quienes no sean de su confianza. Pueden resultar peligrosos en según qué ambientes.

—No pretendo que lo entiendas. Basta con que lo comprenda yo. Este lugar será único y, por supuesto, privado. Eso proyecto. Pero no te preocupes porque, aunque puedan celebrarse fiestas, bodas y reuniones en mis salones y pueda ser contemplada la belleza de este ocaso al morir el sol cada día, nadie sabrá lo que realmente oculta, pues todo está a la vista y, sin embargo, nada es visible a ojos del profano. Tú, querido Manuel, eres justo la prueba palpable de lo que digo.

Ascargorta se colocó bien su sombrero y evitó añadir nada más. Sabía que cuando su señora se ponía enigmática no había forma de acertar el sentido de sus palabras. Así que se limitó a permanecer a su lado mientras el sol se ocultaba tras los árboles en una de las puestas de sol más extraordinarias de cuantas había observado en El Capricho.

El administrador solo quería que ella estuviera bien, que fuera feliz, que la vida le devolviera lo que le había ido arrebatando desde niña: el amor y el cariño de los suyos. Si ella creía que un jardín o un trozo de mármol ayudaría a eso, ¿quién era él para contradecirla? Quizá sus sentidos no fueran capaces de asimilar algo que, aunque invisible, se percibía en cada rincón de ese selecto jardín.

Lo único que sabía es que la mente de su señora, llena de ingenio y de destreza, había logrado, en muy poco tiempo, transformar unas tierras aparentemente yermas en un lugar de ensueño; de ensueño y de producción, pues de esas tierras nacerían frutos, hortalizas, verduras y miel. Y eso que aún no estaba concluido el proyecto. Hasta la propia lady Holland, siempre exigente en sus crónicas sobre España, se había quedado atónita tras visitar la finca en compañía de su señora.

Muchos se preguntarían quién era el verdadero artífice de ese milagro vivo aún por concluir. ¿Serían acaso Boutelou, Mulot, Prevost o Tadey? Quien eso planteara, pensó Ascargorta, no habría conocido a doña Josefa. Él lo tenía claro: la mano que estaba detrás era la de su señora. Se percibía su refinamiento y su estética hasta en los más nimios detalles y era así como debía ser.

Era su gran obra.

Su legado.

Entonces comprendió que nada de lo que dijera haría que ella variara de rumbo. Tan solo podía apoyarla en lo que precisara. Ese era su cometido y así lo entendió aquella tarde de luz en el Templete.

8

—Ahora entiendo algunas cosas —le dije a mi madre.

—¿Sobre qué? —respondió ella.

—Sobre la maldición.

Era domingo y había quedado con ella para comer en un restaurante francés en la calle Fernán González cuya decoración estaba inspirada en *El principito*. Habíamos pedido unos huevos poché con crema *parmentier*. Quería aprovechar la ocasión para hablarle de mis pesquisas sobre la vida de los duques de Osuna, por si ella podía completar alguna de mis informaciones.

—¿Aún sigues con eso? —me interrumpió.

Sus palabras no sonaron a reproche. Más bien a sorpresa. Supongo que pensaba que me había olvidado de ese tema. Asentí con la cabeza.

—Creí —prosiguió— que el misterio del cuadro apuñalado había quedado resuelto. —Su rostro dibujó una mueca de extrañeza.

—Ese sí. El problema es que han surgido otros a los que no puedo dar respuesta.

—¿Como cuáles?

—¿Por qué la duquesa encargó esa serie de cuadros siniestros a Goya? ¿Y por qué quiso tener esas brujas y demonios en su casa de campo? ¿A ti te parece normal?

—De algún sitio te tenía que venir esa afición tuya por lo extraño —respondió mi madre entre risas—. Si alguien hubiera entrado en tu habitación cuando vivías en casa habría pensado lo mismo de ti, que tus libros y objetos no eran normales.

—Sí, supongo que tienes razón —admití con resignación—. Pero no puedo quitarme de la cabeza esa historia de los cuadros. Me gustaría saber por qué.

—Ahora en serio: no tengo ni idea. Pero ¿tú no estabas escribiendo otro libro?

Desde mi última visita a El Capricho había pasado muchas horas recopilando datos sobre los duques, ganándole tiempo al tiempo, o incluso quitándoselo al libro al que se refería mi madre. Tenía cierto cargo de conciencia en ese sentido. Pero Arsenio, el hombre que me habló en el jardín, tenía la culpa. Sin sospecharlo, aquel desconocido había dicho las palabras justas para estimular mi imaginación y obligarme a seguir indagando. Y, de nuevo, habían aparecido las brujas entremezcladas con los duques. Como si fueran una obsesión, volvían a cruzarse en mi camino y ya no sabía si se debía a una simple casualidad o había algo de fondo digno de análisis.

Para alguien como yo, que se dedica a lo que me

dedico, esa era una pista imposible de obviar. Yo lo sabía y mi madre, que me conoce a la perfección, también. Albergaba la esperanza de que al investigar la vida de mis antepasados pudiera hallar las respuestas que me faltaban. Aunque quizá ahora piense que hay enigmas que no siempre es aconsejable desvelar.

El caso es que, mientras pude, continué con mi investigación. Fue así como descubrí un dato chocante. Tras contraer matrimonio, los duques habían perdido a varios hijos en edades tempranas. Después de la boda, los contrayentes —que aún no ostentaban el título de duques de Osuna y operaban con el de marqueses de Peñafiel— arrendaron provisionalmente el palacio de los duques del Infantado, junto a la calle Leganitos, que hoy forma parte del Madrid desaparecido. Se hallaba muy cerca de la basílica de San Francisco el Grande. Más adelante, se trasladaron a su vivienda definitiva, junto a la Puerta de la Vega, también desaparecida, que se ubicaba donde, con posterioridad, se halló la muralla de la ciudad de Madrid, próxima a lo que hoy es la catedral de la Almudena. Si bien dicha casa sería su principal vivienda, la duquesa pasó largas temporadas en la Alameda, lugar por el que sentía especial devoción. Existe constancia de que solía visitar las obras de El Capricho, e incluso de que protagonizó un accidente de carruaje en una de esas ocasiones.[21]

21. Tal como explica ella misma en una carta dirigida a la condesa de Clonard en 1781.

La boda se celebró a finales de diciembre de 1771. En aquella época, era crucial que los esposos concibieran un varón sano y fuerte que viniera a perpetuar el linaje y más aún en su especial situación familiar. Tanto María Josefa como Pedro de Alcántara eran los únicos hijos vivos de sus respectivas casas, unas casas poderosas que, sin embargo, podrían extinguirse si no se ponía remedio. Sin duda, debió de suponer una presión añadida para la mujer en aquel tiempo. Su papel, en principio, estaba relegado a eso. Pero María Josefa no era una mujer común. No lo fue en sus días y tampoco lo habría sido hoy. Basta con leer algunas anécdotas sobre su vida para descubrir que poseía un carácter enérgico y decidido, y que sentía inquietud por todo cuanto la rodeaba.

Sus biógrafos coinciden en que su instinto maternal debió de ser fuerte, tal vez influida por la lectura de los ilustrados franceses, en especial de Rousseau, quien encabezó una corriente en el país vecino que defendía todo lo relacionado con la maternidad, al vincularlo con el amor por la naturaleza. Hay que tener en cuenta que, hasta entonces, en las clases altas no se le prestaba especial atención a este evento, ni al cuidado de los hijos ni tampoco a su educación. Estas cuestiones quedaban relegadas a otras personas a su servicio, que hacían las veces de cuidadores, educadores y mentores. Las clases pudientes les pagaban generosamente para que cumplieran dicho papel.

No deja de ser llamativo el hecho de que tanto ella

como él hubieran perdido a sus hermanos... a los primogénitos. Ambos sabían lo que era experimentar el dolor de cerca. Para María Josefa debió de ser especialmente angustioso y frustrante tener que enfrentarse a la muerte de varios hijos en pocos años. Antes de la llegada del primero, ya había tenido al menos un aborto. José María del Pilar, su primogénito, nació en 1775 y murió un año después. A él le seguirían Ramón María, fallecido a los pocos meses, y Micaela María del Pilar, que logró vivir dos años. La «mala fortuna», por llamarlo de alguna manera, pareció tocar a su fin con el nacimiento de Pedro de Alcántara Ramón, en 1778. Pero fue solo un espejismo. Perico tampoco estaba destinado a crecer. La muerte se lo llevó cuando apenas tenía cuatro años. Por lo que se sabe, gracias a su correspondencia, que era abundante y variada, el fallecimiento de Perico, ya con cierta edad, la sumió en un profundo bache anímico. No era para menos: la Dama de la Guadaña se había cebado con el joven matrimonio de un modo espantoso. Cuatro hijos de un plumazo y varios abortos. Con sinceridad, no acierto a imaginar cómo influyeron en ella todas estas pérdidas.

Su marido, que, como ya expliqué, hizo carrera militar, por aquel entonces estaba inmerso en la guerra contra los ingleses por el control de la isla de Menorca. Y, como es lógico, pasaba poco tiempo a su lado. Al conocer la noticia de la muerte de su hijo Perico, debió de imaginarse su estado de desesperación, ya que la animó a reunirse con él para poder reconfortarla en esos momentos tan complicados.

No era un viaje fácil en modo alguno. Todo lo contrario. Hay constancia de que se trató de una travesía dura, larga y peligrosa. Aun así, María Josefa viajó a la isla para estar con el duque. Pero allí tampoco halló la ansiada paz para su alma ni el consuelo que esperaba. Las condiciones de vida en Mahón no eran las de Madrid. En ese período, además, tuvo otro aborto.

—¿Es posible que la leyenda de la maldición venga de todo esto? —le pregunté a mi madre, que me miraba como si acabara de regresar de un trance, tras exponerle mis descubrimientos. Ya habíamos terminado de comer y estábamos en la sobremesa, justo antes de empezar los postres.

—Es casi seguro que todo viene de ahí —respondió encogiéndose de hombros—. Es algo que siempre he escuchado en la familia. La que podría saberlo seguro es tu abuela.

Mi abuela había fallecido hacía años, así que difícilmente podría aclararnos esta u otras cuestiones. Me quedé pensativa, sin decir nada, dándole vueltas a esas terribles muertes de niños.

—Lo que llama la atención son los nombres —dijo mi madre de pronto—. Aparte de los que tú ya sabes que son nombres familiares, se repiten algunos: Pilar, María, Ramón...

Se refería a que hay ciertos nombres que forman parte de nuestra familia y que se vienen reproduciendo desde hace varias generaciones, como Borja (por el santo ya mencionado) o Íñigo (por san Ignacio de Loyola). Mi madre estaba en lo cierto. También yo me había fijado en eso.

—Bueno, he constatado que el que más se repite es Pilar. Sé que la duquesa era fiel devota de esa virgen. Quizá quiso encomendarse a ella para proteger a sus hijos haciendo honor a su nombre.

—Tal vez. Y con mayor motivo al ver que se le morían...

Fuera esta o no la explicación, pronto me convencí de que esa coincidencia de nombres no podía ser casual. ¿Por qué? Porque se repitió más adelante, cuando finalmente los duques tuvieron los hijos que sí estaban destinados a vivir.

Esto empezaría a hacerse efectivo en 1783 con el nacimiento de la mayor de los hijos, Josefa Manuela, cuyo primer nombre era María del Pilar, aunque fuera más conocida por el segundo. A ella la seguiría Joaquina María del Pilar. Luego vendría el ansiado primogénito, Francisco de Borja Bruno María del Pilar, destinado a convertirse en el X duque de Osuna, seguido por Pedro de Alcántara Teresa María del Pilar y, para finalizar, la pequeña Manuela Isidra Nicolasa María de la Concepción y del Pilar Francisca de Borja Petra de Alcántara, en 1794.

Todos ellos, a excepción de Manuela, Manolita, quedarían inmortalizados por Goya en el ya mencionado cuadro de *Los duques de Osuna y sus hijos*. Algunos historiadores tienden a olvidar su existencia, pero lo cierto es que Manolita no aparece en esa obra porque cuando Goya pintó el cuadro aún no había nacido. Sí que sería retratada después por Agustín Esteve en otro maravilloso retrato, en el que la pequeña posa con una muñeca en la mano.[22]

El motivo por el que este nombre estuvo presente en los de casi todos sus hijos —vivos o muertos— no lo conocemos, pero no es descabellado pensar que, al ser la duquesa devota de la Virgen del Pilar, se encomendara a ella o, mejor dicho, encomendara a sus hijos a esta virgen a fin de protegerlos de la muerte.

Recuerdo que todo esto me llamó la atención, pero en ese momento quedó como una anécdota. No sabía la importancia que tenía. No supe apreciarla hasta pasado un tiempo. Entonces pensé que la familia había agotado su cupo de muertes, que ya no podía suceder nada más horrible en la vida de los duques... Pero pronto averigüé que estaba equivocada.

22. Agustín Esteve, *Manuela Isidra Téllez-Girón, futura duquesa de Abrantes* (1797), Museo Nacional del Prado.

—Estoy muy preocupado —dijo Manuel de Ascargorta cediéndole el paso a Faustina para que entrara—. Ya sabe que no la molestaría si no fuera necesario. Pero mi señora, su hija, no ha salido de sus dependencias desde que enterramos al señorito Perico. Apenas ha probado bocado y yo ya no sabía qué hacer. Y, francamente, estando como está el señor en el sitio de Menorca, temía que ocurriera otra desgracia.

Ascargorta era un hombre diligente, sagaz y discreto. Un acierto, pensaba doña Faustina, para el cargo de administrador que ostentaba en la casa de los marqueses de Peñafiel. A esas alturas se había convertido en un miembro más de la familia y sabía que su preocupación era sincera. Se trataba del único sirviente que se permitía el lujo de regañar a sus señores hasta por carta. Tal era el grado de confianza adquirido.

—Ha hecho bien en avisarme. He venido en cuanto he podido —repuso doña Faustina nada más poner un pie en la casa de la Puerta de la Vega, lugar al que se habían trasladado su hija y su yerno tras la boda.

Sí, doña Faustina también se sentía muy inquieta por su hija. Habían transcurrido diez años desde la boda con Pedro y aún no tenían un primogénito con el que perpetuar el linaje. Habían tenido varios hijos, pero todos, de un modo u otro, habían ido muriendo. Era horrible. ¿Se trataba de un castigo por un hipotético pecado que se les escapaba? El último en fallecer, el pobre Perico, con solo cuatro años.

Si doña Faustina repasaba lo ocurrido hasta ese momento no era de extrañar que su hija estuviera hundida. Al administrador no le faltaba razón al decir que temía que se produjera una nueva tragedia. De seguir así, su hija podría morir de pena. Literalmente.

No había tenido suerte con los embarazos. Primero sufrió varios abortos hasta llegar a admitir vida en su interior. Entonces nació José María, el primogénito, acontecimiento que, en la familia, se festejó con gran satisfacción. Pero la dicha apenas duró un año. Su hija soportó con amargura su pérdida. A continuación, vino Ramón María, que apenas vivió unos meses. A pesar de su fallecimiento, su hija no se rindió y siguió luchando por ver cumplido su fuerte instinto de ser madre y su obligación como esposa. Y nació Micaela. La niña apenas aguantó viva dos años. Finalmente nació Perico, al que acababan de enterrar hacía solo una semana. Su marido se hallaba en Mahón en una misión militar contra los ingleses y no pudo desplazarse a Madrid para acompañar a su esposa en la despedida del pequeño. Aunque hubiera podido hacerlo, no hubiera llegado a tiempo. Era un viaje largo y lleno de vicisitudes.

Todos habían muerto.

Era normal que su hija estuviera destrozada.

Pero ¿acaso estaba condenada a no poder tener descendencia? Y si era así, ¿por qué era merecedora de ese sufrimiento? Josefa se lo había preguntado más de una vez. Su madre no había sabido responder, pero la había tranquilizado lo mejor que había podido, diciéndole que su suerte cambiaría, que eran etapas en la vida y que la mortandad infantil era alta, lo cual era verdad.

Pero no era menos cierto que Faustina misma se planteaba que algo anormal estaba pasando. ¿Qué ocurría en la familia para que la muerte fuera algo cotidiano? ¿Qué habían hecho para llevar encima esa losa?

Si había alguien que valoraba y ansiaba la maternidad, esa era su hija. Los cuidados que dispensaba a sus hijos eran esmerados y constantes. Para algunos —entre quienes se encontraba la propia doña Faustina—, incluso desmedidos. Afirmaban que lo correcto era no prestarles demasiada atención, para eso estaban los ayos. Josefa, en cambio, se desvelaba por ellos. Vivían en las mejores condiciones posibles. Pero aun así todos morían, igual que sus propios hijos antes que ellos, los hermanos de Josefa.

Algo fallaba, algo no iba bien.

No sabía qué era, pero tal vez había llegado el momento de buscar ayuda externa.

Subió las escaleras hasta alcanzar las dependencias de su hija. Ignoraba cómo enfrentarse a esa situación. Le dolía tanto por ella como por sí misma. Comprendía y empatizaba con su sufrimiento. Sabía bien que nada de lo que pudiera decirle conseguiría aliviar su maltrecho espíritu. Sabía también que la pena infinita que la envolvía nunca la iba a abandonar. Ella misma, cuando le tocó enfrentarse a la muerte de sus hijos, padeció tanto dolor que su mente colapsó y reaccionó de un modo inesperado, acaso formando una barrera de protección. Algunos pensaron que lo suyo era indolencia. Pero la verdad es que se trató de pura supervivencia.

Ojalá hubiera podido, pero ella no pudo permitirse derrumbarse, ni siquiera flaquear. Tras la muerte de sus hijos mayores y de su marido debía sacar adelante a las dos hijas que le restaban. No tuvo otra opción. Luego, cuando creía que ya no podía ocurrir nada peor, murió la pequeña. Pepita y ella se quedaron solas por completo. Y no pudo hacer lo que su hija estaba haciendo ahora, abandonarse al dolor. No lo hizo por ella, precisamente. Así que no tenía claro qué iba a decirle a su hija, pero sabía que esa no era la actitud que debía adoptar o moriría de pena. Tenía que pensar bien sus palabras y sobre todo sus argumentos. Lo que le dijera ahora tendría especial trascendencia mañana.

Tocó a la puerta con suavidad y entró sin esperar respuesta.

Las cortinas estaban echadas y todo se hallaba en penumbra. En la cama se intuía un bulto. Lo primero que hizo fue descorrer las cortinas para que entrara la luz. Era fundamental que tomara conciencia de que había vida ahí afuera. Pero su hija no se inmutó. Siguió en la misma posición, sin mover un solo músculo. Estaba metida en la cama y tenía la cabeza cubierta por las sábanas.

—Hija, hija —dijo mientras la zarandeaba con suavidad—. Vamos, no puedes abandonarte así.

Su cabeza se giró un poco.

Entonces, doña Faustina advirtió que Josefa tenía agarrada una prenda de ropa de Perico. Una camisa.

—¡Madre!

La duquesa se abrazó a ella sin soltar la prenda.

Cuando pudo contemplarla de cerca se percató de que tenía los ojos hinchados de tanto llorar y de no dormir; eran ojos sufridos. Su expresión había cambiado, y doña Faustina se temía que ese rastro de dolor quedaría en su mirada para siempre. Era una marca indeleble solo reconocible para aquellos que hubieran pasado por una vivencia similar.

—¿Por... qué? —balbuceó Josefa—. ¿Por qué otra vez? ¿Qué es lo que he hecho?

—Tú no has hecho nada, hija. El porqué no lo sé. No tengo la respuesta. Lo único que sé es que no puedes estar más tiempo así. Hay que seguir adelante.

—Seguir... ¿para qué?

—Porque vendrán más hijos. Lo sé.

—No quiero más hijos, si van a morir —le espetó Josefa.

El argumento era tan sólido como aterrador.

—Tienes que remontar. Hazlo por mí aunque sea... —dijo con voz entrecortada—, porque si te ocurre algo malo a ti, yo moriré. No puedo verte así, hija. Quiero que sepas que he buscado una solución.

—¿Solución? ¿Qué solución? ¿Es que algo o alguien puede devolverme a Perico?

—No. Eso ya no es posible. Pero aún puedes parar esta... —no quiso utilizar la palabra «maldición», que era la que de verdad le venía a la cabeza— condena. Evitar que mueran los hijos que estén por venir.

—¿Por venir? ¿Crees que tengo ganas de volver a concebir? Mi vientre está maldito, como el tuyo. Lo supe el día que murió Paquita. Algo no está bien en nosotras.

—Creía que no, pero resulta que es posible cambiar el curso de la naturaleza, hija. Hay fuerzas que se oponen, pero se pueden dominar... si sabemos cómo. Y yo sé quién puede ayudarte.

—¿Ayuda? ¿Qué clase de ayuda puede obrar ese milagro? —inquirió su hija, escéptica.

—La magia —susurró Faustina como si temiera que alguien pudiera escucharla.

—¿Qué magia?

—Existe un ritual —susurró aún más bajo—. Y sé quién puede ayudarte a llevarlo a cabo.

9

El trabajo empezaba a acumularse. Lo relativo a la revista lo llevaba más o menos al día, pero con el libro iba retrasada por culpa de la duquesa; aunque en ese momento poco me importaba. Estaba a punto de cruzar la verja del Museo Lázaro Galdiano para reunirme con Carmen Espinosa, la conservadora jefa, a la que aún no sé cómo había convencido para hablar de dos de los cuadros que allí tienen de la serie «Asuntos de brujas». En concreto, *El aquelarre y El conjuro*. Los mismos que, en su día, estuvieron colgados de las paredes del palacete de El Capricho.

Estaba lloviendo. No mucho, pero sí lo suficiente para que caminar por la calle resultara incómodo a causa de los charcos. Lo peor era el frío, punzante, y sobre todo el aire, que dificultaba llegar decentemente peinada a cualquier parte.

La primera vez que vi a Carmen, en una exposición que se realizó en el propio museo, me pareció una persona cercana, culta y sensible, y pensé que podría ayudarme a entender mejor esa serie de cuadros y las razones de su presencia en la Alameda. Pero para que me recibiera con este propósito tuve que esperar algún tiempo. Después de darle la tabarra con varios correos electrónicos, al fin pudo hacerme un hueco en su agenda, cosa que le agradeceré siempre.

Por mi parte, había estado ya en el museo en varias ocasiones. Como es lógico, había entrado a la sala XIII para ver estos dos cuadros, auténticas joyas del Lázaro Galdiano, pero nadie me había hablado con tanto conocimiento de ellos, así que no iba a perder la oportunidad de bombardearla con preguntas poco habituales. Si bien esa era mi intención, apenas crucé unas palabras con ella me di cuenta de que no sería necesario. Sin quizá sospecharlo, Carmen se adelantó a muchas de mis inquietudes. No, ella tampoco sabía por qué la duquesa había encargado esos cuadros al maestro, al menos su motivación última, así que no podría despejarme esa incógnita. Pero tenía sus conjeturas y estas no podían ser más sugestivas.

Para algunos estudiosos de la obra de Goya, esos cuadros eran producto de la misteriosa enfermedad que el pintor padeció entre 1792 y 1793, cuando tenía cuarenta y seis años. Se ha escrito mucho acerca de su supuesta naturaleza, pero pocas son las certezas. Sabemos que el pintor estaba viajando por Andalucía cuando comenzó a sentirse mal, también que sufría fuertes dolores de cabeza y vértigos, que tenía dificultad para caminar y alucinaciones. Existen hipótesis para todos los gustos: hay quien piensa que se trató de una enfermedad autoinmune, concretamente del síndrome de Susac;[23] otros, en cambio, creen que su mal lo causó el llamado «ungüento napolitano», una pomada a base de mercurio contra la sífilis[24] que, a la postre, resultaba mucho más dañina que la enfermedad misma. Asimismo no falta quien sostiene que sufrió una crisis psicótica. Así lo creía, por ejemplo, el psiquiatra Antonio Vallejo-Nájera.

Una de las hipótesis repetidas hasta la saciedad, incluso en libros de texto, y que sin embargo parece tener poco peso es la de la intoxicación por plomo, o saturnismo,[25] que presuntamente habría sido originada por los materiales que empleaba para crear sus obras. Pero existe una pega: hay constancia de que Goya no molía los colores que utilizaba, no manipulaba dichos materiales, sino que lo hacía un droguero llamado Pedro Gómez, que siempre gozó de buena salud. En definitiva, muchas teorías y nada claro. Lo único que se sabe a ciencia cierta es que, fuera cual fuese la enfermedad que lo atacó, lo dejó completamente sordo, algo que sí podría haber influido en su carácter. Por eso me interesaba sobremanera la opinión de Carmen Espinosa.

23. Según defiende un estudio publicado en 2017 por la investigadora Ronna Hertzano, de la Escuela de Medicina de la Universidad de Maryland.
24. El doctor Gregorio Marañón, entre otros, pensaba que su enfermedad tenía una base sifilítica.
25. Teoría defendida por el psiquiatra germano-estadounidense William Niederland, entre otros.

—Creo que todas esas escenas de locos, de incendios, todos esos cuadritos pequeños, sí tienen que ver con su sordera —sentenció Carmen acomodándose en su silla. Me acababa de dar un vaso de plástico con un café humeante que el conserje, amablemente, nos había sacado de la máquina del vestíbulo—. Pero, en el caso de las brujas, creo que no. Y además es curioso, porque Goya no pinta brujas hasta un momento determinado, que es entre 1797 y 1798. Los cuadros de la Alameda coinciden con la publicación de los *Caprichos*, en los que también hay brujas.

—Entonces ¿cuál sería el motivo de la presencia de esos cuadros en la Alameda? —dije apresurándome a sacar mi grabadora para no perder detalle.

—Tienen que ver, en mi opinión, con lo que se hablaba en las tertulias que la duquesa organizaba en El Capricho. A ellas acudía lo más granado de la época y el tema de la brujería pudo sobrevolar su salón. Creo que es parte de lo que se trabajó o habló allí.

Carmen Espinosa se refería a algo que ya había apuntado Arsenio, el hombre con el que charlé en El Capricho: la duquesa ideó una «academia» o tertulia en su casa de campo. Esta clase de reuniones, que llegaban inspiradas de Francia, empezaron a ser efectivas en la España dieciochesca, y la mujer —tradicionalmente excluida de los actos públicos que no fuesen religiosos— comenzó a participar en ellas e incluso a organizarlas.

Hubo nueve salones permanentes de damas en

nuestro país y la duquesa estimuló quizá el más relevante de todos, no solo por ser una de las pioneras, sino por sus ilustres participantes. A sus tertulias, en efecto, acudían literatos, intelectuales, inventores, pensadores y viajeros destacados que se hallaban de visita en España. También la duquesa de Alba organizó sus propias tertulias, quizá más conocidas por el gran público, pero hay que señalar que las de esta última tenían fines más lúdicos. Las de la duquesa de Osuna, en cambio, desarrollaron fama de reunir a los personajes ilustrados más prominentes de su tiempo para hablar de temas intelectuales. Entre ellos había amigos fieles de la duquesa y de su marido, como Leandro Fernández de Moratín, Gaspar Melchor de Jovellanos, Juan Meléndez Valdés, Ramón de la Cruz, Tomás de Iriarte, el estrafalario abate Pedro Gil de Tejada, Manuel de la Peña (marqués de Bondad Real, que fue cortejo de la duquesa) y el propio Goya, que pasaba temporadas con la ilustre dama, tal como él mismo contó en algunas de sus cartas a su amigo Martín Zapater.

Se sabe que la duquesa intercambiaba libros recién llegados de las capitales europeas con algunos de estos intelectuales, como es el caso de Moratín. Y que este último tuvo acceso a su selecta biblioteca.

—¿Y por qué piensas esto? —pregunté.

Carmen me había pedido que la tuteara.

—Porque él acudía a esas tertulias. De hecho, era asiduo a ellas. Y, en esos momentos, ya debía de estar trabajando en el Auto de Fe de Logroño para escribir sus anotaciones.

—¿Te refieres a las anotaciones que Moratín publicó en 1811 con el pseudónimo de Bachiller Ginés de Posadilla?

—Sí. Justo a esas anotaciones. Pero, para escribirlas, tuvo que acceder al texto del auto mucho antes. Tal vez la duquesa le permitió hacerlo. Su madre poseía una biblioteca esotérica importante y ella no solo la conservó, sino que la aumentó con nuevos ejemplares.

El Auto de Fe de Logroño, al que hacía referencia Carmen, se celebró los días 7, 8 y 9 de noviembre de 1610. Se trata de uno de los procesos de brujería más importantes de nuestro país. Tiene como protagonista a la localidad navarra de Zugarramurdi y a numerosas personas condenadas por brujería: cincuenta y tres, en concreto, más cinco estatuas y cinco esqueletos. Unos meses después del auto, un impresor local publicó una crónica anónima del proceso. Se tiene por veraz por tres razones: antes de la crónica hay tres notas de cierta relevancia. La primera es de un consultor del Santo Oficio, una suerte de asesor, que certifica la fidelidad de la crónica. La segunda es una autorización (*nihil obstat*)[26] del censor. Y la tercera es una nota del propio editor, Juan de Mongastón, que viene a justificar la pu-

---

26. «Nada se opone» es la fórmula que empleaba la censura eclesiástica para aprobar la publicación de un libro.

blicación del relato como algo moralizante y oportuno, pese a las barbaridades en él descritas.

Dos siglos después, Moratín publicó este auto acompañado de sesenta notas de carácter irónico. Hacerlo antes habría sido caer bajo la lupa de la Inquisición. Todavía así, quiso asegurarse de que nada malo pudiera ocurrirle y quizá por eso lo hizo bajo pseudónimo, aunque deslizó algunas pistas para que los auténticos seguidores de su obra pudieran averiguar que él había sido el autor. Yo había leído el Auto de Fe y las notas de Moratín cuando preparaba la documentación para mi novela *Diario íntimo de una bruja*,[27] sin sospechar que posteriormente tendría que releerlo.

—Y los cuadros, ¿qué papel juegan? —pregunté intrigada, sin dejar de tomar notas.

—Yo creo que surgen ahí. Pudieron hablar sobre brujería en esas charlas. Goya debió de estar presente en muchas de ellas y tal vez cogió ideas. Lo que es interesante, desde el punto de vista gráfico, es que, en esos cuadros, especialmente en *El conjuro*, se pueden leer párrafos de las descripciones recogidas en el Auto de Fe.

—Entonces, para ti, ¿los cuadros fueron un encargo de los duques a raíz de esas charlas?

—Más bien de la duquesa. Las charlas las organizaba ella. Pero, además, se cree que los cuadros los encargó María Josefa para su casa de la Alameda, aunque

27. Barcelona, Ediciones Martínez Roca, 2001.

fuera el duque por puro formulismo quien autorizara el pago. Quizá ella quiso plasmar visualmente todo lo que se estaba hablando en esas conversaciones privadas. Date cuenta de que son obras que nunca estuvieron expuestas en lugares visibles para las visitas.

—Sobre su ubicación en la Alameda hay varias teorías —apunté.

—Hay dos: que estuvieron en su gabinete privado o en la biblioteca —remarcó Carmen—. Pero, en ambos casos, no eran zonas de paso. En mi opinión, en la sala de países[28] no encajaban nada bien. Porque si eran paisajes, y había paisajes del propio Goya —enfatizó antes de apurar su chocolate de máquina—, las brujas no pintaban nada. Tener esos cuadros en la biblioteca tendría mucho más sentido. Toda la serie de brujas mide lo mismo. La duquesa pidió que los marcos fueran iguales. No puede ser una casualidad. Ella quería hacer una colección. En vida de la duquesa, eso tenía que estar en la biblioteca. Que una vez muerta se cambiaran de sitio, puede. Pero ubicarlos en la sala de países no tiene justificación alguna.

—¿Pudo Goya pintarlos primero y ofrecérselos con posterioridad a la duquesa?

—No lo creo. No creo que Goya los pintara y se los ofreciera después. Hay un proceso de elaboración

28. El gabinete de la duquesa es como se denomina a la zona compuesta por las estancias que posteriormente se llamarán «antesala de países» y «gabinete de países». «Países», en este caso, hace alusión a paisajes.

que coincide con las tertulias. A pesar de que a esos cuadros se les llama serie de brujas, no solo hay brujas —indicó Carmen enfatizando sus palabras—. Hay cuatro cuadros en los que las brujas sí están presentes. Pero hay dos en los que no... A *La lámpara del diablo* también se lo conoce como *El hechizado por fuerza*[29] porque podría ser una versión de una obra literaria de Antonio de Zamora. Y luego está *El convidado de piedra*,[30] que es un espíritu. En realidad, todo pertenece a ese mundo de fantasmagorías. Pero las brujas solo están en *Vuelo de brujas*, en *La cocina de las brujas*, en *El conjuro* y en *El aquelarre*. *El hechizado por fuerza* se estaba representando por esos años en los teatros de los Caños del Peral. Se reproducía constantemente. Pudieron acudir a verla. Y tiene sentido que las obras de Zamora se comentaran después en las tertulias. Todo pudo surgir de esas charlas.

—¿Interesaba la brujería en aquella época como tema de conversación de los ilustrados? —pregunté con atención—. Porque presumiblemente no creían en ella.

—Aparte de que hablaran de brujas, yo creo que todo esto va más allá. Los integrantes del grupo son

29. Esta comedia de figurón se estrenó el 26 de mayo de 1697, en el Buen Retiro, ante Carlos II y Mariana de Neoburgo. La duquesa aún no había nacido.

30. No se conoce la fecha exacta de su composición. Se han propuesto varias (1714 y 1722), pero, en cualquier caso, tuvo que ser antes de 1728, año en el que muere Antonio de Zamora.

ilustrados. Ahí hay también una crítica... no a la quema de brujas, sin más, ni a los aquelarres, sino a la incultura. Estamos en plena Ilustración y la brujería es todavía una creencia para muchos. Por eso, pienso que se mezclan las dos cosas: la tradición, la visualización de algo que pudo pasar, y a la vez la crítica a que aquello sucediera. Y opino que ocurre en aquel momento porque se juntan una serie de mentes privilegiadas. Es una crítica a ese pasado, a ese presente y al futuro. Porque una cosa es que las brujas no existan y otra que no se crea en ellas. ¡A saber lo que se llegó a hablar en las charlas!

—Uno de los cuadros figura como desaparecido, concretamente *El convidado de piedra*. ¿Cuándo se pierde el rastro de esta obra?

—En realidad son dos las obras desaparecidas. La que tú dices y *La cocina de las brujas*. De ambas solo disponemos de fotos en blanco y negro.

Eso me llamó la atención. En los libros que había leído sobre Goya se decía que *La cocina de las brujas* estaba en una colección privada en México.

—¿En serio? En todas partes figura solo uno como desaparecido. ¿Y qué se sabe de estas obras?

—No se sabe nada desde principios del siglo XX, desde los años treinta o cuarenta. Ahí se pierde el rastro. Se especula que están en colecciones particulares, ambos en México.

—Los cuadros que tenéis aquí son iconos del Lázaro Galdiano, ¿verdad?

—Sí —afirmó sin dudarlo un segundo—. El museo tiene una pinacoteca muy interesante, eso es indudable. Pero hay cuatro cuadros que son iconos, que actúan casi como logotipo. Y dos de ellos son *Las brujas* y *El aquelarre*. Los otros dos son *San Juan Bautista en meditación*, de El Bosco, y *El Salvador adolescente*, de Boltraffio. Pero los dos que pertenecieron a la duquesa nos los piden para todo tipo de exposiciones: sobre la Luna, sobre brujería, sobre Goya...

Observé que Carmen comenzaba a mirar su reloj. Llevábamos un buen rato reunidas, así que imaginé que tenía otros compromisos.

—Una última pregunta, Carmen... Para ti, los cuadros fueron una representación de lo que se había hablado en esas tertulias privadas. Pero ¿por qué la duquesa querría tener en las paredes de su casa una serie de personajes tan siniestros como brujas, demonios y aparecidos?

—Eso no lo sé... Nadie lo sabe. Ella era una mujer cultísima, inteligente, de verdad adelantada a su tiempo. Quién sabe lo que pasaría por su cabeza o lo que se hablaría en realidad en esas charlas.

Precisamente, por lo que acababa de decir Carmen, chocaba aún más que la duquesa quisiera tener ese tipo de cuadros oscuros y lóbregos en sus dependencias privadas... ¿para su disfrute? De hecho, contrastaban bastante con el resto de la decoración que sabemos que había en el palacete. El mismo Goya había realizado otras muchas obras para la duquesa, y ninguna, excepto quizá una, nada tenían que ver con las que figuraban en esta serie.

Me había quedado claro, más o menos, que esos cuadros no surgieron espontáneamente de la mente convaleciente del genial pintor, como los libros de texto quieren hacernos creer; que hubo un proceso de maduración y de preparación; que una vez finalizados fueron enmarcados siguiendo unas pautas y, en definitiva, que quedaba de manifiesto que hubo un encargo detrás de su creación. Pero la dichosa pregunta, el motor de mi investigación, seguía sin respuesta. Quizá pretendía resolver un misterio que no tenía solución; o, si la tenía, no había forma de dar con ella porque me faltaban piezas para reconstruirla.

Abandoné el museo con más dudas en mi cabeza de las que tenía al entrar, pero también con alguna certeza y, sobre todo, con nuevas pistas que investigar. Algo que, en ese momento, no me favorecía de cara a la entrega del libro que tenía en curso.

Al acabar la entrevista, entré a la tienda del museo y compré un cuaderno tipo Moleskine. No pude resistirme. La cubierta estaba decorada con *El aquelarre*. Como bien había dicho Carmen, ese era uno de los iconos del museo. Mientras pensaba esto y metía el cuaderno en mi mochila, por unos instantes me pareció que el Macho Cabrío me miraba de manera desafiante, invitándome a descubrir su enigma. Fueron apenas unos segundos. Aparté mis ojos de él y guardé el cuaderno. Tal vez esta investigación me estaba empezando a afectar y aún no lo sabía. Alejé esos pensamientos de mi cabeza y regresé a la realidad de lo tangible. En la calle tronaba. A pesar de que era pronto, la luz había disminuido y se avecinaba tormenta.

De no ser porque el hombre que tenía delante no había tocado ninguna de las viandas que, por orden expresa de la duquesa, le habían llevado a la Ermita, Manuel de Ascargorta habría pensado que se trataba de un pordiosero.

Pero no.

No solo no había probado bocado, sino que ni tan siquiera había destapado la *cloche* para revisar qué había en su interior. Señal inequívoca de que, si tenía hambre, era capaz de aparentar lo contrario.

La larga experiencia en gentes de Ascargorta, acostumbrado a tratar con toda suerte de individuos que de un modo u otro llegaban a la vida de su señora para pedir y rogar ayudas, no le permitía dictaminar qué clase de sujeto tenía ante sí. Eso le fastidiaba. Y, lo que era peor, tampoco era capaz de imaginar qué vínculo podía existir entre él y la duquesa. Esta no solo había aceptado recibirlo, sino que ¡había ordenado traerlo a la Alameda en un coche! El interés demostrado por parte de ella le parecía inusual. Eso desconcertaba aún más al administrador.

Su aspecto desaliñado le invitaba a sospechar que estaba

ante un desharrapado. Por eso, erróneamente, le había presumido hambriento. Barba y pelo largos y descuidados, igual que sus uñas. Pero, la verdad, si le preguntaban, no podría decir que desprendiera mal olor. Todo ello por no hablar de su vestimenta, indescriptible; impropia de un ciudadano de bien. Portaba una especie de túnica que se asemejaba a un saco. Quizá un día —más lejano que cercano— pudo ser blanca, pero de tan raída como estaba se confundía con un trapo que ni las limpiadoras de palacio usarían por considerarlo puro andrajo.

Al principio pensó que sufría desvaríos, que sus ojos le engañaban. Ascargorta había estado con fiebre unos días y tal vez esta le hubiera causado estragos en el ánimo. Por eso extrajo su anteojo y se lo colocó tan rápido como pudo para observar con mayor atención a ese espécimen recién llegado a la finca de recreo de su señora.

Sin embargo, apenas cruzó con él tres o cuatro frases se percató de que —fuera quien fuese— no era ni un pazguato ni un iletrado. Sus maneras y su lenguaje así lo delataban.

¿Y por qué querría verlo su señora? ¿Acaso tenían algo en común que a él se le escapaba?

No, no. Definitivamente, no comprendía nada.

En esas estaba cuando la duquesa hizo acto de aparición en la Ermita.

—Gracias, Manuel. Déjanos solos, por favor —dijo a modo de saludo.

Ascargorta dudó qué hacer. ¿Debía marcharse como se le pedía? ¿Y si resultaba ser un sujeto subversivo y peligroso? Por la expresión de su rostro, ella adivinó sus pensamientos.

—No pasa nada. Me encargo yo —le instó con una media sonrisa entre divertida y seria.

Ascargorta hizo caso a regañadientes y abandonó el lugar entre aspavientos.

—Me gustaría dejar clara una cosa —dijo la duquesa tras sentarse en la única silla que había en el pequeño recinto. Estaban rodeados de un decorado un tanto peculiar, un trampantojo que imitaba a una ermita con paredes falsamente desconchadas y un cuadro rasgado que representaba a san Antonio—. Durante el tiempo que permanezca en mi casa, en esta Ermita, nadie debe saber qué nos traemos entre manos. Para todos, excepto para mí, será fray Arsenio, un religioso en tránsito, que ha hecho una parada en Madrid. No quiero que se empiece a especular sobre su presencia aquí, que bastantes intrigas y problemas tengo ya encima.

—Por supuesto. Tampoco a mí me conviene que se sepa quién soy. Pero, antes de nada —dijo el hombre haciendo una genuflexión—, déjeme decirle que haré cuanto esté en mi mano por ayudarla a usted y a su excelentísima madre, a quien aprecio y respeto profundamente.

—Gracias, Arsenio. Me consta que el aprecio es mutuo y por eso recurro a sus conocimientos y su sabiduría. Fue ella quien me habló de su excelente formación mágica y por eso le he hecho venir. Sé que ya le expuso a ella los detalles con anterioridad. Pero ahora necesito conocerlos de primera mano, pues, a fin de cuentas, soy yo quien ha de implicarse de lleno.

La duquesa hizo un gesto invitando a hablar al hombre.

—No quiero entretenerla más de la cuenta. Sé que es una dama muy ocupada —dijo Arsenio abriendo un hatillo que llevaba por todo equipaje—. Mi intención es trabajar bien y rápido. Todo este tiempo, desde que hablé por vez primera con doña Faustina, he pensado mucho sobre el ritual destinado a proteger a sus hijos. Y tengo buenas ideas al respecto.

Arsenio extrajo un papel doblado en cuatro, lo abrió con cuidado y lo extendió sobre la mesa como si de un mapa se tratara.

—¿Lo ve? En esencia, aunque con algunas variaciones, la idea es reproducir esto —dijo Arsenio señalando el papel.

La duquesa se acercó para verlo mejor.

Se trataba de un dibujo donde había plasmado un cementerio. Los trazos se advertían torpes, pero más o menos se distinguía el sentido de los mismos. En una de las tumbas, un anciano de larga barba y bigote blancos —presumiblemente un iniciado— llevaba a cabo una operación mágica. Se había protegido introduciéndose en un círculo marcado con símbolos difíciles de comprender para un profano. En el interior de este, además del mago, se vislumbraba un espejo en el que había reflejada la imagen de un hombre, posiblemente el difunto que se hallaba enterrado en la tumba objeto del ritual.

—Lo encontré en un tratado de magia al que tuve acceso en uno de mis viajes a Alemania —prosiguió Arsenio—. No es el original, claro. Lo tuve que copiar para no arrancarlo del libro. Eso habría sido muy poco considerado por mi parte.

—¿Y qué es exactamente lo que propone este ritual? —preguntó la duquesa sin acabar de comprender el sentido último de lo que veía.

—La idea es sencilla: se crea una «ceremonia de nombres escritos» donde, por supuesto, estarán presentes los de sus hijos, los señoritos. A continuación, se compila todo el mal, se proyecta en un espejo y ese objeto cargado con esa esencia maligna se encierra bajo llave para siempre. Como es obvio, el mal queda encerrado en él, inoperativo, retenido y, por tanto, inocuo para su familia.

—El resto lo veo claro, pero ¿cómo puede aprehenderse el mal? ¿De qué forma es posible condensarlo para poder meterlo en el espejo? —La duquesa alzó una ceja involuntariamente en señal de escepticismo.

—Eso es lo complicado —convino el mago—. Pero, en su caso, tiene una muy fácil solución. Lo tengo todo estudiado. Para apresar todo el mal que sobrevuela a los señoritos, hay que representarlo de algún modo y la única forma posible es pintarlo. En cuadros. Así será factible reflejarlo. Eso sí, los lienzos han de ser precisos, explicativos, lóbregos, sin temor a mostrar ese horror que yace escondido en la capa de oscuridad invisible que cohabita en la luz. Pero disponiendo de la posición que mi señora tiene, podrá permitirse un encargo de esta naturaleza sin ningún titubeo.

—¿Y quién podría llevar a cabo semejante proyecto?

—¡Goya! Goya puede —dijo con tono enigmático—. Es la persona adecuada. Le he seguido de cerca y sé que pinta para esta casa. Él tiene algo… algo insondable que ni él mismo sabe que posee. He atisbado lo que le acontecerá. Goya, con el tiempo, será inmortal.

—Veo en él a un magnífico retratista y paisajista, y un buen contertulio de los que concurren a mi salón —comentó la duquesa—. Pero, aparte de eso y otros encargos para esta casa de campo, no sé…

—No es el mismo desde que enfermó —apostilló Arsenio tratando de argumentar su candidatura—. ¿En eso estamos de acuerdo?

La duquesa asintió.

—Ha llegado hasta mis oídos que cuando pasó aquello de lo que él apenas quiere o puede hablar, cayó vencido por fuertes delirios —prosiguió el mago—. Y que, a partir de entonces, por más que ha intentado despojarse de ello, su sueño se ha visto perturbado por el atisbo de seres extraños, digámoslo así, que le acechan por las noches. Me cuentan que apenas descansa.

—Algo he oído...

—Él no lo sabe, pero posiblemente en ese momento se convirtió en un hombre de cuerpo abierto, en un heteróclito que es incapaz de dominar eso que le ocurre y que, quizá pretendiendo librarse de ello, trabaja en secreto en proyectos que jamás hallarán comprador y que encima pueden traerle problemas serios. Ya me entiende.

—¿Hombre de cuerpo abierto? ¿Y qué se supone que es eso?

—Un visionario —dijo haciendo gestos grandilocuentes—. Alguien que posee lo que nosotros llamamos «segunda visión». Con la particularidad de que Goya sabe representar ese mundo siniestro que nos observa a todos desde la profundidad. Tiene ese talento para plasmar lo que ve en la oscuridad y el silencio de la noche agazapado en un rincón de sus aposentos. Ese mal es el mismo que acecha a sus hijos. ¿Es buena su relación con él?

—Muy buena. Sé que Paco no me negaría este encargo. Y lo sé porque, además, nos une un lazo afectivo importante;

tenemos un vínculo de pérdida en común: él también sabe lo que es el dolor de ver morir a un hijo, pues se le han muerto siete. Me lo contó un día que me vio abatida por el recuerdo de los míos.

—Entonces me reafirmo: Goya es la persona indicada —remarcó Arsenio—. Él sabrá poner todo su empeño en pintar los cuadros del mal.

10

La repetición de algunos nombres en los hijos de los duques de Osuna —tanto en los muertos como en los vivos—, en especial el de Pilar, era algo que me intrigaba y que me animó a seguir indagando en su historia. También quería comprender qué había pasado en la familia para que, de ser una de las más poderosas de España, acabara en la ruina, lo que les obligó a acudir a la subasta pública. Mi madre solía mencionar a un tal Mariano, uno de los nietos de la duquesa, como el causante de la quiebra. Aunque desconocíamos si esto era cierto, ella siempre lo había escuchado. Se refería a él como al «Jaimito» y yo sabía bien de quién se trataba porque en casa de mis padres hay un dibujo que lo representa.

También hablaba de Pedro, hermano de Mariano, que había muerto «por amor» en El Capricho, algo que aún me restaba por investigar. Pero lo cierto es que, entre la coincidencia de los nombres y la complejidad del linaje, me terminaba haciendo un lío, así que tomé la determinación de encargar un estudio genealógico que me sirviera para arrojar luz sobre todas estas cuestiones. Me puse en contacto con la especialista en genealogía Milagro Lloréns Casani,[31] para que me ayudara a comprender el árbol familiar. Milagro fue muy amable. Sabía a la perfección quiénes eran los IX duques de Osuna y con solo facilitarle mis apellidos quedó en indagar la cuestión y enviarme un informe detallado.

Después, acudí de nuevo a la Biblioteca Nacional y se me ocurrió preguntar por Hilario Martín, por si podía recomendarme algún libro más. No había vuelto a coincidir con él desde que se acercó a mí aquel día en los inicios de mi investigación. Sin embargo, nadie supo darme razón de él. Me extrañó, pero recordé que hacía una suplencia, según me dijo, así que no le di mayor importancia y me centré en el asunto que me había traído allí: descubrir más detalles sobre los hijos de los duques.

Después de todas las trágicas muertes a las que tuvo que enfrentarse el matrimonio, el ánimo de María Josefa se oscureció. Tal y como se desprende de la lectura de algunas de sus cartas, no podía olvidar a Micaela, fallecida a los dos años, ni a Perico, a los cuatro, ni al resto de sus pequeños... Sobre Micaela, en 1781, escribió a su amigo Ramón de Acuña lo siguiente: «... Perico Ramón y yo en esta corte, siendo este el hijo único que me ha quedado, pues Micaela de

31. 1941-2007. XV marquesa de Navamorcuende.

los Santos falleció en agosto del año pasado».[32] Y, cuando ni siquiera tuvo ese consuelo, es decir, después de la muerte de Perico, escribió a Manuel de Ascargorta, su fiel administrador, con motivo del pleito por la sucesión de la Casa de Arcos, pues se dio la circunstancia de que también había fallecido Antonio Ponce de León,[33] su tío. Y ella, a este respecto, decía: «... En fin, Dios disponga, como de todo, pues ya está mi corazón tan acostumbrado a pesares de la primera magnitud, que te aseguro le hará poca mella saber que posee cien mil ducados más o menos».[34]

Una vez finalizado ese proceso, escribe lo siguiente: «Dios ha querido darme, en medio de mi irreparable desgracia, la fortuna de haber ganado mis pleitos, cosa que, la verdad, debía de llenar de satisfacción mi corazón, si no estuviera ocupado, como lo estará siempre, de la memoria de una pérdida imposible de reemplazar».[35] En estas cartas quedan patentes el dolor y la amargura que acompañaban a la duquesa.

Pero su suerte empezó a cambiar a finales de 1782, cuando el matrimonio aún se encontraba en Menorca. Por aquellas fechas el duque fue trasladado a Barcelona, algo que ambos celebraron. Deseaban abandonar

---

32. Carmen Muñoz Rocatallada, *La condesa-duquesa de Benavente. Una vida en unas cartas, op. cit.,* p. 12.
33. XI duque de Arcos (1726-1780).
34. Rocatallada, *La condesa-duquesa de Benavente, op. cit.,* p. 25.
35. *Ibid.,* p. 25.

Mahón, que, en aquel momento, era un lugar inhóspito para vivir. Y fue ya en la Ciudad Condal donde nació la primogénita de los hijos vivos, Josefa Manuela. Tan pronto percibió los primeros síntomas de este nuevo embarazo, la duquesa, emocionada, escribió a su madre y a su suegra, así como a Manuel de Ascargorta[36] y a otros empleados de su confianza. En esta comunicación[37] María Josefa achacaba su nuevo embarazo a la Virgen del Pilar, por lo que es de suponer que, previamente, se había encomendado a ella con fervor. Asimismo, como ya detallé, le puso su nombre a la niña, aunque ha sido más conocida como Josefa Manuela (Pepita).

La niña nació el 17 de agosto de 1783 y, al día siguiente, como si temieran que algo malo pudiera pasar, se apresuraron a bautizarla en la catedral de Barcelona. Poco después, María Josefa regresó a Madrid, aunque el duque permaneció en la Ciudad Condal algún tiempo más debido a sus obligaciones militares.

En la capital nació, en 1785, Joaquina María del Pilar, que también fue bautizada sin dilación, el mismo día de su alumbramiento, en la parroquia de la Almudena.

Un año después, nació Francisco de Borja Bruno

---

36. Además de administrador, Ascargorta fue su amigo. Estaba muy implicado en los asuntos de la familia y se podría decir que se desvivía por los duques.
37. Rocatallada, *La condesa-duquesa de Benavente*, *op. cit.*, p. 30.

María del Pilar, futuro X duque de Osuna. Ya expliqué que, en esa época, el título principal de la casa estaba reservado al primer varón, así que su venida al mundo para perpetuar el linaje debió de ser muy bien recibida. También fue bautizado el día de su nacimiento.

En septiembre de 1787 llegó, en un parto prematuro, Pedro de Alcántara Teresa María del Pilar, otro varón, esta vez en Quiruelas (Benavente), cuando la duquesa se hallaba allí por asuntos de su casa paterna. Pero no todo fueron alegrías. Ese mismo año falleció Pedro Zoilo Téllez-Girón (VIII duque de Osuna), el padre de Pedro de Alcántara, por lo que María Josefa y su marido se convirtieron en los IX duques de Osuna. Por último, en 1794, nació la niña que no aparece en el cuadro de Goya, Manuela Isidra Nicolasa María de la Concepción y del Pilar Francisca de Borja Petra de Alcántara (Manolita), por quien la duquesa sentía cierta predilección.

A partir de entonces, la duquesa se desvivió por sus hijos. Los crio ella misma y les dispensó los mayores cuidados en higiene y educación. De hecho, los llevaba siempre consigo, incluso cuando tenía que realizar viajes largos. Esto, que nos parece ahora normal, no lo era en su tiempo. En aquella época, las damas de la aristocracia se desentendían de la crianza de los hijos, dejándolos en manos de nodrizas y tutores. Pero María Josefa quería estar ahí para cuidarlos y sentir su proximidad mientras fuera posible. Seguramente, no se olvidaba de sus hijos muertos y tenía la necesidad de proteger a los vivos hasta un punto que, en ese momento, no supe calibrar.

Sin embargo, uno de los descubrimientos que me hizo comprender el porqué de la leyenda de la maldición familiar y que, debo reconocerlo, aunque no creyera en ella, me provocó un escalofrío, está relacionado con lo que el futuro le tenía reservado a algunos de estos niños... María Josefa, de nuevo, se vio obligada a presenciar acontecimientos funestos, ya que tuvo una vida larga.[38] Otros, en cambio, sucedieron después de su muerte.

El primero de esta nueva tanda se produjo en 1797 con la muerte de doña Faustina, la madre de la duquesa. A ella la siguió, en 1807, su marido, el duque. Hasta aquí son desgracias asumibles y lógicas por tiempo y edad. Sin embargo, la maquinaria de la fatalidad no se detuvo.

El mayor de los varones, el primogénito, se llamaba Francisco de Borja. Por lo tanto, a la muerte de su padre, es decir, del marido de María Josefa, heredó el título principal y se convirtió en el X duque de Osuna. Francisco de Borja es el niño que juega a montar a caballo sobre el bastón de mando del duque en el cuadro familiar encargado a Goya.

Debido a su especial carácter podría decirse que fue el que más disgustos causó a la duquesa. E incluso

---

38. Murió un mes antes de cumplir ochenta y dos años, en 1834.

que, con gran dolor por parte de ella, estuvieron un tiempo sin hablarse y enfrentados por pleitos, aunque se reconciliaron poco antes de su muerte. De la muerte de él, pues falleció muy pronto, en 1820, con treinta y cuatro años. Antes de que ocurriese esto, se casó con María Francisca de Beaufort Toledo —quien tampoco vivió mucho pues murió en 1830— y tuvo cuatro hijos. El primogénito se llamaba Pedro de Alcántara y, tras el fallecimiento de sus padres, fue educado por la propia duquesa. Por tanto, se produjo otro relevo en el ducado. Pedro heredó el título principal y se convirtió en el XI duque de Osuna. Pero, además de este hijo, fruto del matrimonio entre Francisco de Borja y María Francisca nació una niña, Francisca de Borja, que murió prematuramente en 1811. No he hallado muchos más datos sobre ella...

Tras la muerte de la niña, ya en Cádiz, el 24 de octubre de 1812, nació Agustín. María Francisca, siguiendo los pasos de María Josefa, se había refugiado en esta ciudad a causa de la guerra contra los franceses.[39] El pequeño Agustín murió apenas cuatro días después de nacer. Se desconocen las causas, pero se sabe que se le llegó a practicar una autopsia y que tres médicos determinaron que su cuerpecito presentaba grandes malformaciones en el abdomen. Después, ya en 1814, nació Mariano, el Jaimito, como lo llamaba mi madre.

39. Aunque la duquesa no se hablase con su hijo, mantenía una buena relación con su nuera.

Recapitulando... fruto del matrimonio del primogénito de los IX duques de Osuna, solo restaban vivos dos hijos: Pedro de Alcántara y Mariano. Pedro, al ser el mayor, heredó el título. Pero la muerte no entiende de clases y se lo llevó muy pronto, al igual que había pasado con su padre. Su temprano fallecimiento originó una debacle en la Casa de Osuna. Pedro era el que murió por amor en El Capricho, según la leyenda familiar que me había transmitido mi madre. Las circunstancias trágicas en las que se produjo su desaparición fueron muy comentadas en Madrid. Según se contaba, Pedro estaba enamorado de su prima hermana Inés. Esta era hija de Joaquina, la segunda hija de María Josefa. Sin embargo, se trataba de un amor imposible a todas luces, ya que ella estaba casada con Nicolás Osorio y Zayas.[40] Hay un cuadro de Federico Madrazo titulado *La marquesa de Alcañices*[41] en el que se aprecia su espectacular belleza, muy aplaudida en los círculos sociales de su tiempo. Pedro, «el doncel más gallardo de la época; el que, por su donaire, por sus prendas, por sus títulos y hasta por su fortuna constituye quizá el mejor partido de Europa», según Antonio Marichalar,[42] era uno de los nietos favoritos de la duquesa, ya que compartía con ella numerosas aficiones y, en especial, su amor por las artes y por la

40. Entre otros títulos, XVII marqués de Alcañices.
41. 1863. Colección del duque de Alburquerque.
42. Antonio Marichalar, *Riesgo y ventura del duque de Osuna*, Madrid, Ediciones Palabra, 1998, p. 45.

Alameda.[43] Fue justo allí donde se produjo el trágico desenlace de esta historia.

Corría el mes de agosto de 1844. Pedro estaba en El Capricho cuando su prima acudió a visitarlo. No lo halló en ese instante, pues al decir de algunos estaba paseando su melancolía por no poder gozar del amor de Inés; así que ella, contrariada, montó en su carruaje y puso rumbo a Madrid. Poco después Pedro regresó de su paseo y se enteró de que la joven acababa de marcharse. Aún se divisaba su coche... Quizá pensó que no era tarde para alcanzarla. El joven salió corriendo detrás de su amada. Era verano, hacía calor. De pronto, Pedro se desvaneció y cayó desplomado al suelo. Sin saber qué tenía, fue trasladado a Madrid de urgencia. Un recorrido que hoy llevaría poco más de veinte minutos, mucho menos en una ambulancia, en aquella época, como es de suponer, se demoró más de lo deseado. Murió unos días después en su palacio de la calle Leganitos.

La versión que dio origen a la leyenda, generada, en parte, por la época en la que esto sucedió, con el romanticismo en ciernes, afirma que murió a causa de ese amor no correspondido. La versión oficial, en cambio, es mucho más prosaica: su fallecimiento se debió a un ataque cerebral. Pedro tenía treinta y tres años.

43. Fue el que colocó la lápida en la ría en memoria de su antepasado, el virrey de Nápoles.

Tras su muerte, su hermano Mariano lo heredó todo. Absolutamente todo. Mariano había hecho carrera militar, como solía ocurrir con el segundo hijo. Era el hermano pequeño y no estaba preparado para lo que se le vino encima. Es cierto que su abuelo, el marido de María Josefa, tampoco estaba destinado a ser el IX duque de Osuna, pero está claro que supo asimilarlo mejor que su nieto Mariano. Tal vez, en parte, porque tuvo a su lado a una mujer extremadamente inteligente y muy preparada, y ambos miraron siempre en la misma dirección. Mariano, en cambio, se quedó solo. Su hermano era cuanto tenía en el mundo. Sus padres habían muerto cuando era un niño. Su abuela había fallecido hacía diez años y el único hermano que le quedaba acababa de morir prematuramente. Pienso que se le debió de caer el mundo encima.

Fuera como fuese, lo cierto es que los biógrafos de Mariano no lo dejan muy bien parado. Antonio Marichalar, por ejemplo, describe la situación así: «Él es un grande auténtico, alocado por el delirio de grandezas. Osuna —como diría Cocteau— poseído de sí mismo que termina en la plena enajenación, en el desbaratamiento absoluto. A este loco incendiario, que viene a exterminar lo que más quiere, le parece mentira su autenticidad, su resistencia. Ningún título más legítimo que el de Osuna, puesto que había de recaer siempre por sucesión directa y rigurosa agnación; y, sin embargo, él necesitaba henchirse y representar, ante sus propios ojos, su papel, para llenarlo plenamente; es decir, probar su nobleza, haciendo farsa de su verdadero destino».[44]

En una sola persona se juntaron todos los títulos nobiliarios posibles. No voy a enumerarlos. Baste con decir que acumuló quince grandezas de España y que si nos pusiéramos a escribirlos ocuparían, todos seguidos y con letra bien apretada, al menos dos páginas de este libro. Pero lo que interesa saber ahora es otro asunto: lo importante es que se convirtió en XII duque de Osuna.

De él se cuentan diferentes anécdotas que, posiblemente, no sean del todo ciertas. Algunas las he oído desde niña en casa. Pero, para que se hagan idea de lo que sucedió con sus posesiones y su fortuna, comentaré que Mariano dio origen a un dicho en su época, que se atribuía a las personas con tendencia al derroche. Se decía entonces: «¡Ni que fuera Osuna!». Con esto creo que está todo explicado.

Fue él quien condujo a la ruina a su casa, aunque, en honor a la verdad, tampoco es que sus predecesores hubiesen sido muy comedidos en materia de gastos. Mariano no supo gestionar lo que había heredado ni la responsabilidad que ello conllevaba. Lo hacía todo por agradar a los demás, por mostrar su generosidad, quizá buscando el cariño que le faltaba. Era un sen-

44. Marichalar, *Riesgo y ventura del duque de Osuna*, *op. cit.*, p. 123.

timental y un manirroto. Por eso murió en la bancarrota.

En 1866, a los cincuenta y dos años, se casó con su prima Leonor Salm-Salm, en Wiesbaden (Alemania), pero no tuvieron descendencia, así que, tras su muerte, el título pasó a manos de su primo, Pedro de Alcántara Téllez-Girón Fernández Santillán, que era hijo de su tío Pedro de Alcántara,[45] hermano de su padre Francisco de Borja. Todo esto ocurrió con la rama del primogénito de María Josefa y de Pedro. La leyenda de la supuesta maldición, en cierto modo, iba cobrando sentido.

Envuelta en estos pensamientos, no le oí llegar por detrás. Hilario Martín tocó mi hombro y casi me da un infarto. No esperaba que nadie viniera a hablarme y menos él, pues creía que estaba ausente de la biblioteca. Al observar mi reacción de sobresalto, Hilario sonrió con picardía, como un niño que acaba de hacer una travesura.

—Perdón, perdón... No quería asustarla.

—Pues ¡menos mal que no quería! —dije, entre risas, más calmada al ver que era él.

—¿Aún sigue investigando sobre los duques de Osuna?

—Sí. Precisamente hoy pregunté por usted al lle-

45. Pedro de Alcántara Téllez-Girón Pimentel, príncipe de Anglona. No heredó el título porque había fallecido años antes de que lo hiciera Mariano, en 1851. De ahí que lo heredara su hijo.

gar, por si me podía recomendar algún libro más. El otro que me sugirió me fue muy útil.

—Acabo de llegar. Hoy tuve que ir al médico.

—¿Se encuentra bien...? —pregunté.

—Sí, no es nada. Gracias.

—Me alegro. —No me atreví a indagar más. No tenía suficiente confianza con él y no quería entrometerme—. Bueno, y ¿qué me dice? ¿Hay algún libro para mí?

—Tengo algo mejor —dejó caer con tono enigmático—. No sé si ha profundizado en la faceta de los duques como mecenas de Goya. Él pintó muchos cuadros para ellos.

—Estoy en ello, pero me vendría bien cualquier información. ¿Qué libro me sugiere?

—Como le digo, es algo mejor... conozco a un pintor que sabe mucho sobre Goya —remarcó la palabra «mucho»—. Seguro que él podría contarle detalles interesantes y tal vez no demasiado conocidos.

—¿Usted cree?

—Sí, si hablo con él antes. Aunque existe un inconveniente: no vive en Madrid.

—Vaya... ¿Y dónde vive?

—En Zaragoza. También es aragonés, como el maestro Goya.

Por unos instantes se me pasó por la cabeza que ya tenía suficientes líos en mi vida como para viajar a la Ciudad del Viento solo para entrevistar a un pintor. Estuve a punto de decirle que no podía desplazarme, pero lo pensé mejor. Zaragoza estaba a poco más de una hora en AVE y tal vez podría hacer una escapada de fin de semana.

—¿Hablaría con él? —quise saber.

—Sí, aunque debo advertirle de que es un poco particular.

—¿A qué se refiere?

—Es mejor que lo descubra usted misma —dijo sin responder a mi pregunta—. Pero no se preocupe, es buena gente.

Aranjuez, 1796

A las nueve en punto de la noche el carruaje se detuvo a la entrada del palacete. En su interior viajaban Josefa, ya duquesa de Osuna, y Pepita Manuela, su hija mayor, de trece años. Allí las esperaba Hilario Torres, su médico privado. Días antes, Josefa le había pedido que acudiera a visitar a su madre, que no se encontraba bien. Una vez que la reconoció, alarmado por su estado, la había hecho venir.

Atrás quedaba la Navidad y, como correspondía a esas fechas, hacía un frío horrible y un viento espantoso muy propio del mes de diciembre.

—¿Tan mal está la abuela? —preguntó la niña.

—Me temo que sí —contestó su madre con gesto de preocupación—. Por eso he querido que vinieras, para que te despidas de ella. Tus hermanos son demasiado pequeños, pero tú ya eres mayor y sabes que ella te adora.

Josefa Manuela, Pepita, era una niña flacucha, de ojos grandes y acuosos. Muy parecida a su madre en lo físico y también en lo espiritual. Inteligente y avispada, con inquietudes culturales, sobre todo en lo relativo a la música. Aunque poco agraciada en belleza, tenía cierto encanto.

La niña no dijo nada, se limitó a agachar la cabeza con resignación y ambas descendieron del carruaje. Después, casi a la carrera, recorrieron el trecho que las separaba del palacete para evitar ser alcanzadas por el aire frío y cortante de la noche invernal.

—¿Hay novedades? —preguntó Josefa, ya en el interior, mientras un sirviente la ayudaba a despojarse de su capa.

—Ya ha recibido la extremaunción —repuso Hilario—. No sabemos lo que aguantará, así que hemos pensado que darle el santísimo sacramento era lo mejor.

—¿Está despierta? ¿Puede hablar?

—De momento, sí.

—Vamos, Pepita —la instó su madre—. No sabemos el tiempo que pasará hasta que deje de conocernos. Hacemos como te dije en la berlina: entras conmigo, te despides y luego nos dejas a solas.

—Pero, madre... ¿de verdad tengo que entrar? —El gesto de la niña era un ruego compungido más que una protesta.

—¿Y para qué hemos venido entonces? —le preguntó cogiéndola aparte, procurando no alzar la voz—. ¡Es tu abuela! ¿Es que no quieres despedirte de ella? Se va a marchar y no volverás a verla nunca más.

—Lo sé, pero es que la muerte me da pavor —confesó la niña haciendo pucheros.

Al oír su súplica el rostro de Josefa se demudó, como si de pronto hubiera recordado algo. Acababa de reparar en que estaba tan hecha a la muerte, que había acabado viéndola como algo natural. Pero, claro, para su hija no era lo mismo. No lo era en absoluto. La había protegido cuanto había podido de la Parca y de su largo manto.

Josefa se quedó pensativa unos instantes, sin decir nada. Había recordado también el día que amortajaron a su padre y la reacción que tuvo la pobre Paquita, su amada hermana, cuando vio que cerraban la caja donde yacía su cuerpo. Pensó entonces que se le podía haber ahorrado ese sufrimiento a la niña, una niña que muy poco después iba a fallecer también.

—Bueno, espera fuera —claudicó—. Pero ve de inmediato a la capilla a rezar a la Virgen del Pilar.

La niña obedeció con paso ligero. Una vez se hubo marchado, Josefa inspiró profundamente antes de entrar en la habitación donde se encontraba postrada su madre.

La estancia, en penumbra, mostraba una estampa oscura y lóbrega, muy parecida a la que se recogía en el cuadro que, unos años antes, la propia duquesa le había encargado a Goya. Era una representación de san Francisco de Borja, su antepasado, con un moribundo al que acechaban toda suerte de criaturas diabólicas deseosas de llevárselo consigo.

Desde luego, si alguien iba a morir, la luz que había en esa estancia parecía la más apropiada para acompañarle en su caminar hacia el umbral, como si fuera un guiño indicándole la vereda a seguir.

Doña Faustina estaba echada en la cama boca arriba. Vestía un camisón blanco de lino y tenía los brazos fuera del embozo y la cabeza apoyada en dos almohadas para no perder su altura y hundirse del todo en el lecho.

—Madre, hay muy poca luz aquí. ¿Mando que traigan más iluminación? —fue el saludo de Josefa.

—No, no. Así está bien —dijo Faustina con voz pausada—. Prefiero estar tranquila. La luz me perturba más de lo que deseo.

Le habían colocado un gorro de dormir para evitar que su escaso cabello se esparciera por la almohada, pero en su rostro, afilado por la proximidad de la muerte, le confería un aire extraño incluso para su propia hija, que estaba acostumbrada a verla en diversas situaciones.

—Está fuera Pepita —le dijo—. Le he pedido que espere porque me gustaría hablarte primero de algo importante y no quiero que nadie nos interrumpa. Pero has de saber que la niña está deseosa de verte.

—¡Ay, mi Pepita! Adoro a esa niña. ¿Y ha venido desde tan lejos solo para visitar a esta pobre anciana?

Josefa asintió con la cabeza.

¿Qué otra cosa podía hacer sino mentir? No iba a decirle la verdad en semejante trance, que su nieta estaba aterrada ante la posibilidad de tener que verla en ese estado y enfrentarse a la muerte cara a cara.

—¿Y qué querías decirme, hija? —preguntó Faustina—. Aprovecha, que no sé de cuánto tiempo dispondremos hasta que...

Ella misma se interrumpió, pues le costaba asimilar que la guadaña rondaba cerca.

—No me andaré con paños calientes —dijo Josefa sentándose a su lado para acto seguido cogerle de la mano, como ya lo hizo con su padre en su día—. Después del nacimiento de Manolita, no he vuelto a notar signos de maternidad. El médico me ha dicho que seguramente se deba a que ya no vaya a concebir más hijos. Y no es que me queje, la verdad. Con estos cinco me doy por satisfecha. Están sanos y son buenos. Pedro y yo estamos muy contentos.

—¿Y cuál es el problema? —inquirió Faustina con voz cavernosa.

—No hay ningún problema, madre. Pero he valorado que si ya no voy a tener más hijos, quizá sea el momento de hacer aquello de lo que hablamos en su día... cuando murió mi añorado Perico.

—¿El ritual, dices?

—Sí.

—¿Lo has pensado bien?

—Sí. Le he dado muchas vueltas en mi cabeza. Los niños van creciendo y no quiero que se expongan a peligros. Ese es mi miedo ahora: que les ocurra algo. A veces, cuando me pongo a pensarlo por la noche, me cuesta conciliar el sueño. Y te diré la verdad: temo especialmente por nuestra Pepita. Es como si viera una sombra que se cerniera sobre ella, la misma que acechaba a la pobre Paquita. No sé explicarlo y puede que sea una tontería. No sé. La niña está bien, todo está bien, pero al ser la mayor... y con nuestros antecedentes.

—¿Sabes que el ritual también tiene sus riesgos? —preguntó la duquesa vieja tosiendo violentamente.

Josefa se apresuró a proporcionarle un pañuelo que había junto a la cama, en la mesilla de noche.

—Lo sé. Pero prefiero asumir ciertas contingencias a vivir así, con el corazón en un puño. Ya he tenido un primer encuentro con Arsenio, el mago del que me hablaste. Pero antes de seguir adelante, quiero saber qué piensas tú, madre, pues valoro mucho tu parecer.

—Ya sabes que cuentas con mi beneplácito. No me parece mal que protejas a los tuyos. Ojalá yo hubiera podido hacerlo. ¡Ojalá! Pero no pude. Y todos se fueron... Todos menos tú —dijo abriendo mucho los ojos, como si le costara ver con claridad a su hija—. ¡Hazlo, hija, hazlo! Que nada detenga el futuro de los niños. Yo no estaré para verlo. Sé que no estaré, pero cuentas con todo mi apoyo.

—No digas eso, madre. ¡Claro que estarás! —mintió Josefa.

—Es la verdad. Pero no creas que me apena del todo. Yo ya he vivido lo suficiente. Además, sé que me están esperando tus hermanos y tu padre. —Con su dedo índice, sarmentoso, doña Faustina señaló hacia un vaso de agua que había en la mesilla. Su hija se lo alcanzó de inmediato. Después de dar un sorbo, prosiguió—. Quiero decirte algo importante ahora que estoy en la recta final. Nunca te lo he dicho, pero valoro muchísimo lo que has hecho por mí todos estos años. Me has ayudado más de lo que imaginas, hija. Y siento que vayas a encontrarte con algunas deudas tras mi marcha.

Josefa ya lo sabía. Lo de las deudas. Su administrador la había prevenido de los numerosos frentes y descubiertos que se le venían encima una vez que su madre hubiera desaparecido. Su desmedida afición por las partidas de cartas era la causante de ese desastre monetario. Y eso teniendo en cuenta que su hija le pasaba una sustanciosa pensión desde que se casó con Pedro.

—Eso es lo de menos ahora, madre. Descansa, que mañana será otro día.

—Sí, hija, sí... Y, pensándolo bien, no dejes que la niña me vea ahora. Dile que estoy muy cansada y que el médico ha dicho que necesito dormir. Pero que le agradezco de todo corazón que haya venido a verme. No quiero que me recuerde así.

—Lo haré.

11

Casi agradecí que el pintor Gabino Dachs hubiera escogido un lugar público y no su estudio privado para nuestra entrevista. Era preferible así. El comentario de Hilario Martín acerca de su extravagante personalidad me había dejado preocupada y, en algún instante, tras haber concertado la cita, me hizo dudar de si era buena idea acudir a ese encuentro.

Por mi trabajo, en muchas ocasiones, me había visto obligada a tratar con personas «extraordinarias» (por decirlo de una manera delicada). Y, la verdad, no tenía ganas de hacerlo también en el contexto de los duques. En cualquier caso, ya no había vuelta atrás. Al menos eso pensé mientras recorría el trecho que me separaba del andén del tren a la parada de taxis de la estación del AVE Zaragoza-Delicias.

El sitio escogido por Dachs, una sidrería vasca, no parecía el más adecuado para hablar sobre pintura, o directamente para hablar. Tal vez habría sido más adecuado una cafetería, el bar de un hotel o qué sé yo... Pero Dachs me había citado en la sidrería Begiris, en el barrio de Santa Isabel, a las afueras de la capital aragonesa, así que intenté buscar un hotel cerca de ella. Sin embargo, luego cambié de opinión y me decanté por uno ubicado frente a la plaza del Pilar, que no estaba mal de precio. Así tendría tiempo de hacer una visita al Museo Goya antes de regresar a Madrid.

Tras registrarme y dejar mi equipaje, guardé solo lo imprescindible para la entrevista: mi cuaderno, mi grabadora y la cámara de fotos. Y, preparada para lo peor, me dirigí al encuentro con Dachs.

La sidrería era un lugar agradable aunque un poco oscuro, quizá a causa de la decoración, toda en madera, con mesas largas corridas y grandes *kupelas*. Invitaba más a una comilona con amigos que a una entrevista, la verdad, pero al menos, a esa hora el local no estaba muy concurrido, así que podríamos hablar tranquilamente (o eso pensaba).

Reconocí a Dachs al momento. De todas las personas sentadas a las mesas solo podía ser un hombre con pinta de bohemio que tenía el pelo largo y canoso, recogido en una coleta. Aparentaba unos sesenta y cinco años. Lucía barba y bigote cuidados y una camisa blanca combinada con un chaleco rojo oscuro y pantalones vaqueros. El resto eran grupos de amigos y alguna parejita.

Dachs insistió en que pidiera el menú de sidrería con sidra al *txotx*. No sabía lo que era, pero decidí hacerle caso. Pronto descubrí que eso significaba que podía beber toda la sidra que quisiera de las diferentes *kupelas*, aunque dadas las circunstancias, opté por ser prudente y mantener la lucidez. No me apetecía perder el control de la situación.

El pintor había elegido un lugar apartado para sentarse. A pesar de ello, desde ahí recibíamos los ecos de una mesa situada al otro lado del comedor en la que había cuatro personas que repetían una y otra vez la palabra *txotx* y brindaban sin cesar. Maldije el hecho de que aquella algarabía fuera a quedar registrada en mi grabadora, pero como no podía hacer nada para evitarlo, intenté centrarme en la conversación.

—Le agradezco que me haya recibido, Gabino. Hilario me comentó que es usted un experto en la obra de Goya —dije para romper el hielo.

—Tanto como experto... Hilario exagera porque somos amigos. No creo que haya expertos en el maestro —matizó apurando la sidra que restaba en su vaso—. Quiero decir que nadie puede asegurar cuál es el sentido final de su obra, tan oscura como enigmática.

—Bueno, seguro que sabe mucho más que yo.

—Tutéame, por favor. Y dime, sobre todo, ¿qué te interesa? El tema es tan amplio que no quiero perderme en divagaciones.

—Estoy estudiando la vida de los IX duques de Osuna —fui al grano—. Sé que fueron mecenas de Goya y que él pintó muchos cuadros para ellos. Me interesa saber qué clase de relación mantuvieron y, en especial, algunos detalles sobre los cuadros que hizo para la Alameda, su casa de campo.

Desde luego, Dachs sabía bien de lo que hablaba. Su respuesta, concisa y directa, lo dejó claro.

—Goya pintó más de una veintena de cuadros para El Capricho, pero apuesto a que a ti los que te interesan son los seis de la serie de brujas. ¿Me equivoco?

—No... ¿Cómo lo sabes? ¿Te lo dijo Hilario? —pregunté sin poder ocultar mi sorpresa. Aquella era una pregunta absurda porque el bibliotecario ignoraba el verdadero objeto de mi estudio.

—Porque llevas el misterio pintado en la cara... —remachó—. Y porque he leído algunos artículos tuyos en la revista para la que trabajas. Apuesto a que, como yo, tú también eras la rarita del colegio.

No me gustaba el tono personal que estaba tomando la conversación. No le había dado confianza para ello.

—Eso no importa ahora, Gabino. Preferiría regresar a los cuadros, por favor —dije reconduciendo el tema.

—No tiene nada de malo que te guste el misterio. También le apasionaba a la duquesa, y a su madre. Con honestidad, no imagino otro motivo para que le encargara esos cuadros a Goya.

—¿Quizá el tema de la brujería estaba de moda en aquel tiempo? —sondeé para ver por dónde respiraba.

—Tal vez... Pero piensa que, «en aquel tiempo», como tú dices, el valor que se le daba a un cuadro no era el que se le da hoy. Ahora podemos sacar fotografías, vídeos... y mantener los recuerdos vivos de mil maneras. Antes los cuadros no se pintaban como quien no quiere la cosa, como quien hace una foto con el móvil y la repite diez veces si hace falta, ni tampoco se hacían por casualidad. Un cuadro requiere dedicación y, si es por encargo, además de esfuerzo, dinero. Había una razón para pintarlo: un nacimiento, una boda, una coronación... No eran objetos meramente decorativos. Y, existiendo miles de temáticas, ¿por qué, entre todas ellas, escogió esa faceta oscura para decorar las paredes de sus dependencias privadas?

—Eso es precisamente lo que pretendo averiguar —dije expectante.

—No quiero desanimarte en tu búsqueda, pero me temo que nunca encontraremos respuesta a esa pregunta.

—Pero acabas de decir que los cuadros tenían un sentido... —repliqué, sin ocultar mi confusión. Tal vez esperaba una revelación de su parte.

—Sí. Y podemos teorizar sobre cuál pudo ser el que la duquesa quiso darle a ese encargo, pero sospecho que jamás tendremos certezas.

Dicho esto, Dachs cogió su vaso, se levantó y se dirigió a una de las *kupelas* para servirse un culín de sidra. Con la mirada me invitó a seguirle. Lo hice sin saber cómo había que proceder. Dachs se acercó a la *kupela* y abrió el grifo al tiempo que ponía su vaso a cierta distancia para escanciar la sidra. Le imité. Después dijo «*txotx!*», y se lo bebió de un trago. Hice lo mismo que él.

Al regresar a la mesa, la camarera ya había traído los entrantes del menú de sidrería: ensalada navarra, chorizos a la sidra y tortilla de bacalao. Todo en grandes cantidades para compartir. Pensé que tal vez era demasiada comida, pero pronto comprobé que Dachs tenía buen saque.

Mientras el pintor comía aproveché para hacerle preguntas.

—¿Cómo conoció Goya a los duques? Tengo entendido que fue a través de un familiar de Carlos III.

—Sí, al parecer fue por mediación del infante don Luis, su hermano. Don Luis vivía retirado, en Arenas de San Pedro, debido a su matrimonio morganático con María Teresa de Vallabriga. Goya había pintado a su familia en un magnífico lienzo que lleva por título *La familia del infante don Luis de Borbón*. Aquel cuadro marcó un antes y un después en el género del retrato porque, por vez primera, se observaba intimidad y naturalidad en un miembro de la familia real. Gustó mucho y los duques de Osuna quisieron contactar con Goya para que también les retratara a ellos y a sus hijos. De ahí nació una relación comercial innegable y una amistad duradera que ha quedado reflejada en algunas cartas del pintor a su amigo Martín Zapater.

—Tengo entendido que fue la duquesa de Osuna quien presentó a Goya a la duquesa de Alba. ¿Es así?

—Sí. Cuando Goya empezó a pintar para los duques de Osuna su figura se revalorizó y fueron muchos los interesados en contar con él. Pese a que se ha dicho lo contrario, la duquesa de Alba y la de Osuna eran amigas. Y se da por bueno que Goya conoció a María Teresa de Silva por mediación de María Josefa.

—Y sobre los cuadros de brujas, ¿qué podrías decirme?

—Que fueron un encargo de la duquesa. De eso estoy convencido.

—¿Por qué?

Dachs respondió haciendo gala de una memoria que para mí la quisiera.

—El 27 de junio de 1798 el propio Goya firmó una cuenta por seis cuadros de composición de «asuntos de brujas», y añadió: «que están en la Alameda». Dos días más tarde el duque de Osuna firmó la orden de pago para los seis «Asuntos de brujas», y especificaba lo siguiente: «... que ha hecho para mi casa de campo de la Alameda». Eso, aquí y en Tegucigalpa, es un encargo en toda regla. —Hizo una pausa para mirarme a los ojos y me fijé en que los suyos eran casi negros—. Sí, ya sé lo que me vas a decir: que la orden de pago la firmó el duque, sí. Pero se cree que fue su mujer quien estuvo detrás de ese encargo. Antes de que me preguntes por qué, te diré que hay dos motivos. El primero es la localización de esos cuadros: quiso que estuvieran en sus dependencias privadas. Y el segundo es su afición por esos temas, que posiblemente le venía de su madre. El duque pudo firmar la orden de pago porque antiguamente eran los hombres quienes manejaban todo. Aun así, la duquesa debió de ser una mujer peculiar porque tenía poderes para firmar ese tipo de documentos cuando el duque se ausentaba por largas temporadas, ya que era militar y viajaba mucho.

Dachs hizo otra pausa para levantarse a escanciar sidra y de nuevo le seguí.

—Entonces no se trata de cuadros espontáneos, por así decirlo —apunté.

En ese instante, me di cuenta de que algunos comensales nos miraban con cara rara. Nosotros dos ahí, en medio de la sidrería, hablando de cuadros del siglo XVIII. Dudo que alguien estuviera pendiente de nuestra conversación, pero no pegaba con el ambiente del local. Si Dachs se percató de ello, no le importó lo más mínimo. O bien le resbalaba la situación o era un habitual de la sidrería. Y por la soltura al manejar las *kupelas* me pareció lo segundo, aunque quizá fueran ambas cosas.

—No pueden serlo —repuso cerrando el grifo de la *kupela*—. Fíjate que dos de ellos han sido identificados con escenas de obras de Antonio de Zamora. Vamos, que eso de improvisado tiene poco.

—Sí, *La lámpara del diablo* y *El convidado de piedra.* —Lo recordaba bien, pues Carmen Espinosa, la conservadora del Lázaro Galdiano, también había incidido en ello.

—Eso es —dijo Dachs—. Parece que nos han servido ya el chuletón. Volvamos a la mesa y te sigo contando.

En la mesa, en efecto, nos esperaba un chuletón de

vaca para compartir. Yo no podía más. Entre los primeros platos y la sidra estaba llena, pero aquella carne tenía tan buena pinta que no pude resistirme a probarla.

—En *El convidado de piedra* se aprecia una escena fantasmal entre don Juan y el Comendador, perteneciente al tercer acto de *No hay plazo que no se cumpla ni deuda que no se pague*, y *Convidado de piedra*. Zamora se basa en el personaje de don Juan Tenorio. Para muchos, un mito. Para algunos, un personaje real identificado con Jacobo de Grattis o el Caballero de Gracia. Un muerto regresa del más allá y se presenta ante don Juan para transmitir un mensaje, que es justo lo que se ve en el cuadro de Goya. Una lástima que no sepamos quién lo tiene. Debe de estar en una colección privada. Se le perdió el rastro después de la subasta de los bienes de la familia Osuna.[46]

Sabía bien quién era Jacobo de Grattis porque había escrito sobre él en la *Guía del Madrid mágico*,[47] mi primer libro. Su historia era curiosa y circulaban muchas leyendas, a cuál más extraña.

—¿Y qué hay sobre *La lámpara del diablo*?

—Puede tratarse de una escena de *El hechizado por*

---

46. La subasta se produjo en 1896. Solo conocemos este cuadro por una fotografía en blanco y negro realizada por Jean Laurent.

47. Publicado por primera vez en 1998. Actualmente, editado por Libros Cúpula, Barcelona, 2014. La referencia a Jacobo de Grattis está en la p. 84.

fuerza, también de Zamora. Lo sabemos porque Goya dejó una pista: unas letras escritas que se observan abajo, a la derecha del cuadro. Si te fijas, pone LAM DESCO.

—¿Qué significan esas letras? —pregunté intrigada.

—Lámpara descomunal. El cuadro nos muestra a un sacerdote, aterrado, que se empeña en conservar viva la llama de un candil de aceite. Y ese personaje de Zamora no es otro que don Claudio. El clérigo cree estar embrujado y piensa que para seguir vivo ha de mantener encendida la lámpara del diablo. Es una escena del segundo acto. Aquel era un texto muy popular en tiempos de Goya y se representaba continuamente. LAM DESCO hace referencia a los versos que don Claudio dirige a la lámpara. Dice así:

Lámpara descomunal
cuyo reflejo civil
me va a moco de candil
chupando el óleo vital.

—El óleo vital, supongo, es una alegoría de la vida...

—Supones bien. Y, como también podrás imaginar, estos cuadros no pueden ser fruto de un impulso de su autor. Son meditados. Hay una documentación, una preparación.

—Entiendo... —dije pensativa.

—En cuanto al resto de la serie, son escenas de brujería —dijo Dachs cogiendo el cascanueces que la camarera acababa de tenderle. Antes había depositado sobre la mesa una cesta con nueces, queso Idiazábal y membrillo; el postre correspondiente al menú de sidrería. Dachs estaba encantado. Yo, en este punto, decidí no seguir comiendo—. Pero no parecen inventos surgidos de su caprichosa mente, como algunos defienden y quieren hacernos creer, ya que hay escenas supuestamente inspiradas en el Auto de Fe de Zugarramurdi.

—¿Crees posible que Goya tuviera acceso a ese texto?

—Lo creo. Si no fue a través de Moratín, y hay controversia sobre eso, ya que el comediógrafo publicó sus anotaciones más de diez años después de la creación de los cuadros de Goya, pudo ser a través de la propia duquesa. Su biblioteca misteriosa era amplia. Disponía de numerosos autos de fe y también tenía el *Malleus maleficarum*,[48] quizá el libro más influyente que sobre brujería se ha escrito.

—¿Hay similitudes entre los *Caprichos* y la serie de brujas de la duquesa?

—Hay algunas —dijo cascando una nuez—. En especial, se observan en *El aquelarre*, con ese macho cabrío que recuerda mucho al que aparece en el *Capri-*

48. *Martillo de las brujas.* Publicado por primera vez en Alemania en 1486.

cho n.º 60, titulado *Ensayos*. Esto no debe extrañarnos si tenemos en cuenta que, por esas fechas, Goya debió de trabajar simultáneamente en la serie de los Osuna y en sus *Caprichos*. Parece haber una conexión. De hecho, nada más salir a la venta, la duquesa compró cuatro juegos de los *Caprichos*. Por algo sería. Lo mismo ocurre con *El conjuro*, que tiene cierto paralelismo con el *Capricho* n.º 45, llamado *Mucho hay que chupar*, con ese cesto rebosante de niños muertos y las lechuzas y los mochuelos revoloteando en torno a las brujas. También es un acto de brujería *Vuelo de brujas*, una obra igual de siniestra que las anteriores, en la que se refleja el secuestro de un hombre, que es arrebatado por los aires mientras le chupan la sangre. En este caso, según Frank Irving Heckes,[49] Goya pudo basarse en el acto segundo de una obra titulada *El dómine Lucas*.[50] No sé si esto es cierto, pero lo que sí sé es que está conectada con el *Capricho* n.º 50, titulado *Los Chinchillas*. ¿Y por qué? Pues porque *Los Chinchillas* son personajes que aparecen en el *Dómine*.

—Y todas estas escenas son nocturnas... —apunté. Era un dato que me había llamado la atención al fijarme en los cuadros.

—Sí, y están ligadas, creo. Al menos, en parte. En *Vuelo de brujas* no se observa la luna, pero en *El aquelarre* y en *El conjuro*, sí. En el primero, la luna aparece

49. Frank Irving Heckes, «Goya y sus seis "Asuntos de brujas"», *Goya. Revista de Arte*, n.º 295-296, 2003, pp. 197-214.
50. Joseph de Cañizares, *El dómine Lucas* (1716).

en fase creciente mientras que, en el segundo, está en menguante. Esto no puede ser casual. Son cuadros bien ideados. Goya estaría convaleciente de su enfermedad, sí, pero no estaba ido, ni desbarraba, como creían algunos de sus amigos.

—Nos queda *La cocina de las brujas* —comenté.

—Así es. En este caso, la escena transcurre a cubierto. De este cuadro solo hay una fotografía en blanco y negro. Dicen que está en una colección particular en México. ¡Qué afortunado el que lo tenga! ¿De verdad no quieres probar el queso con membrillo? ¡Está estupendo!

—Seguro que sí, pero no puedo más —respondí apartando de mí el plato—. Y ¿no se sabe quién es su propietario?

Dachs se encogió de hombros como diciendo «tú te lo pierdes».

—No. Hace unos años intenté localizarlo a través de una conocida, Alejandra Ferrer. Es una coleccionista de arte afincada en México. Y no fue posible. No sé si ella habrá avanzado algo en sus pesquisas. Si estás interesada, puedo facilitarte su contacto.

—Sí que me interesa. Al menos, por probar. Y ¿qué se sabe de la escena que representa?

—Según el mismo Heckes, Goya podría haberse inspirado en los personajes de Berganza y Cipión, que son dos perros parlantes que aparecen en las *Novelas ejemplares* de Cervantes, concretamente en *El casamiento engañoso* y en *El coloquio de los perros*. Es posible que así sea. Seguro que la duquesa tenía a Cervantes en su biblioteca. Deberías comprobarlo. Y también lo que dicen sobre la madre de la duquesa, sobre doña Faustina y su interés por lo oculto.

—Sí, lo sé.

En ese momento, el dueño de la sidrería se acercó a la mesa y saludó a Dachs efusivamente, como si lo conociera de toda la vida. El pintor había resultado ser una mina de conocimientos. No entendía por qué su amigo lo había calificado de extravagante. No lo entendí, mejor dicho, hasta después, cuando me invitó a visitar su estudio, próximo a la sidrería. La verdad, acudí porque había logrado despertar mi curiosidad. Al contemplar sus cuadros lo comprendí todo... Su obra versaba sobre el *memento mori*, la fotografía *post mortem* que se popularizó en el siglo XIX, y que, en su caso, no eran fotografías, sino cuadros de difuntos. De niños difuntos. Era la primera vez que veía algo así plasmado en lienzos con un hiperrealismo que engañaba a la vista, pues parecían auténticas fotografías. Dachs me confesó que durante años había pintado paisajes, pero que empezó a desarrollar este género cuando perdió a su hijo pequeño a causa de una enfermedad. No supe qué decir. Pero él, sin sospecharlo, volvió a darme una importante clave.

—Por eso me interesé por Goya. Porque él también perdió a varios hijos. A siete al menos.

Descubrir aquel dato, debo reconocerlo, me impactó. Goya tenía algo en común con la duquesa más allá de la pintura, las tertulias y las jornadas de caza descritas en sus cartas a Martín Zapater. Eran dos almas heridas por la pérdida y el dolor.

Las obras de Goya poseían aspectos duales. Lo mismo se burlaba de la ignorancia de los creyentes en brujas y espectros como recogía la faceta más oscura del ser humano. Asimismo, había logrado que varias comedias de figurón, como lo fueron las obras de Zamora y de Cañizares, quedaran transformadas en algo más que inquietante. Quizá de puertas afuera se riera de la ignorancia del pueblo que aún creía en brujas y espectros, pero quién sabe lo que el maestro realmente creía de puertas adentro.

12

Tras mi encuentro con Gabino Dachs, retomé mis pesquisas sobre los hijos de los IX duques de Osuna. Si antes me parecía importante indagar en la supuesta maldición, después de hablar con él lo tuve claro: había que seguir profundizando en ella.

Lo que descubrí es que los acontecimientos tristes no acabaron con la rama del hijo primogénito de los duques, de la que ya he hablado. Me referiré ahora a la suerte que corrió Josefa Manuela, su hija mayor, la primogénita, en realidad, de no ser por la discriminatoria costumbre de dárselo todo al primer varón. Pepita es la niña que le da la mano a su padre en el retrato familiar de los Osuna.

Con Pepita a la duquesa le ocurrió algo extraño... algo que sus biógrafos recogen en una nota a pie de página o, si acaso, en un comentario breve y que en cambio, para mí, dedicándome a lo que me dedico, tiene una relevancia mayor. Sucedió el 11 de noviembre de 1817. Pepita falleció prematuramente a causa de unas «fiebres malignas» contraídas en un pueblo cuyo nombre desconocemos. La duquesa no lo menciona, pero en una de sus cartas se refiere a él como «maldito». Pepita solo tenía treinta y cuatro años. Observé que la muerte a esa edad se repetía varias veces en la familia.

La joven se había casado en 1800 con Joaquín María Gayoso de los Cobos Bermúdez de Castro.[51] Su muerte, y aquí reside lo extraño, no fue tan inesperada como cabría suponer. Al menos para la duquesa, que supo que esto iba a suceder. Tuvo, al igual que le ocurrió a mi abuela con mi tío Íñigo, una especie de premonición. Hay constancia de ello porque se lo contó a una de sus nietas y porque escribió a su hija y su yerno rogándoles que regresaran de ese lugar desconocido cuanto antes, ya que temía por la vida de Pepita. Lo cierto es que su vaticinio se cumplió, porque, después de aquello, la joven enfermó y murió.

La duquesa tuvo conocimiento de la gravedad del estado de su hija cuando ya había muerto. Posiblemente quisieron transmitirle la noticia por etapas para suavizarle el golpe. Pero no funcionó. Al final se enteró. No hay forma de mitigar el dolor por la muerte de un hijo. Ella se quejó amargamente en una misiva dirigida a su nieta: «Anegada en un mar de penas con la muerte de tu mamá, no puedo prescindir de los que se afligen por su falta y las que ha padecido en su enfermedad y con anunciármela moribunda cuando estaba

51. XII marqués de Camarasa.

efectivamente muerta. Todas estas aflicciones que gravitan sobre mi alma y que solo podrán templarse algún tanto».[52]

Es una lástima no disponer de más detalles sobre la premonición de la muerte de Pepita, pero por más que rastreé esta historia no fui capaz de hallar información complementaria.

Sí encontré datos sobre Joaquina, la segunda hija de los duques. Esta tuvo una vida más larga, pero no por ello se libró de sufrir pérdidas importantes... Se casó en 1801 con José Gabriel de Silva-Bazán y Waldstein, futuro marqués de Santa Cruz y primer director del Museo del Prado. La boda se celebró precisamente en El Capricho, un lugar especial para ella. Dicen sus biógrafos que era muy parecida a la duquesa en gustos y aficiones.

Joaquina es la niña a la que su madre acaricia el hombro en el cuadro. Con posterioridad también fue retratada por Goya en una obra titulada *La marquesa de Santa Cruz*.[53] Este lienzo alcanzaría después una trascendencia que su protagonista no llegaría siquiera a imaginar.

Joaquina era una joven agraciada cuya belleza fue muy comentada en su tiempo. El pintor la representó

52. Rocatallada, *La condesa-duquesa de Benavente. Una vida en unas cartas, op. cit.*, p. 281.
53. Óleo sobre lienzo. 1805. Museo Nacional del Prado. Este retrato fue un encargo de su madre. Se lo regaló tras su boda. Joaquina tenía entonces veintiún años.

tumbada sobre un diván, ataviada con un vestido vaporoso de color blanco y gran escote. Porta una corona de pámpanos y racimos de uvas en clara alusión a la nereida Erato, musa griega de la poesía, una de sus aficiones junto con la música. Tal vez por ello a su lado hay una lira-guitarra, un instrumento poco conocido.

Sobre este cuadro hay una anécdota curiosa. Si nos fijamos bien en el instrumento que porta Joaquina, advertiremos la presencia de un *lauburu*,[54] símbolo de la familia Santa Cruz. Hoy me pregunto si se la colocó junto a él para protegerla del mal, a modo de talismán... Si fue así, a tenor de los acontecimientos, no surtió efecto alguno. Este *lauburu*, por su similitud con la esvástica —aunque nada tiene que ver su verdadero simbolismo con ella—, propició que Franco se planteara regalar el cuadro a Hitler. Así lo documentó el historiador Arturo Colorado Castellary.[55]

Pues bien, ya situados sobre quién era Joaquina, hay que decir que sufrió dos duros golpes en su vida. Como en una macabra danza, la muerte, de nuevo, quiso cebarse con su hija mayor y con el primogénito. La primera se llamaba María Teresa y murió a los tres años, tal y como relata Ezquerra del Bayo a propósito

54. *Lau*, cuatro; *buru*, cabeza. Es un símbolo solar de protección frente a la oscuridad lunar. Lo hallamos en las culturas europeas primigenias y posee un marcado carácter matriarcal.
55. Arturo Colorado Castellary, *Arte, revancha y propaganda*, Madrid, Cátedra, 2018.

de una cuenta de Esteve sobre un retrato de esta niña encargado por su abuela.[56]

El primogénito, el marqués del Viso, se llamaba José Pedro de Alcántara, y se ahogó con un año y medio en el estanque de la Casa de Campo.[57]

Ambos fallecimientos acaecieron en vida de la duquesa, quien asistió a las muertes de sus nietos con espanto y pesar. María Josefa escribió a su administrador contándole la terrible noticia. En ese momento, su hija Joaquina se hallaba en Granada reponiéndose de un reciente parto. Tan solo ocho días antes había dado a luz a otra hija.

La duquesa decía así: «Habiendo ocurrido la desgracia de haber muerto ahogado en el estanque de la Casa de Campo, el día 14 del corriente mi nieto el marqués del Viso, se encargó la marquesa de Villafranca de escribir por el correo anterior a su hija la condesa de Sobradiel, para que por los medios que estimase más oportunos fuese preparando a mi hija la duquesa de Abrantes [otro de los títulos que ostentaba Joaquina] a fin de que no la cogiese de sorpresa tan desagradable noticia».[58] Hay que resaltar la dificultad de las comunicaciones en aquel tiempo.

56. Ezquerra del Bayo, *Retratos de la familia Téllez-Girón, op. cit.*, p. 47.

57. Matías Férnandez García, *Parroquias madrileñas de San Martín y San Pedro el Real: algunos personajes de su archivo,* Madrid, Caparrós, 2004.

58. Rocatallada, *La condesa-duquesa de Benavente. Una vida en unas cartas, op. cit.*, p. 279.

También, muy afectada, escribió a su amigo Charles de Pougens, un enciclopedista francés vinculado a la masonería, que se hallaba en París. La carta está en francés, pero en sustancia viene a decir lo siguiente: «Parece que estoy destinada a experimentar la desgracia». Y ofrece más detalles sobre el ahogamiento del niño al que nadie pudo socorrer. Asimismo, le explica el impacto que tuvo la noticia en la familia «que solo tiene lágrimas para su consuelo».[59]

Mi familia procede de la rama del siguiente hijo de los duques, de Pedro de Alcántara, el niño que juega con un cochecito en el retrato familiar y que posteriormente acabaría siendo director del Museo del Prado y director de la Real Academia de Bellas Artes de San Fernando. Por suerte, vivió algo más que sus hermanos.

La siguiente hija, Manuela (Manolita), murió también joven, con cuarenta y tres años, pero esto ya no llegaría a verlo su madre, pues falleció cuatro años antes.

Impresiona descubrir todos estos lúgubres datos, sobre todo al analizarlos en conjunto, y reconozco que al enlazarlos con lo que había ocurrido en mi propia familia, sentí un profundo escalofrío.

No eran especulaciones, ni imaginaciones mías. Aquello era real... Aquello era parte de mi historia.

---

59. Rocatallada, *La condesa-duquesa de Benavente, op. cit.*

13

Mentiría si dijera que no llegué a obsesionarme con los duques de Osuna. ¿Cómo no hacerlo si todas las pistas me conducían a nuevos e intrigantes enigmas?

Al regresar de Zaragoza quise confirmar si era cierto que la duquesa tenía interés por lo oculto, como afirmaba Gabino Dachs y como también me había comentado Carmen Espinosa, la conservadora jefe del Lázaro Galdiano. Todo apuntaba en esa dirección, pero había que comprobarlo y, sobre todo, documentarlo.

Por eso me vi impelida a realizar otro viaje. Esta vez a Osuna (Sevilla), la localidad que daba nombre al ducado y en la que estaban enterrados los miembros de la familia. Allí tuvieron su feudo a partir del siglo XV, cuando los Caballeros de Calatrava cedieron la villa a Pedro Téllez-Girón. Entonces los Osuna dieron un impulso a la localidad al construir numerosas iglesias, conventos, casas señoriales, una universidad, un hospital y, en particular, una colegiata, conocida popularmente como la «catedral más pequeña del mundo».

En el interior de este recinto erigieron su última morada: el panteón ducal. Por sus especiales características, es denominado el «Escorial chico» o el «pequeño Escorial».

Pero fundamentalmente decidí viajar a esta localidad porque allí vivía Beatriz Cedeño, una historiadora que conocía bien el contenido de la biblioteca de los IX duques de Osuna. Era justo la persona que necesitaba. Tras conseguir su contacto, quedé con ella. El trayecto no era tan cómodo como el que hice a Zaragoza; Osuna no está tan cerca de Madrid, así que tuve que pedirme unos días en la revista. Menos mal que aún me quedaban vacaciones. Ya que iba, quería aprovechar para visitar el panteón.

Doña Beatriz era una mujer de cierta edad y gran cultura. Le calculé unos setenta largos. Entreabrió la puerta de su casa sin quitar la cadena y me pidió el DNI. Lo extraje de mi cartera y se lo mostré. En ese instante me llegó un olor muy agradable a anís. Ella debió de advertir mi reacción, porque se apresuró a explicarme su procedencia.

—Son los dulces de las monjas.

—¿De las monjas? —pregunté extrañada.

—Sí; cuando puedo, colaboro con ellas. Hago dulces que luego venden en el convento —matizó mientras examinaba mi carnet—. Es una comunidad muy necesitada, hay pocas monjas y están muy mayores. A cambio, me permiten el acceso a sus archivos y su biblioteca. Así todas salimos ganando.

Llevaba el pelo, casi blanco, recogido en un moño y vestía una falda de color verde cazador a cuadros blancos y rojos, combinada con una blusa blanca. Pero sus ropas quedaban medio tapadas por un delantal raído al que le calculé mucho uso. Sus ojos estaban cuajados de patas de gallo. Estas le conferían un aspecto cansado aunque interesante. Y de su cuello pendían unas gafas de lectura, que se colocaba de vez en cuando. Lo hizo para leer los datos en mi identificación.

—Mi vista no es la que era —se excusó devolviéndome el documento—. Y que conste que no es que desconfíe de ti, pero tengo que asegurarme de que eres la persona con la que hablé por teléfono. Como comprenderás, hay mucho malhechor por ahí suelto y no abro la puerta a cualquiera.

Me hizo pasar a la cocina, que era grande y cálida. En un rincón tenía una mesa de mármol blanco rodeada de varias sillas de madera. El entorno era agradable. En el horno había una bandeja con rosquillas en pleno proceso de horneado y, sobre la mesa, el remanente de la masa.

—Si no te importa que hablemos aquí... Estoy terminando el envío de esta semana —arguyó sirviéndome café caliente que tenía ya preparado en un puchero—. Me has pillado con las manos en la masa, literalmente.

Sonreí y me eché un poco de azúcar y de leche.

—A ver —dijo ella rompiendo el hielo—, si he entendido bien, lo que te interesa es el contenido de la biblioteca privada de los IX duques de Osuna. ¿Es así?

—Así es.

—Pero supongo que sobre alguna temática en concreto. Te lo digo, más que nada, porque adentrarse en esa biblioteca es como hacerlo en un laberinto.

—Lo sé. Y por eso recurro a usted.

—A mí no me trates de usted, que me haces mayor —dijo guiñándome un ojo.

—De acuerdo, Beatriz. Lo que pretendo averiguar es si los duques de Osuna tuvieron interés por el mundo de lo oculto... la brujería y esas cosas —maticé mientras ella moldeaba nuevas rosquillas con la masa.

—Bueno, eso ya es un comienzo.

Me ofrecí a ayudarla. Me dio reparo verla trabajar mientras yo disfrutaba del café, así que me lavé las manos y me puse a moldear las rosquillas sin mucho acierto.

—No tan gruesas —me corrigió.

—¿Y tú qué crees? —pregunté reconduciendo el tema.

—¿Que qué creo sobre qué?

—Sobre los duques. ¿Estaban interesados por lo oculto o no?

—Ah, ¡los duques! Pues, verás, yo diría que la que realmente estaba comprometida era ella. Y que esa afición quizá le venía de su madre, de doña Faustina.

—¿Por qué?

—Porque la duquesa vieja, como se la conocía entonces, tenía amistades introducidas de lleno en ese mundo.

—Es curioso, porque doña Faustina arrastra una fama de mujer frívola y aficionada al juego. Tengo entendido que cuando murió su hija se encontró con una serie de deudas de juego suyas.

—Probablemente fue así. Las deudas están documentadas y se sabe que le encantaban las cartas. Pero una cosa no quita la otra. Date cuenta de que su figura ha sido poco explorada históricamente hablando. Tal vez porque quedó eclipsada por la personalidad subyugante de su hija.

—Es posible —encajé mientras comenzaba a formar una rosquilla siguiendo sus pautas—. Pero cuéntame, por favor, sobre esas amistades que tenía.

—Se sabe, por ejemplo, que mantuvo contacto con el escritor William Beckford.

—¿Beckford, el autor de *Vathek*? —pregunté sorprendida.

—¿Lo has leído?

Asentí con un gesto de cabeza.

William Beckford era autor de una novela gótica y tenebrosa, con tintes orientales, muy aclamada por la crítica. Su propia vida, desde luego, merecería un estudio aparte. Beckford estuvo muy influenciado por su mentor, el pintor Alexander Cozens, quien le inculcó la idea de que existía una realidad paralela a la nuestra. Según Cozens, podía accederse a esta por mediación de la magia. Además, aunque no se pueda afirmar que Beckford lo fuera, estuvo rodeado de masones: el propio Cozens, William Chambers[60] y Mozart,[61] así que, como poco, fue simpatizante de los ideales de la masonería.

Los conocedores de la obra de Beckford creen que escribió *Vathek* en estado de semitrance, aunque ignoro si será cierto. Pero lo que sí sé es que la historia que cuenta no puede ser más lóbrega. Vathek, el protagonista, es un califa que realiza un descenso a los infiernos para hacerse con el conocimiento arcano, vetado a los buenos musulmanes. Para ello abjura del Profeta y viaja a la ruinosa ciudad de Istakhar, donde se halla la boca de la entrada al Palacio Subterráneo de Fuego, regentado por Eblis, equivalente a nuestro Satán. Previamente, el califa había sacrificado a medio centenar de niños en su honor. Es un pacto con Satán en toda regla, aunque el autor se haya valido de un demonio del islam para contarlo. Con sinceridad, me asombró saber que este escritor había tenido trato con doña Faustina.

—¿Y dices que Beckford tuvo relación con la duquesa vieja? ¿Eso es seguro?

—Pues sí. Sabemos de esta relación porque él mismo escribió sobre ella con cierta gracia. Lo hizo en una obra titulada *Un inglés en la España de Godoy*.[62]

---

60. Arquitecto y miembro fundador de la Royal Academy. Fue profesor de arquitectura e historia de Beckford.

61. Mozart, que también fue masón, impartió clases de música a Beckford.

62. William Beckford, *Un inglés en la España de Godoy*, Madrid, Taurus, 1966.

Ahí recoge una serie de cartas nacidas de sus viajes a Portugal y España, justo después de la publicación de *Vathek*.[63] La menciona expresamente varias veces e incluso alude a su hija, a doña María Josefa, que es el personaje que te interesa a ti.

—¿Y qué dice? —pregunté intrigada.

—Pues, en una de sus cartas,[64] Beckford narró que, después de visitar El Escorial, asistió a una velada en la casa de un tal Pacheco. Por lo visto, algunos de los presentes se burlaron de su forma de bailar, entre ellos María Josefa. Esta le dijo, no sin cierta guasa, que estaba haciendo el ridículo. Entonces le instó a dejar el baile para que fuera con ella, ya que quería presentarle a su madre. Esto quiere decir que conoció a ambas damas. Sin embargo, él ya había oído hablar de la duquesa vieja.

—¿En qué sentido?

—Beckford cuenta que le habían explicado que el centro de esa corte era una mesa de juego y que su «soberana» no era otra que la duquesa vieja, a la que define como «juerguista, jugadora, nobilísima e importantísima».

—Deduzco que se volvieron a ver...

—Pues sí —comentó dándome la espalda para abrir la puerta del horno—. Perdona, pero esta tanda ya está. No quiero que se quemen, que luego sor Agustina protesta. Y por no oírla...

63. *Vathek* se publicó en 1786.
64. Carta duodécima. Sin fechar.

Esperé impaciente a que sacara la bandeja. Me ofreció una rosquilla. Tenían una pinta estupenda y no había comido nada desde que salí de Madrid, así que la cogí y la aparté en un plato para que se enfriara.

—Por lo visto, Beckford perdió algún dinero esa noche —prosiguió—. Y María Faustina lo citó de nuevo al día siguiente, ya en su casa. El escritor debió de acudir porque luego, en otra de sus cartas,[65] habla de un misterioso personaje que, según él, era capaz de comunicarse con los difuntos y que, en algunas ocasiones, había sido invitado de doña Faustina. No da su nombre, pero sabemos que era un conde sajón al que describe como buen geómetra, químico y mineralogista. Afirma que había hecho descubrimientos en el arte de fundir metales y estaba convencido de que era posible realizar operaciones mágicas y evocar al demonio.

—¿Y no sabemos de quién se trata?

—Pues no. Pero sí que sabemos que tuvo contacto con un tal Schoeffer, definido por Beckford como el más famoso evocador de fantasmas de toda Alemania. Según el enigmático conde, había vivido una extraña experiencia en la que estuvo involucrado Schoeffer y una serpiente.

En ese instante empecé a preguntarme quién era la mujer que tenía delante y por qué conocía tantos detalles sobre esas cuestiones esotéricas. Sabía que era his-

65. Carta decimocuarta.

toriadora y que no era natural de Osuna. Se había trasladado a vivir allí, pero ignoraba el motivo. No juzgué oportuno preguntárselo en ese instante para no interrumpir la dinámica de la conversación. Ella, sin tener ni idea de mis pensamientos, continuó.

—Es curioso, ¿no crees?

—Muy curioso, desde luego. Y sobre los libros que contenía la biblioteca de los IX duques, ¿sabes si había autos de fe y libros de brujería?

—No es una cuestión fácil de estudiar —sentenció Beatriz Cedeño cogiendo una nueva bandeja de rosquillas para introducirla en el horno—. Como sabrás, al declararse en quiebra, los bienes de la Casa de Osuna fueron subastados. Su amplísima y valiosa biblioteca fue adquirida por el Estado español en 1884; parte de su colección quedó dispersa al ser distribuida entre diferentes bibliotecas universitarias españolas, además de en la propia Biblioteca Nacional. Lo que puedo decirte es que en su biblioteca hallamos una relación de libros sobre brujería, autos de fe y otras temáticas dentro del mundo de lo oculto. Resulta, cuando menos, llamativo en una época en la que para poseer este tipo de libros había que disponer de un permiso especial, por no hablar de que no eran libros sencillos de adquirir. Creo que podemos presuponer que la duquesa tuvo cierto interés en hacerse con ellos.

—¿De qué libros hablamos? ¿Puedes darme ejemplos?

—Te facilitaré una lista, si quieres, para que tú misma indagues, pero para que te hagas una idea, hay al menos media decena de autos de fe, el *Malleus maleficarum*, el buque insignia de la brujería en aquel tiempo, *Historia y magia natural o ciencia de filosofía oculta*, del padre Hernando Castrillo, el libro de las profecías de Nostradamus, el *Traité sur les apparitions des esprits, des anges et des démons*, la *Histoire des diables de Loudun*, *Della magia naturale*, *El ente dilucidado*, de Antonio Fuente la Peña, que versa sobre la existencia de duendes, gnomos y otras criaturas de carácter feérico y su interacción con la naturaleza... Había unos cuantos.

—¿Sabes si tenía alguna de las obras de Antonio de Zamora, *El dómine Lucas* de Joseph de Cañizares, y *El coloquio de los perros* de Cervantes? —pregunté.

—Si no me falla la memoria, sí. Podrás comprobarlo en la lista, pero creo que esas obras que mencionas sí estaban. Había una treintena de libros relacionados con lo oculto y muchos habían sido traídos desde fuera de España. No estaban siquiera traducidos al castellano. Eso no puede ser casual. Para mí refleja un interés.

—Ella hablaba varios idiomas y un francés muy fluido porque vivió en París durante un tiempo —apunté—. Tengo entendido que allí pudo adquirir libros de estas características.

—Estoy segura de que así fue —dijo quitándose la harina sobrante de las manos—. Es más: aparte de los libros de temática brujeril, la duquesa introdujo en

España a autores como Walter Scott, exponente del Romanticismo británico. La gente lo conoce más por ser el autor de *Ivanhoe*, pero también escribió obras como *La verdad sobre los demonios y las brujas* y cuentos góticos como *La habitación tapizada*, *Relato de un hecho fatal*, entre otros muchos.

—¡Qué interesante! —exclamé sin poder contener mi entusiasmo ante estos datos—. ¿Y qué otros autores leía?

—Entre sus lecturas se hallaban las obras de Horace Walpole.[66] En concreto, este autor pudo influir en ella a la hora de idear su jardín privado en la Alameda, pues además de la obra por la que ha trascendido, *El castillo de Otranto*, considerada la novela que abre el paso a la literatura de terror gótica, escribió un librito titulado *El arte de los jardines modernos*,[67] que influyó en su manera de ver la naturaleza.

—Tendré que leerlo...

—Te lo recomiendo, si eres capaz de encontrarlo, porque Walpole habla del Paraíso como si de un jardín dieciochesco se tratara y de esa idea bebió la duquesa para crear su lugar privado de esparcimiento. También le influyó Rousseau y su visión de la madre naturaleza.

—Y entre los autores españoles, ¿hay alguno que destaque?

66. 1717-1797. Además de escritor, Walpole fue político y arquitecto.
67. *On Modern Gardening. Anecdotes of Painting in England* es su título original. Fue publicado en inglés en 1780.

—Tuvo contacto con muchos escritores e ilustrados como Moratín, Ramón de la Cruz, Jovellanos... pero si tuviera que quedarme con uno relacionado con el misterio, lo haría con José Cadalso. Fueron amigos y no sabría decir quién influyó más sobre el otro... si él sobre ella o ella sobre él.

—¿Te refieres al autor de *Noches lúgubres*?[68]

Sin contestar, Beatriz Cedeño se dio la vuelta y se dirigió a un armario. Lo abrió, sacó unas cajas de cartón y comenzó a introducir las rosquillas recién horneadas. La imité.

—Sí, fue amigo de la duquesa —contestó al fin—, aunque algunos estudiosos le achaquen a ella su destierro por un libelo[69] en el que se hablaba de los amoríos de ciertas damas de la sociedad y de sus cortejos.[70] Seguramente, por el año, debieron de confundir a la hija con la duquesa vieja, ya que cuando esto sucedió María Josefa tenía apenas dieciséis años y no estaba casada, por lo que difícilmente podía tener cortejo.

—¿Eran amigos?

68. *Noches lúgubres* fue publicado, de manera póstuma, por entregas en *El Correo de Madrid* entre 1789 y 1790.

69. Se refiere a *Calendario manual y guía de forasteros en Chipre* (1768). Es anónimo, pero fue atribuido a Cadalso y ello le costó el destierro a Zaragoza durante seis meses.

70. Era una costumbre entre las damas de cierto rango tener un «cortejo», aprobado por el marido, que hacía las veces de acompañante en ausencia de este. Se seguía un estricto y tedioso protocolo que casi quitaba las ganas de tenerlo. Por lo general, eran relaciones platónicas que no iban más allá del halago y las dádivas. Esta moda procedía de Francia.

—Sí. Es más, hay quien piensa que las *Noches lúgubres* influyeron en la duquesa a la hora de crear el jardín de la Alameda. Y, al mismo tiempo, ella lo hizo en Cadalso a la hora de escribir sus *Cartas marruecas*.[71] De hecho, cuando el Consejo de Castilla frenó su publicación, la duquesa ordenó que realizaran una copia manuscrita de las *Cartas* para su biblioteca.

—¿Cadalso no estaba resentido con la duquesa? A fin de cuentas, había acabado en el destierro por culpa de su madre...

—Pues, al parecer, no. Porque cuando regresó hay constancia de que Cadalso la visitaba con frecuencia, la acompañaba al teatro y de paseo.

—¿Y lo que se contaba en aquellas *Noches lúgubres* llegó a ser cierto? Quiero decir... —No sabía cómo expresarlo sin que sonara mal—. ¿Llegó a desenterrar a su amada muerta?

—No. Pero la historia, desde luego, tiene tintes reales, de ahí quizá su trascendencia y el morbo que suscitó en su tiempo. Fillis, la enamorada de Cadalso en las *Noches lúgubres*, existió. Se llamaba María Ignacia Ibáñez y era actriz. El escritor se enamoró locamente de ella y quería casarse en contra del criterio de todos, incluyendo al Ejército,[72] que amenazó con expulsarlo si lo hacía. Pero Cadalso no pudo cumplir su deseo. La muerte se le adelantó y le arrebató a su amada a causa

71. La obra se publicó de manera póstuma en 1789.
72. Además de escritor, José Cadalso fue militar.

de unas fiebres tifoideas.[73] Solo tenía veinticinco años. Cadalso quedó sumido en una profunda depresión. Quién sabe si, de no haber sido por los consejos de buenos amigos, habría acudido al cementerio a desenterrar a María Ignacia...

—Algunos dicen que él mismo alimentó esa idea: que iba a profanar la tumba de su amada para llevarse su cuerpo y luego suicidarse junto a ella prendiendo fuego a su casa.

—Y seguramente así fue. Él pudo fomentar la leyenda. Pero, en cualquier caso, lo importante es que *Noches lúgubres* se convirtió en una de las obras más importantes del prerromanticismo español.

Beatriz hizo una pausa para mirar la hora en un reloj de pared que había frente a nosotras.

—¡Es tardísimo! —exclamó quitándose el delantal de manera apresurada—. ¿Irás a la colegiata mañana?

Tenía razón. Llevábamos más de dos horas hablando.

—Sí, tenía pensado acercarme.

—Pues avísame. Si estoy libre, quizá te acompañe. Ah, y te haré una copia de la lista de los libros que te interesan. Pero ahora, si me disculpas, tengo que ir al convento a llevar las rosquillas.

Salí al mismo tiempo que ella de la casa. Ya había anochecido y Beatriz Cedeño se ofreció a llevarme al hotel en su coche, pero no quise abusar de su amabili-

---

73. Murió el 22 de abril de 1771 en Madrid.

dad. Fui dando un paseo por la maravillosa Osuna, con sus casas encaladas y sus balcones floridos, mientras pensaba en esas noches lúgubres y desesperadas que pasó Cadalso tras la muerte de su amada. Y en la posible influencia que tuvieron sobre la duquesa a la hora de idear El Capricho. Entonces, de algún modo, mi consciencia empezó a abrirse y vislumbré, tímidamente, por qué ese jardín no era un jardín más.

Quizá aquel recinto privado, concebido para estar a refugio de las miradas indiscretas, escondía una serie de pistas que no había sido capaz de comprender. Tendría que regresar allí con nuevos ojos para descubrir por mí misma, como sabiamente me había dicho Arsenio, que aquel no era un simple jardín. Que ocultaba secretos a los ojos profanos.

14

Desayuné temprano y lo hice en el mismo lugar donde había cenado la noche anterior, en Casa Curro. Después, como había acordado, telefoneé a Beatriz Cedeño por si se animaba a venir conmigo al panteón ducal. Quedamos en la puerta de la colegiata. Fui hasta allí dando un paseo porque no me apetecía coger el coche. A pesar de mi deplorable sentido de la orientación, di con el edificio con facilidad. Era imposible no hacerlo debido a sus grandes dimensiones. La silueta de la colegiata se recortaba, imponente, desde diferentes puntos del pueblo.

Ahí estaba Beatriz, puntual como un clavo. Nada más verme, me tendió una funda de plástico que contenía unos papeles.

—La lista con los libros de brujería y magia que te prometí —dijo a modo de saludo.

—Muchísimas gracias, Beatriz —respondí guardándola en mi mochila junto a mi cuaderno.

—Verás, antes de entrar, debo advertirte de que la persona encargada de enseñar la colegiata no es precisamente agradable —explicó cogiéndome del brazo—. Al principio de venir aquí pensé que era solo conmigo, que le caía mal por algún motivo, pero con el tiempo me he dado cuenta de que ella es así con todos. Debe ser buena persona, no digo lo contrario, pero... En fin, que te lo comento porque, en la medida de lo posible, voy a evitar seguir sus explicaciones. Y aunque no creo que nos preste la llave del panteón para que bajemos solas, por ti voy a intentarlo.

No supe qué decir, así que me mantuve en silencio y me limité a asentir con la cabeza.

Ya en el interior divisamos a Mari Carmen, la guía que, según Beatriz, era «poco agradable». Aunque en vista de lo que ocurrió después, me pareció que había sido muy generosa en su definición.

Mari Carmen era una mujer bajita, de constitución normal, con el pelo corto y castaño. Pasaría de los sesenta. En mi opinión, iba maquillada en exceso. Vestía a la vieja usanza. Llevaba un conjunto de chaqueta y falda de lana, de color indefinido, tirando a gris o quizá fuera marrón. En el interior de la colegiata no había muy buena luz, así que tampoco puedo aseverarlo. Y un perfume insoportable, de esos invasivos, no tanto por el olor como por la cantidad que se había echado, que mareaba aun estando a metro y medio de distancia.

Beatriz la saludó amablemente y le pidió permiso para bajar al panteón ducal previo pago de la entrada correspondiente que había que abonar para ver la colegiata. Pero ella, tal y como había predicho la historiadora, se negó.

—No puedo permitirles que bajen solas, Beatriz. Ya sabe que las visitas se hacen en grupo.

—Sí, lo sé. Pero no hay nadie más para hacer la visita y dudo que a estas horas venga alguien. Y menos entre semana. ¿No podría hacer una excepción? Esta joven escritora ha venido desde Madrid solo para verlo y tiene que marcharse pronto.

—Por mí como si ha venido de la estepa siberiana —dijo, cortante, sin mirarme—. Si no hay visitantes, no hay grupo. Y, si no hay grupo, no hay visita. Así son las normas.

Beatriz contraatacó con un razonamiento cabal.

—Conozco las normas. Pero es que, además, nosotras no queremos hacer la visita completa a la colegiata, solo queremos bajar al panteón. Para usted no sería un incordio, pues no tendría que hacer la explicación.

—Claro... Y pretenderá sustituirme haciendo usted de guía; como si mi trabajo no fuera importante. Pues, ea, ¡he dicho que no se baja y se acabó! —remachó con retintín, alzando un poco la voz.

La situación no podía ser más dantesca. Estaba a punto de intervenir, y no precisamente usando un tono cordial, cuando ocurrió lo inesperado: alguien habló a nuestras espaldas.

—¿Qué ocurre, Mari Carmen? ¿Qué son esas voces?

El rostro de la guía se demudó.

—Nada, don Esteban —respondió ella bajando la

cabeza—. Que les estaba diciendo a estas señoras que no pueden bajar solas al panteón. Pero insisten en saltarse las normas.

—¿A estas señoras? —inquirió Beatriz con incredulidad—. ¡Como si no me conociera! Llevo más de quince años viviendo en Osuna.

—A usted la conozco, Beatriz —matizó—, pero a ella —dijo señalándome con desprecio— no.

El hombre se acercó a nosotras y tocó a la guía en el hombro.

—Vaya, vaya usted a por la llave, Mari Carmen. Hágame el favor —su tono era conciliador aunque firme.

—Pero, don Esteban... las normas... —protestó. Su rostro se apreciaba congestionado a causa de la ira contenida.

—Tráigala, por favor. Yo me hago responsable.

No le quedó otra más que claudicar y darle la llave.

—Muchas gracias, don Esteban. Clara es una escritora de Madrid. Ha venido ex profeso para conocer el panteón. No pretendíamos colarnos ni nada por el estilo, solo poder bajar a nuestro aire.

—Lo sé, Beatriz —dijo asintiendo, comprensivo, al tiempo que le entregaba la llave—. Mari Carmen desempeña su trabajo con celo y mano férrea, ya lo sabe. Pero usted es como de la casa y puede bajar siempre que quiera. Y ahora discúlpenme, pero tengo otros asuntos que atender.

Don Esteban abandonó el recinto. La tal Mari Carmen parecía rabiosa, dispuesta a saltar en cualquier momento.

—No se demoren mucho abajo, que si se pasan un minuto de la hora, ¡las dejo encerradas! —espetó sin poder contenerse.

Beatriz hizo caso omiso a su comentario y yo la seguí, estupefacta ante lo que acababa de presenciar.

—Sí, ya sé lo que estás pensando —dijo la historiadora en voz baja—. Es una mujer insufrible y dan ganas de abofetearla. Pero no le des importancia y céntrate ahora en esto, que para eso hemos venido. Ten tu cámara preparada y aprovecha la ocasión. Quién sabe si habrá otra.

Decidí hacerle caso. Nadie, por muy impertinente que fuera, iba a amargarme la visita al panteón. Antes vimos la colegiata de pasada, rica en cuadros, como *La expiración de Cristo*, de José de Ribera; y tesoros, como el retablo de la capilla del Sagrario y el *Cristo de la Misericordia*, de Juan de Mesa.

—La colegiata fue fundada en 1535 por Juan Téllez-Girón. Y la construcción del panteón debió de iniciarse diez años después —explicó Beatriz a medida que nos acercábamos.

Un lugar sobrecogedor tanto por su riqueza como por su majestuosidad. Perdido para la familia por la culpa de Mariano. No dije nada, porque no le había comentado a la historiadora mi parentesco con la duquesa.

A lo lejos, antes de descender, me pareció divisar un sepulcro, cosa que me extrañó, pues tenía entendido que los miembros de la familia estaban enterrados abajo, en la cripta.

—¿Y eso? —pregunté.

—Es el sepulcro de Mariano Téllez-Girón, XII duque de Osuna, y nieto de María Josefa, la duquesa que te ha traído hasta aquí.

—El Jaimito... —susurré sin darme cuenta.

—¿Cómo dices? —preguntó Beatriz.

—No, nada... que ¿por qué no está con el resto?

—Mari Carmen te diría que está fuera como castigo, que sus familiares no quisieron yacer eternamente junto a él por conducirlos a la bancarrota.

—¿Y la verdad es...?

—La verdad es que se ordenó construir un sarcófago tan grande que no cabía por las escaleras que dan acceso al panteón, que son estrechas. Cuando las veas, lo comprenderás. Por eso está fuera.

A continuación, accedimos a la capilla del Santo Sepulcro a través de una puerta maravillosa, aunque lúgubre. Estaba coronada por tres ángeles-niños, varias calaveras y símbolos claramente mortuorios. Sobre ella había una inscripción que hablaba de los beneficios de la muerte:

VIVERE SIPVLCHRUM,

MORI LVCRVM[74]

74. Tras consultar su significado con Antonio G. Amador, profesor de lenguas clásicas, en realidad debería poner: VIVERE SEPVLCHRUM, MORI LVCRVM (EST). Podría traducirse de la siguiente manera: «Vivir es una sepultura, morir es un beneficio [un gozo]».

La puerta, en efecto, estaba cerrada, pero Beatriz la abrió con la llave que nos había facilitado don Esteban. Después, bajamos unas escaleras angostas. No tengo claustrofobia ni nada parecido, y he estado en muchos lugares similares e incluso peores, como búnkeres, cavernas, túneles... pero reconozco que la bajada a este me causó desasosiego físico. Tal vez la guía me había echado sus malos efluvios, pensé bromeando conmigo misma.

Abajo estaba la capilla del panteón, calificada por los expertos en arte como uno de los monumentos más hermosos del Renacimiento andaluz.[75] Era un recinto reducido, no llegaba a los diez metros de largo, aunque perfectamente distribuido en tres naves y con su altar mayor, que coincide también, en situación, con el altar mayor de la colegiata y con un tercero llamado del Calvario, que hay un piso por debajo, ya en la zona destinada a los enterramientos.

Al descender una planta más, sentí que me faltaba el aire. La humedad y el frío se notaban con mayor fuerza hasta el punto de que tuve que apoyarme en una de las tumbas. La parte inferior es un conjunto de galerías y estancias repletas de sepulcros; un pequeño laberinto con varias salas y diferentes capillas. Después de leer los nombres, di con el sepulcro de María Josefa, que está en el segundo recinto, en la capilla de

75. Manuel Rodríguez-Buzón Calle, *Guía artística de Osuna*, Osuna, Patronato de Arte, 1997.

Nuestra Señora del Reposo, junto a su hijo, su nuera y su marido. Fue fácil dar con él, ya que es el único que está acompañado por una imagen. Curiosamente, una copia del retrato que le hizo Goya en 1785.

—¿Te encuentras bien, Clara? —preguntó Beatriz—. Te veo un poco pálida.

—Sí, estoy bien —mentí. La realidad es que estaba mareada—. Es solo que... ¿aquí hay menos aire o me lo parece a mí?

—El lugar impresiona, ¿verdad?

—Mucho.

Junto a la tumba de la duquesa, justo debajo de la copia del cuadro que la representaba, había una inscripción en latín que rápidamente copié en mi cuaderno. Decía así:

FIANT AURES

TUAE INTENDENTES

IN VOCEM

DEPRECATIONIS

MEAE

PS. CXXIX. V, II.[76]

—Es del Salmo 129 —afirmó Beatriz al ver que anotaba el texto en latín—. Es una especie de reconciliación entre el hijo y el Padre. Pertenece a *De profundis*.

76. La traducción del salmo es «Estén atentos tus oídos a la voz de mi súplica».

El pecador, en este caso, se supone que la duquesa, reconoce ante Dios sus faltas y pide perdón desde lo más profundo. «Desde lo hondo a ti grito, Señor.» Es un salmo penitencial, pero también lo es de esperanza en la redención espiritual. Se pide protección para quien lo pronuncia y para los suyos. Era uno de los llamados cánticos graduales o canciones de las subidas que entonaban los israelitas en su peregrinación a Jerusalén y al Templo.

—¿Como una especie de mantra? —quise saber.

—Es una forma de verlo, sí. Aunque puede haber varias interpretaciones.

—¿Y tú qué crees?

—Yo no conozco mucho la vida de la duquesa, pero algo estudié su testamento[77] cuando seguía el rastro de su biblioteca. Y... —Beatriz se quedó callada, como si no hallara las palabras adecuadas.

—¿Y...? Me tienes en ascuas —dije, impaciente. Entre la falta de oxígeno y el mareo, que iba a más, estaba deseando salir de la cripta.

—No es para hablarlo aquí, precisamente, pero creo que ella le tenía pavor a la muerte. Mejor dicho, a ser enterrada viva. O quizá a no ser bien recibida en el cielo. O puede que a todo ello junto. Está pidiendo protección para ella y los suyos.

---

77. Fue otorgado el 27 de febrero de 1818 ante el escribano Feliciano García Sancha. Posteriormente, la duquesa redactó una memoria fechada el 14 de diciembre de 1830. Tal vez se vio obligada a ello debido al fallecimiento de su hijo primogénito Francisco de Borja.

—¿Crees que tenía miedo? ¿Por qué?

—Porque dejó escritas una serie de disposiciones que así parecen indicarlo y este salmo es un indicio más.

—¿Qué disposiciones? —pregunté intrigada.

—Pidió no ser amortajada y que nadie tocara su cuerpo hasta pasadas veinticuatro horas, a no ser que este presentara claros signos de corrupción. Transcurrido ese tiempo, se la podría amortajar con el hábito de Nuestra Señora del Pilar. Pero, no satisfecha con ello, ordenó que, tras esas veinticuatro horas, se la depositase en la iglesia de San Felipe Neri por espacio de otras veinticuatro horas, si es que la ley lo permitía. En resumen, ordenó que no se le diera sepultura hasta que hubieran pasado dos días.

—Imagino que, en aquella época, los sistemas para declarar muerta a una persona podían fallar —comenté.

—Sí, y esa disposición denota miedo. Pero el hecho de que apostillara «si lo permiten las órdenes del Gobierno», que es exactamente lo que manifestó, sugiere que no era lo habitual. Además, quería asegurarse de llegar al cielo (o adonde fuese), ya que mandó celebrar cuatro mil misas por su alma, repartidas en sus cuatro estados. No quiso pompa, lujo, ni despilfarro en su entierro, que debía hacerse en San Isidro del Campo. Y así se realizó.[78]

San Isidro es el cementerio más antiguo de Madrid, y es justo el lugar donde reposa mi familia materna.

78. Fue trasladada al nicho 360.

—Entonces ¿cómo es que acabó aquí? —pregunté notándome cada vez más mareada.

—Porque Mariano, su nieto, cuyo sarcófago has visto arriba, se empeñó en traerla. El lugar donde se hallaba debió de parecerle poca cosa. Y, en 1849, ordenó trasladar a sus abuelos, a sus padres y a su hermano. Pero, Clara, aún hay un indicio más de que la duquesa tenía pavor a ser enterrada viva.

—¿Cuál?

—Su ataúd.

—¿Cómo era?

—De plomo y con una visera de cristal. Creo que quiso asegurarse hasta el final de no ser sepultada viva. Por eso este salmo en su nicho debe representar algo. Ella tenía miedo... mucho miedo.

—El material también es significativo —apunté cayendo en la cuenta de su simbolismo—. En la alquimia, el plomo simboliza el caos del alma.

Quizá su miedo, reflexioné dando rienda suelta a mis pensamientos, no era a la muerte. Por desgracia, había convivido con ella desde pequeña. Había perdido a sus hermanos, a su padre, a su madre, a numerosos hijos, a varios nietos, a un esposo... Sabía perfectamente lo que era la muerte y sus consecuencias. Conocía el dolor en toda su extensión. Con crudeza. Y, si creía en la vida eterna, como todo parecía indicar, la muerte no sería más que un vehículo para el reencuentro con esos seres queridos que le habían sido arrebatados. Por eso, la esencia de su miedo era otra:

lo que temía era no poder acceder a ese Edén prometido, a ese refugio espiritual donde le esperaban los suyos y por ello clamaba *De profundis*: «Desde lo hondo, a ti grito, Señor». Estaba pidiendo ser escuchada. Tal vez porque antes nadie lo había hecho. Porque sus seres queridos habían caído uno a uno sin que sus plegarias sirvieran de nada.

—¿Suben ya o las dejo encerradas?

La voz chillona y desagradable de Mari Carmen interrumpió mis pensamientos devolviéndome a la realidad. Desde las escaleras nos metía prisa para que abandonáramos el panteón. Quise aprovechar esos instantes finales para sacar las últimas fotos, pero mi cámara réflex se había quedado sin batería. Me extrañó, ya que la había cargado la noche anterior en el hotel. Extraje una segunda cámara compacta que solía llevar de repuesto, pero no pude siquiera encenderla. La batería también estaba agotada. Por suerte, había tomado bastantes fotos de las tumbas y de los símbolos mortuorios presentes en el panteón.

Beatriz y yo subimos los dos pisos que nos restaban hasta alcanzar la colegiata. Ya en el exterior, a medida que comencé a respirar aire fresco, recuperé el resuello.

Aquel día empecé a comprender algunas cosas que, hasta entonces, no había logrado entender. La clave estaba en los símbolos. Estos hablan mucho más que cualquier libro. Acababa de comprobarlo en la tumba de la duquesa. En mi afán por absorber todo deprisa, los había pasado por alto.

Al menos, los más importantes.

Había descuidado los que estaban escondidos en su jardín. Aquel lugar, a fin de cuentas, era su proyecto vital. Hasta el momento, los indicios mostraban que la duquesa era una mujer minuciosa que no daba puntada sin hilo. Todo en torno a ella tenía un sentido. Y ahí, en su jardín privado, era donde debían hallarse las claves de acceso a su mundo secreto.

15

Mi intención era ir a El Capricho tan pronto regresara de Osuna, pero no pude hacerlo hasta el sábado, ya que estaba cerrado. Mientras, continué investigando sobre el lugar y fue así como me topé con un artículo muy interesante. Su autora era María Isabel Pérez Hernández, una reputada arquitecta especializada en la casa de recreo de los duques, que además era presidenta de la Asociación Cultural Amigos del Jardín El Capricho. Esta mujer conocía al dedillo tanto la Alameda como los seis «Asuntos de brujas» que un día formaron parte de la decoración del palacete de los duques de Osuna.

Pese a lo apasionante de su trabajo, mi torpeza matemática me impedía entender ciertas cosas. Tenían que ver con unos cálculos geométricos que la arquitecta había realizado sobre dichos cuadros. Por eso la localicé y le solicité una entrevista, para que me ayudara a comprenderlos.

Isabel resultó ser una persona muy cercana y accedió a quedar conmigo. Nos vimos en Charanto's, una cafetería próxima a El Capricho con grandes ventana-les y terraza. Quedamos en esa zona porque ella vivía al lado, en el mismo barrio de la Alameda. ¿Sería una casualidad?

—No lo es —me aclaró después de pedir un refres-co al camarero—. Me vine a vivir aquí para estar cerca de este jardín.

Isabel era una mujer de mediana edad. Tenía el pelo oscuro y muy rizado, y sus ojos reflejaban una mirada profunda, propia de alguien con una exquisita sensibi-lidad. Ese simple detalle: haberse mudado a la Alame-da de Osuna para vivir junto a El Capricho, me pare-ció que hablaba mucho —y bien— de ella.

Después de comentar diferentes aspectos del jardín y algunos secretos que me guardo para mí, entré en materia. La arquitecta había elaborado un trabajo so-bre los seis misteriosos cuadros de Goya.[79] En él con-tinuaba los pasos de Frank Irving Heckes, autor sobre el que ya me había hablado el «tanatopintor» Gabino Dachs en la sidrería de Zaragoza y que yo había leído. Entre otras cosas, Heckes afirmaba que los «Asuntos de brujas» tenían relación directa con los libros que se hallaban en la vasta biblioteca de los Osuna. De ser así —y, por mis averiguaciones, todo parecía indicarlo—, resultaba difícil seguir manteniendo que esos cuadros

---

79. María Isabel Pérez Hernández, «Análisis de la obra "Asuntos de brujas" realizada por Francisco de Goya para la casa de campo de la Alameda de la condesa duquesa de Benaven-te», *AXA. Una revista de arte y arquitectura*, vol. 4, 2012.

habían surgido como producto de la enfermedad del pintor. Aquella serie de brujas exigía una guía, una documentación, una preparación y, en definitiva, un porqué.

Isabel, por su parte, había analizado el contenido de esta biblioteca con motivo de su tesis doctoral y también los cuadros desde el punto de vista geométrico.

—Y es aquí donde me he perdido —confesé avergonzada—. No sé si podrías explicarme esto como se lo contarías a un niño. Mi nivel de geometría es pésimo. Nunca se me dieron bien las matemáticas.

Le dije esto porque su trabajo incluía una relación de sugestivos dibujos geométricos de los cuadros, pero indescifrables, al menos para mí, entre otras cosas por la calidad de reproducción de los mismos, que era muy pobre. No obstante, de lo poco que se observaba con nitidez se intuían algunas figuras imposibles de obviar para alguien que estuviera mínimamente versado en la magia, como el pentagrama.[80] Reconozco que ver el pentagrama allí (común e invertido) fue lo que me decidió a escribirle.

Isabel sonrió, comprensiva. Acto seguido, cogió un bolígrafo y una hoja de papel y comenzó a desgranar su teoría con paciencia, como lo haría una profesora ante una alumna primeriza.

80. El pentagrama es un símbolo esotérico y de poder por excelencia. Se emplea desde la Antigüedad en numerosas operaciones mágicas como protección.

—Verás, en realidad es más sencillo de lo que parece. En la serie hay tres cuadros que hacen referencia a la brujería pura y dura, por así decirlo, y tres que son referencias literarias de obras de temática de brujería. A la hora de realizar mi estudio decidí poner los cuadros en el mismo orden en el que los vio Charles-Émile Yriarte[81] y comprobé que seguían una disposición concreta que tenía que ver con su temática: primero las brujas y después los cuadros de literatura de brujas, y así sucesivamente.

—¿Y qué orden seguían, según Yriarte?

Isabel me lo mostró y lo comprendí de inmediato. Los cuadros estaban intercalados en cuanto a su temática. El orden en absoluto parecía casual.

—Entiendo —dije sin quitar ojo a lo que ella hacía con el bolígrafo.

—Bien. Sigo entonces. Supongo que sabes que todos los cuadros tienen las mismas dimensiones.

Asentí con la cabeza.

—De acuerdo. Pues, además de eso, lo que he podido comprobar es que todos están basados en una proporción arquetípica: raíz de dos ($\sqrt{2}$).

—¿Y eso qué significa?

81. En 1865 Charles-Émile Yriarte (1832-1898), escritor francés de origen español, visitó la Alameda, ya que estaba escribiendo un libro sobre Goya. Cuando lo hizo, El Capricho pertenecía a Mariano, el nieto de la duquesa. Por lo tanto, se presupone que él pudo ver los cuadros en su ubicación original en la Alameda.

—En general, en el arte, hay una serie de proporciones arquetípicas. Es decir, modelos que se repiten mucho y que se intenta que así sea porque se cree que en ellos reside la belleza. Una de estas proporciones es la llamada √2.

—Comprendo.

—Bueno, pues si trazas un rectángulo cuyo lado menor es «l» y el lado mayor es «l √2», ese rectángulo se llamará √2. ¿Hasta aquí lo entiendes? —preguntó temiendo que me hubiera perdido durante la explicación.

—Sí, pero no sé qué implica eso —reconocí.

—Pues que se han hecho muchos experimentos con rectángulos. A la gente se le da a escoger diferentes tipos y curiosamente siempre elige los mismos. Uno de ellos es el rectángulo √2. Y, en el caso que nos ocupa, Goya hizo que todos los cuadros guardaran rigurosamente esta proporción.

—¿Por qué?

—Esto ya no lo sé —reconoció.

—¿Y no puede tratarse de una casualidad?

—Ni por asomo. Es imposible que lo sea. Mira, además de que todos ellos presentan ese esquema, los cuadros que son de brujería pura y dura, es decir, *Vuelo de brujas*, *El conjuro* y *El aquelarre*, contienen complejas geometrías basadas sobre todo en el pentáculo.

Al escuchar la palabra «pentáculo» pegué un respingo en el asiento de la cafetería. Debió de notarse porque el camarero que estaba en la barra me miró de soslayo.

—No es una cosa evidente —la arquitecta prosiguió como si nada—, pero está ahí, subyace en los cuadros. Es más, si los analizas geométricamente, te das cuenta de que es el pentáculo el que ayuda a componer las figuras.

—Pero ¿no puede ser casualidad? —insistí para cerciorarme.

—No puede serlo, Clara. El proceso tuvo que ser así: Goya se preocupó de tener los seis lienzos con la proporción $\sqrt{2}$. Luego, en tres de ellos, que son de una temática digamos oscura, dibujó una composición geométrica basada en el pentáculo. Y posteriormente empezó a pintar los personajes. Todo estaba estudiado. No interviene para nada el azar.

—Así pues, al final, lo que el observador percibe son solo las figuras.

—Eso es. Borró la composición, pero está ahí, soterrada. Hay una armonía, un orden. Y seguramente un propósito.

—Pero ¿cuál?

—No lo sé —contestó encogiéndose de hombros.

—El pentáculo es un símbolo mágico —apunté.

—Sí.

—Y los cuadros de referencias literarias de brujas ¿siguen algún patrón aparte de la proporción $\sqrt{2}$?

—Las geometrías presentes en los cuadros literarios son mucho más simples. Es una descomposición muy básica del propio rectángulo $\sqrt{2}$. Es decir, si lo descomponemos en cuatro, las diagonales son las que organizan los personajes. No hay pentagramas ni nada. En los otros sí. Y, en algunos casos, invertidos.

—El pentagrama invertido se asocia al Maligno —indiqué señalando el dibujo que tenía frente a mí con la geometría trazada—. No deja de ser curioso que este símbolo aparezca en unos cuadros dedicados a él, como *El aquelarre*. Pero también es un símbolo protector utilizado por los iniciados en sus operaciones mágicas.

—Lo que sí puedo decirte es que *El aquelarre* es justamente el cuadro que tiene la composición geométrica más compleja de todos —explicó. A continuación, señalando a *El conjuro*, añadió—: Hay otra cosa curiosa de la que me he dado cuenta. Si te fijas en la luna, que aparece en ambos cuadros, en *El aquelarre* está en fase creciente, en la zona izquierda del cuadro, mientras que en *El conjuro* está en fase menguante y en la zona derecha. Es decir, que hay una geometría muy singular.

Esto ya me lo había hecho notar Gabino Dachs y, de alguna forma, revelaba que al menos esos dos cuadros estaban ligados. De nuevo, no podía ser casual. O tal vez sí, pero, a mi juicio, eran demasiadas casualidades en torno a estas obras. Todo eso debía de tener un sentido que se me escapaba, un significado oculto más profundo que la mera visión de unas brujas y el Macho Cabrío.

—Es como si Goya se hubiera esforzado en ocultar los aspectos complejos en los cuadros auténticos basados en la brujería y hubiera dejado lo superfluo para los cuadros llamémosles «literarios» —señalé.

—Lo que sí puedo decirte es que en los cuadros auténticos de brujas hay un esquema triangular, cosa que en los teatrales no se da (son más diagonales). Y en el famoso cuadro de la familia de los duques, que también pintó Goya y que hoy está en el Prado, también existe ese esquema triangular.

Me quedé pensando. Durante unos instantes se hizo el silencio. Permanecí callada mientras la tarde caía ante mis ojos en aquella terraza de la Alameda. La luz del día escapaba atraída por una grieta invisible para dar paso a las sombras, solo interrumpidas por las luces que los vecinos comenzaban a encender en las casas de enfrente. Se asemejaban a pequeñas luciérnagas en mitad de un bosque.

No hizo falta decir más. Isabel, mujer de exquisita sensibilidad, se dio cuenta de que pasaba algo por mi cabeza y se unió a mí en el silencio, apurando su bebida.

Miré una vez más los cálculos geométricos que ella había realizado sobre los «Asuntos de brujas» y, de pronto, me vino a la cabeza un cuadro y una idea... una idea tal vez disparatada. Pero no era un cuadro de Goya el que asomó a mi mente. Era *Las Meninas* de Velázquez.

Había escrito brevemente sobre este lienzo en alguna ocasión a propósito de una teoría que lo liga con una suerte de talismán protector. Según el crítico de arte francés Jacques Lassaigne, *Las Meninas* no era un cuadro más, sino que se trataba de una representación mágica y protectora de la constelación Corona Borealis, en cuyo centro figuraba una niña: la infanta Margarita. La estrella más brillante de Corona Borealis, en la que justo se halla posicionada esta infanta, se denomina Margarita. No era una casualidad. Ese cuadro sería un talismán destinado a protegerla.[82]

El ingeniero y académico de Bellas Artes Ángel del Campo y Francés, siguiendo la estela de Lassaigne, fue un poco más allá y descubrió que en el citado cuadro se hallaba escondida la constelación de Capricornio, que también desempeñaría un papel protector, algo que se hace visible si unimos las cabezas de las figuras que integran el lienzo. Si lo hacemos, vislumbraremos ante nosotros el dibujo de dicha constelación.[83] Esto, que parece extraño, no lo es tanto si conocemos un detalle: Velázquez era muy aficionado a la astronomía y, por qué no decirlo, a la astrología.

La idea se instaló en mi mente sin apenas darme cuenta, como una fruta que madura poco a poco sin que lo percibamos pero que cuando vamos a recogerla está a punto para ser disfrutada. Tal vez, por todos los datos que había ido conociendo a lo largo de mi inves-

82. Jacques Lassaigne, *Les Ménines*, Museo del Prado, Lausana, 1973.
83. Ángel del Campo y Francés, *La magia de Las Meninas. Una iconología velazqueña*, Madrid, Colegio de Ingenieros de Caminos, Canales y Puertos, 1978.

tigación, afloraba ahora una hipótesis que —era muy consciente de ello— nunca podría llegar a demostrar con documentos.

¿Y si esos cuadros fueron un encargo de la duquesa para intentar proteger a sus hijos vivos?

Tenía motivos.

Conocimientos sobre el mundo de lo sobrenatural y la magia.

Y las fechas coincidían.

O puede que fuera todo una... ¿gran casualidad?

16

Mi amigo David Zurdo me esperaba debajo de casa, guarecido en su Golf azul cobalto. Habíamos quedado para ir juntos a El Capricho. El día no acompañaba mucho que digamos. Amenazaba lluvia. Pero a él no le importó, ya que, según me dijo, había conseguido picar su curiosidad y además disponía de un buen paraguas. En todos aquellos meses de investigación le había mantenido al tanto de mis avances. El pobre me había soportado estoicamente pese a que le había soltado unos rollos dignos de espanto.

David tenía formación científica, aunque, desde hacía muchos años, se dedicaba a la escritura. A veces me preguntaba por qué seguía siendo mi amigo. Y esta era una de esas ocasiones. Imagino que le divertían mis «misterios», como solía y suele llamarlos. Pese a que *a priori* no se creyera casi nada, tampoco cerraba la puerta a otras realidades.

Al hablarle sobre mi incipiente teoría —esa que nunca podría llegar a demostrar con documentos— David cobró súbito interés por el tema. Se la conté por un motivo: me fiaba plenamente de él. Sabía que no la haría pública y su opinión era importante para mí. Sincero como el filo de una navaja, lo que él dijera sería la prueba de fuego. Si al contarle que creía que los «Asuntos de brujas» de Goya podían haber sido un encargo de la duquesa de Osuna con el fin de proteger a sus hijos, no soltaba una sonora carcajada, significaría que mi hipótesis no era tan descabellada como pudiera parecer en un primer momento.

Pues bien, mi amigo no solo no se rio, sino que al exponérsela con datos dijo que todo aquello cuadraba, tanto por las fechas como por la motivación que presuntamente habría podido tener la duquesa.

«Aunque no puedas demostrarlo, es plausible», concluyó.

Con eso me bastaba para seguir adelante.

Así que aquel sábado ventoso un acatarrado David me recogió en casa para venir conmigo a El Capricho. No había estado allí antes y deseaba verlo con sus propios ojos, descubrir esos símbolos escondidos que yo le había prometido mostrarle. Por mi parte, quería encajar por fin algunos de los elementos simbólicos presentes en el jardín y fijarme en otros que me había revelado Isabel, la arquitecta con la que me había entrevistado días antes.

Atravesamos la puerta hacia las diez y media de la mañana en medio de la soledad más absoluta. Tanto mejor para nosotros. David decidió dejarse guiar por mí. Yo había planeado seguir un orden para no perdernos nada. Desde la entrada, iríamos primero hacia la derecha del recinto y de ahí todo de frente hasta llegar al palacete. Luego continuaríamos hacia la izquierda para regresar, siguiendo la trayectoria de la ría, hacia la salida, con paradas para acceder a los elementos situados en medio del recorrido, algunos de los cuales permanecían casi escondidos. Estos últimos formaban parte de ese jardín deliberadamente desorganizado y misterioso de estilo inglés, que contrastaba con otro cuadriculado y bien planificado, de corte francés, que se veía a simple vista y que ocupaba la zona del parterre. No obstante, aún había un tercero, de tipo italiano, al que algunos habían bautizado como «jardín secreto». Este se encuentra en un nivel inferior y actualmente no está accesible al público, lo cual es un fastidio. El visitante tiene que conformarse con contemplarlo desde arriba. Y, en parte por eso, algunos de sus secretos no han salido a la luz.

Siguiendo este recorrido, lo primero que llamó nuestra atención fueron las Columnas de los Duelistas. Me refiero a dos columnas de mármol enfrentadas y coronadas con bustos mitológicos. Se hallan situadas a los cuarenta pasos preceptivos de un duelo a pistola la una de la otra. Corren leyendas sobre duelos allí realizados, pero la realidad es que no hay constancia documental de ello. Lo que sí se sabe es que los bustos podrían representar a Atenea y a Perseo.

—Seguro que recuerdas que fue Perseo quien mató a la terrible Medusa, el monstruo mitológico que con-

Ilustración de Ricardo Sánchez inspirada en el cuadro de Goya

VUELO DE BRUJAS

Ilustración de Ricardo Sánchez inspirada en el cuadro de Goya

LA COCINA DE LAS BRUJAS

DESAPARECIDO

Ilustración de Ricardo Sánchez inspirada en el cuadro de Goya

EL CONJURO

Ilustración de Ricardo Sánchez inspirada en el cuadro de Goya

LA LÁMPARA DEL DIABLO

Ilustración de Ricardo Sánchez inspirada en el cuadro de Goya

EL AQUELARRE

Ilustración de Ricardo Sánchez inspirada en el cuadro de Goya

EL CONVIDADO DE PIEDRA
DESAPARECIDO

vertía en piedra a quien se atrevía a mirarle a los ojos —dije señalando la columna que representaba al héroe.

—Sí, claro. Y además lo hizo con la ayuda de la diosa Atenea —apuntó David.

—Exacto. Pues algunos estudiosos creen que la duquesa se identificaba con Atenea y que Perseo representaba a su marido, el duque. Ese sería el sentido de estas columnas. Una lucha en común por derrotar al monstruo.

—¿Qué monstruo?

—Esa es una buena pregunta para la que no tengo respuesta. Quizá, siguiendo mi teoría, el monstruo sería solo un símbolo de la desgracia y el infortunio. La eterna lucha entre la luz y la oscuridad —planteé con fingida solemnidad—. Lo que sí puedo decirte es que el día del cumpleaños del duque[84] la sombra de su columna coincide con la de la duquesa. Eso no puede ser casual.

David asintió.

—Pero es posible otra interpretación además de esa. Estas dos columnas también podrían simbolizar a Jakin y Boaz, las columnas situadas a la entrada del templo de Salomón.

Lo que decía era cierto. Podía haber más de una interpretación. Como todo en este jardín, era susceptible de más de una lectura. De hecho, las columnas

84. El 8 de agosto.

aparecían aún más destacadas en otro edificio: la Ermita. David se había documentado sobre la masonería a fin de preparar uno de sus libros: *La vida secreta de Franco*. Así que sus aportaciones me venían muy bien.

—Creo que este paseo te va a gustar. Hay muchas influencias masónicas en el jardín —dije avanzando en nuestro recorrido—, pero la duquesa no pudo ser masona por un motivo que ya sabrás: las dos facciones de la masonería especulativa[85] no permitían la presencia de mujeres entre sus filas. Es cierto que más adelante[86] el Gran Oriente de Francia tomó bajo su protección a la «masonería de adopción», las logias formadas por mujeres que, por otra parte, siempre estuvieron supervisadas por hombres. Aun así, esta modalidad no llegó a España hasta más de un siglo después. Y para entonces la duquesa ya había muerto.

—¿Y no pudo serlo su marido?

—No hay constancia de ello —repuse negando con la cabeza—. Además, si algo sabemos es que la creación del jardín fue obra exclusivamente de ella. De eso no hay duda. Supervisó hasta el más mínimo detalle. Nada está hecho al azar. Si hay influencias, del tipo que sean, en este jardín se deben a ella.

—Entonces, según tú, ¿qué explicación hay para los elementos masónicos escondidos aquí? —pre-

85. La masonería especulativa se divide en dos facciones: la anglosajona (escocesa) y la continental (francesa).
86. En 1774.

guntó David al tiempo que sacaba un pañuelo para sonarse.

—No sé si en alguna de nuestras charlas te conté que los duques vivieron un tiempo en París. Allí conocieron a destacados masones que terminarían convirtiéndose en sus amigos. Aparte de eso, muchas de las personas escogidas por la duquesa para erigir su jardín eran masones o discípulos de masones. Y otras, a su servicio, como el compositor Joseph Haydn, también.

—¡El maestro de Mozart! —exclamó David.

—Así es. Y las columnas que hemos dejado atrás, por ejemplo, fueron diseñadas por Martín López Aguado, hijo de Antonio López Aguado, que también tuvo participación en el jardín. Pues bien, Antonio era discípulo de Juan de Villanueva, y este, como poco, era simpatizante de la masonería. Pero hay más. El proyecto del palacete, aunque contribuyeran varios arquitectos, es obra de Manuel Machuca Vargas, discípulo de Ventura Rodríguez, reconocido masón. ¿Te parece que todo esto puede ser casual?

—No —fue su tajante respuesta—. En definitiva, ¿cuántas personas intervinieron en la creación del jardín?

—Uff... Muchas. Date cuenta de que la escritura de compra se firma en 1783 y que, a partir de ahí, se siguieron anexionando tierras hasta 1844, ya después de muerta de la duquesa. Ella empieza a interesarse por transformar estos terrenos en algo más ambicioso en 1784, cuando le encarga a Pablo Boutelou un proyecto de traza para el jardín.

—¿Has estudiado esas fechas? ¿Hay algo reseñable en ellas?

—Muy buena pregunta, que solo podías hacer tú —dije sonriendo—. Y sí. Hay algo que llama la atención. Boutelou presentó su proyecto a la duquesa el día de Nochebuena. Será casualidad, no digo que no, pero la escritura de arrendamiento de la finca se firma tres años antes de la de compra. En concreto, en el día de San Juan.

—¿Me estás diciendo que las fechas coinciden con los solsticios de invierno y de verano?

—¡Eso es! Dos fechas mágicas.

—Sí que es curioso... Pero ese hecho no demuestra que no pueda ser una casualidad.

—Desde luego. Volviendo a Boutelou, a él le debemos las trazas iniciales del jardín. Algunos elementos se formalizaron, pero otros no. Debió de pasar algo. Quizá la duquesa quería exclusividad y Boutelou no podía dársela. Se especula con que la reina María Luisa de Parma, esposa de Carlos IV, que está probado que odiaba a la duquesa, le impidió trabajar para ella. Entonces contrató a otros dos jardineros franceses. Primero a Jean-Baptiste Mulot, que había trabajado nada menos que para María Antonieta, y luego a Pedro Prevost. A ambos les puso como requisito que volvieran a Francia una vez finalizada su tarea en este jardín. Aunque Prevost no pudo hacerlo.

—¿Y por qué no?

—Porque lo mataron aquí mismo. Fue durante la guerra de la Independencia. En 1810 la propiedad fue confiscada por los franceses y Prevost fue asesinado a sangre fría ante sus propios hijos.

—¡Qué horror! —exclamó David tras emitir un sonoro estornudo.

—¿Estás bien?

—Sí, sí, no te preocupes. Solo tengo la nariz un poco taponada. Pero cuando terminemos aquí, por Dios, ¡llévame a tomar algo caliente! —dijo esto último en tono de broma, aunque era cierto que un café le habría venido bien.

Para entonces habíamos llegado a la plaza de los Emperadores y a la Exedra. A esta plaza, que tiene forma ovalada, se la conoce con este nombre porque está rodeada por doce bustos de emperadores romanos. La Exedra está justo ahí. Es un templete con cuatro columnas de mármol que aguantan una semicúpula. En su centro, hay un busto de la duquesa. A este templete se accede por unas escaleras que están custodiadas por ocho enigmáticas esfinges, orientadas al este, igual que la esfinge de Egipto. Nada más ver la distribución de este conjunto, David reaccionó como esperaba.

—¿Ese busto representa a la duquesa?

—Sí.

—¿Y está protegido por todas estas esfinges? Por cierto, supongo que sabes que son de inspiración masónica, pues se consideran emblemas de los trabajos masónicos.

—Eso mismo pensé la primera vez que vi la Exedra —dije aproximándome a una de las esfinges—. Todo esto, si te fijas bien, es una especie de escenografía. Tiene cierta similitud con los ritos de los iniciados que se practicaban en honor a algunos dioses, como Dioniso[87] o Mitra, una especie de teatrillo erigido para presenciar «algo». Pero su busto no lo puso ella. Eso habría sido demasiado egocéntrico. Lo hizo Pedro, uno de sus nietos, cuando heredó la finca tras su muerte.

—Y esos conjuntos arquitectónicos a cada lado del busto, ¿qué representan?

—Son Hércules y Ónfale, por un lado; y Baco y un sátiro, por otro.

—Ahora entiendo lo que quieres decir sobre los ritos dionisíacos —me interrumpió—. Los sátiros formaban parte del cortejo dionisíaco y Baco es, en Roma, una representación de Dioniso.

—Sí. Y estas misteriosas esfinges que custodian el conjunto resultan perturbadoras —comenté señalando una al azar—. ¿Te imaginas lo que puede ser estar solo aquí de noche?

---

87. En las Dionisíacas se honraba a Dioniso, dios no solo del vino, en su faceta más conocida, sino de la fertilidad, del teatro, etc. La estatua del dios era conducida a un templo. Según la tradición, este dios moría cada invierno para renacer en primavera. Para sus fieles, este renacimiento encarnaba la promesa de la resurrección de los muertos.

—Me parece que no me gustaría.

—No creo que tengamos ocasión de comprobarlo —aseveré, ignorante por completo de lo que ocurriría un tiempo después.

Continuamos con nuestro paseo y lo siguiente que apareció ante nuestros ojos fue el Laberinto, hecho con árboles de laurel. Es un espacio al que los visitantes no tienen acceso y que solo puede ser contemplado desde arriba. El problema es que desde esa posición no se puede ver el dibujo que forma. Únicamente es posible desde el aire o sobre un plano.

—La gracia de los laberintos —comentó David un poco decepcionado por no poder bajar— es recorrerlos, perderse en ellos.

—Estoy de acuerdo. Es una pena.

—Por lo que sé, el laberinto es un símbolo iniciático.

—Sí. Y este debió de ser más grande, lo que pasa es que hace años un avión tuvo que hacer un aterrizaje forzoso justo aquí.[88]

—¿En serio? ¡Vaya puntería!

—Fue un avión correo de Iberia que hacía servicio entre Lisboa, Madrid y Barcelona. El avión ardió por completo, pero solo hubo dos heridos. El Laberinto, eso sí, quedó destruido. Hay quien piensa que este laberinto es una casilla más del iniciático juego de la oca y que el jardín entero sería un enorme tablero de juego.

88. 12 de junio de 1946.

—¿Y tú qué crees?

—No podría asegurarlo, pero es verdad que algunas casillas coinciden con elementos que están aquí. Además del Laberinto, tenemos el Puente, la Calavera, la Pata de Oca... Algunos no son plenamente visibles. Están escondidos, como mandan los cánones.

—Están ahí para quien sepa verlos, supongo —remachó David.

—Y hablando de cosas ocultas, hay una que nadie vería a no ser que supiera de su existencia. Yo me enteré por la arquitecta con la que quedé el otro día. Está justo aquí —anuncié avanzando unos pasos para detenerme un poco después.

—¿Aquí? ¡Si no hay nada! —replicó David con extrañeza.

—Mira bien —dije con tono enigmático.

Tras observar el terreno, David tiró la toalla.

—Lo único que veo es un agujero.

David se refería al agujero que había justo debajo de nuestros pies.

—¿Y para qué crees que podría ser? —insistí sin revelar su significado.

—No tengo ni idea, pero imagino que si está aquí será por algo.

—Según me contó la arquitecta, este agujero cumple una función, pero solo se activa una vez al año. ¿Y adivina qué día?

David respondió con una pregunta:

—¿El solsticio de verano?

—Exacto. Justo debajo de donde estamos, en el nivel inferior, hay una fuente que imita una gruta, otro símbolo iniciático. Si te fijas bien —dije al tiempo que me agachaba para tocarlo—, este agujero está inclinado. Nadie había sabido para qué servía, pero la arquitecta, que ha estudiado a fondo la biblioteca de los duques, descubrió en uno de sus libros una ilustración con un agujero igual a este. Se puso a analizarla, y llegó a la conclusión de que el día del solsticio de verano un rayo de sol lo atraviesa. La inclinación que tiene está pensada para ello. Cuando esto ocurre, el rayo ilumina la fuente que hay debajo. Yo nunca he tenido acceso a ese nivel, pero ella sí. No puede ser casual. Junto a la fuente hay un banco para poder presenciar el efecto de luz. Todo esto sucede justo en el solsticio de verano, a las doce horas solares.

—Alucinante, Clara.

—Hay varios efectos similares de luces y sombras diseminados por el jardín, que marcan un recorrido que solo es visible a determinadas horas y en determinados días del año. Se produce en lugares clave, como el Templete de Baco, la Rueda de Saturno, etcétera. Es como si todo fuese una especie de elaborado plan al que se puede asistir únicamente si lo sabes y estás presente en el momento indicado.

—Desde luego lo que queda claro es que tu antepasada debió de ser una persona muy especial.

—Yo también lo creo. Estos detalles y todas las claves iniciáticas escondidas en el jardín me hacen pensar que mi teoría sobre los cuadros no es descabellada.

David asintió.

Continuamos caminando por el jardín hasta alcanzar el palacete. El tiempo había empeorado y a las nubes se había sumado el viento, que empezaba a ser molesto.

—Vaya día nos ha tocado, David. ¿Seguro que no quieres que nos vayamos y regresemos en otro momento?

—Ya que estamos aquí vamos a seguir un poco más —dijo alzando el cuello de su cazadora.

Para entonces ya teníamos frente a nosotros el majestuoso palacete, un edificio de planta cuadrada delimitado por cuatro torreones.

—Aquí estuvieron los famosos cuadros de Goya —dije señalando el edificio—, los seis «Asuntos de brujas». Se erigió sobre una construcción ya existente a la que se añadieron otros elementos y estancias. Como te comenté antes, participaron varios arquitectos. Hoy el interior está muy transformado. Es una pena.

—Imagino que aquí también habrá simbología oculta, ¿no?

—Sí, es todo simbólico. Fíjate en esos tondos que adornan la fachada.

—Desde aquí no se ven bien —protestó David guiñando los ojos para poder apreciar los detalles—. ¿No se puede acceder al palacio? Si pudiéramos acercarnos más...

—Me temo que no. Pero con un buen teleobjetivo

se puede descubrir que son escenas mitológicas. Se trata de representaciones de varios acontecimientos de la vida de Apolo en los que están implicados diferentes personajes: Dafne, Pitón y Faetón...

—No sigas —dijo David, interrumpiéndome—. Ya sabes que soy muy aficionado a la mitología. A ver si soy capaz de dar con la clave. Hasta donde sé, Apolo era el dios de la música, la poesía, la luz y las artes adivinatorias. Dafne era una ninfa que se transformó en laurel. Pitón, un horrendo monstruo que aterrorizaba a los habitantes de una aldea próxima a sus dominios, y Faetón, el hijo de Apolo, murió al no poder controlar el carro solar de su padre.

—Sí, veo que estás puesto en mitología —dije sonriendo.

—Solo un poco, je, je. Creo que puede decirse que todas estas son historias del triunfo de la luz sobre la oscuridad.

—En todos los casos existe una lucha —repuse señalando hacia los diferentes tondos al tiempo que refería sus historias—. Apolo se burló de Cupido y este, para darle una lección, hizo que se enamorase locamente de Dafne. Pero también consiguió que ella le detestara en la misma medida en la que él la amaba. La cosa no podía acabar bien. Apolo la acosó de tal modo que la joven prefirió convertirse en árbol de laurel antes que yacer con él. Por otra parte, en otro episodio, el monstruo Pitón, que es un claro símbolo del mal, fue derrotado por Apolo. Y en el caso de Faetón, fue su soberbia la que le hizo perder el control del carro solar. El joven se pavoneaba ante los demás diciendo que Apolo era su padre. Pero nadie le creía. Para demostrarlo decidió conducir su carro sin tener ni idea de cómo hacerlo. Lógicamente, el experimento le salió mal. Perdió el control y causó grandes males a la humanidad. A Zeus no le quedó otro remedio que abatirlo. Faetón fue asociado posteriormente con una estrella caída, es decir, con Lucifer.

—¿Y por qué crees que colocaron estos tondos justo aquí, en la fachada del palacio?

—Yo creo que es una declaración de intenciones. Un aviso a navegantes. Es el triunfo del bien sobre el mal y de la humildad frente a la soberbia. Además, ahora ya no están, pero se sabe que antes había tres estatuas en esos huecos —dije señalado a unos espacios vacíos en la fachada—. Representaban a Hércules, Venus y Atenea: fuerza, fertilidad y sabiduría.

—Es una lástima que no se pueda entrar. Vayamos hacia el siguiente punto.

—Vamos por ese camino —indiqué con el dedo índice hacia un sendero que se abría ante nosotros— para llegar al Templete de Baco.

El templete se halla sobre una colina, rodeado de césped y grandes árboles. Pese a su nombre, inicialmente iba a ser consagrado a Venus con una estatua de esta diosa, pero Baco acabó siendo el protagonista.

—Para traer aquí la estatua de Venus, esculpida por Juan Adán, hizo falta la ayuda de dieciocho hombres.

Y se sabe que estuvo aquí varios años. Pero, en algún momento, se trasladó al interior de otro edificio, que aún no hemos visitado, y que se llama el Abejero. Aunque debo decirte que la que hay allí ahora tampoco es la verdadera. Para no liarte, cuando lleguemos al Abejero te contaré quién la tiene.

—¿Y por qué ese cambio? Es decir, entonces ¿qué pinta aquí Baco?

—No se sabe. Hay varias teorías, pero ninguna certeza. Es una de las peculiaridades de este jardín. Hay mucha documentación de algunas cosas y, sin embargo, de otras apenas sabemos nada.

Continuamos el recorrido hasta situarnos frente a un edificio achatado de color blanco.

—Es una especie de casa para las abejas. Pero, ojo, una casita que ya la quisiéramos para nosotros. Aquí la duquesa y sus invitados se sentaban a merendar mientras observaban el trabajo de las abejas. Este tipo de «casas de abejas» existían en otros países en el siglo XVIII, pero su finalidad era la producción de miel. Aquí, aparte de eso, se disfrutaba con la contemplación de su incansable labor. Para algunos, se trataría de un templo dedicado a la naturaleza y a los ideales masónicos.

—Lo dices, supongo, por la simbología de la abeja: la disciplina, la obediencia y la constancia.

—Sí. Y también, según algunos expertos, por la repetición del número seis en varios de los elementos del edificio. Lamentablemente, tampoco se puede entrar, pero la forma hexagonal está presente en los detalles del techo, las columnas, los panales, etcétera. Lo que más me interesa contarte es lo de la estatua de Venus. Como te dije, la que hay ahora es una réplica exacta de la que hizo Juan Adán para la duquesa. Un día estuvo en el interior de este edificio. La verdadera es propiedad de Alicia Koplowitz.

—¿En serio?

—La verdad es que fue un detalle por su parte. No tenía por qué hacerlo. La réplica le costó treinta mil euros y la donó para que pudiera ser colocada aquí. Así que la Venus original la conserva ella.

—Bueno, la Koplowitz es una gran coleccionista de arte, de eso no cabe duda.

—La única condición que puso para donar la réplica fue que nadie supiera que había sido ella. Pero todo se termina sabiendo y la noticia trascendió y salió publicada en prensa. Al final la propia Alicia Koplowitz acudió a El Capricho el día en que se colocó la estatua en el Abejero.

—Oye, ¿y sobre los dos cuadros desaparecidos de la serie de «Asuntos de brujas» supiste algo más? Porque lo más probable es que estén en alguna colección privada de alguien pudiente.

—No mucho... Llegué hasta una coleccionista de la que me habló Gabino Dachs, el pintor de Zaragoza, pero aún no me ha contestado. He perdido un poco la esperanza de que lo haga. En fin, ya te contaré si da señales de vida. Aunque si los cuadros llevan perdidos más de medio siglo y nadie ha dado con ellos, no creo que vaya a ser yo la afortunada.

En ese instante sonó el teléfono de David.

—Es de la radio —dijo antes de contestar.

David colaboraba con varias emisoras. Se acababa de producir una noticia de ciencia de alcance, una inusual actividad solar, y querían que entrara en directo para comentarla. Le ofrecí marcharnos para evitar el viento y el ruido de fondo, pero él no quiso.

—Ni loco voy a perderme el resto de la visita. Lo que voy a hacer es ir al coche y atender desde allí la llamada. No me llevará más de quince minutos.

—En ese caso, yo me quedo aquí mientras tanto haciendo fotos.

—Me parece estupendo, aunque no sé si sabré volver —bromeó.

—Si ves que no, llámame y te voy a buscar a la puerta del jardín.

David se fue a paso rápido hacia la salida. Mientras, aproveché esos minutos para regresar al palacete y hacer algunas fotos más. Reconozco que entonces me sentí sola en el enorme jardín. El día no acompañaba y apenas nos habíamos cruzado con dos o tres visitantes desde nuestra llegada. Prácticamente habíamos estado solos.

Con el teleobjetivo de mi cámara enfoqué a una de las ventanas, hoy cerrada. Imaginé a mi antepasada asomándose a ella. Sola, sin otra compañía que el recuerdo de sus hijos muertos, clamando la ayuda de las deidades diseminadas por su jardín. Luego la vislumbré accediendo al oratorio que un día hubo en el palacete y vi cómo se postraba ante un cuadro. Un boceto de menor tamaño del que le encargó a Goya para decorar la capilla de uno de sus antepasados, san Francisco de Borja, en la catedral de Valencia.[89] Me vino a la cabeza la lóbrega escena del exorcismo ante el moribundo. La acción se desarrolla en una habitación mal iluminada. El santo, vestido con hábito negro, blande un crucifijo para espantar a los demonios que acosan a un hombre en trance de muerte, postrado en una cama. Están esperando a que cierre los ojos para abalanzarse sobre él. Del crucifijo del santo brota la sangre de Cristo. Esta cae sobre el vientre del hombre a fin de librarle del mal que lo posee. Es el primer cuadro de Goya en el que aparecen monstruos, y contrasta con lo que era su obra hasta ese momento. Curiosamente fue otro encargo de la duquesa. Tal vez en algún momento quiso exorcizar su vida, despoblarla de los monstruos que la atormentaban, que, en su caso, se llamaban muerte e infortunio. Lo tenía todo, pero sus hijos, su descendencia, su sangre... moría sin que ella pudiera hacer nada por evitarlo.

89. La duquesa encargó a Goya dos cuadros con escenas de la vida de san Francisco de Borja, del que era fiel devota. Así surgieron *San Francisco de Borja despidiéndose de su familia* y *San Francisco de Borja y el moribundo impenitente*. El 16 de octubre de 1788 el pintor presentó una factura de 30.000 reales por estos cuadros. Por fecha, son anteriores a los seis «Asuntos de brujas».

La imaginación es poderosa.

En ese momento me pareció que la contraventana hacia la que miraba se movía un poco. En un acto reflejo, di un paso atrás. Un escalofrío se apoderó de mí pero supongo que solo fue el efecto del viento.

17

Tras atender la llamada de la radio, David regresó al palacete sin dificultad. Lo esperé allí porque era más fácil que encontrara ese edificio que la Rueda de Saturno, el siguiente elemento que nos tocaba ver. Así que desde ese punto retomamos nuestra visita en dirección a este último. Es una columna con esa deidad como personaje principal, que aparece devorando a uno de sus hijos. Se trata de una imitación de las columnas dóricas, de estilo arcaico, que fueron descubiertas en el siglo XVIII en las ruinas griegas de Paestum, en el sur de Italia. De ella parten seis caminos radiales.

—¿Esto es casualidad? —preguntó David—. Me refiero a que Goya tenga una obra, bastante macabra, por cierto, titulada *Saturno devorando a su hijo*. ¿Es influencia suya o puro azar?

—Es difícil de decir. Este elemento no ha podido ser datado, así que no hay forma de saberlo. Lo que sí sabemos es que Goya pintó su *Saturno* para decorar su casa privada, la desaparecida Quinta del Sordo. Así que forma parte de las llamadas «pinturas negras».

Cuando Goya compró esa casa, este jardín ya se estaba construyendo. He leído en algunos sitios que sí, en otros que no. La verdad, los expertos no se ponen de acuerdo, pero, en mi opinión, la duquesa pudo mandar construir este elemento mucho antes. Dado su interés por estos temas, no podemos obviar que Saturno antiguamente se identificaba con el demonio... La verdad, no lo sé. También podría ser una representación del paso del tiempo, una especie de reloj. A fin de cuentas, Saturno es Cronos. Visto así, podría tener muchas interpretaciones. Pero si relacionamos esta columna con el resto que hay diseminadas por el jardín, como las de los duelistas y otras que aún no hemos visto, quizá sea parte de un plan simbólico más profundo.

—Los caminos que salen de aquí forman un hexágono —señaló David—. Los antiguos creían que desde los anillos de Saturno se lanzaban las almas al Empíreo.[90] ¿Sabes qué es?

—Sí, está en la *Divina Comedia*. Yo creo que si hay algo claro es que estos seis caminos no se trazaron por casualidad, que había un sentido para ello, que simbolizaban algo. Tal vez esas almas lanzadas al Empíreo, tal vez otra cosa.... Casi todo en este lugar resulta enigmático por las diferentes lecturas que pueden hacerse.

90. En la teología católica medieval, el Empíreo es el más alto de los cielos. El lugar donde habitan los ángeles y las almas puras. Quedó muy bien descrito en la *Divina Comedia* de Dante Alighieri.

Debido a que David, por su resfriado, no estaba para muchos paseos, omití algunos elementos del parque, como la Ruina, un emplazamiento que simula una construcción derruida, acaso como símbolo de lo perecedero frente a lo perenne. Por eso, dirigimos nuestros pasos hacia la Ermita, un lugar muy especial. David, nada más llegar, sobre todo cuando vio las columnas que enmarcaban su portada, se atrevió a decir algo que yo también pensaba.

—Esto es un elemento masónico de libro. Estas columnas recuerdan claramente a las del Templo de Salomón.

—Estoy de acuerdo con eso. Pero no te lo pierdas... el edificio en origen estaba dividido por un tabique. Una de las divisiones simulaba una pequeña iglesia y la otra el habitáculo donde se supone que vivía un ermitaño: fray Arsenio.

—¿Se supone?

—Digo se supone porque eso es lo que cuentan la mayoría de los libros y porque aquí mismo hay un cartel donde se detalla esta historia —aclaré señalándolo—. Y, si me apuras, aquí detrás está su tumba,[91] que, por cierto, tiene forma piramidal, otro elemento ma-

---

91. En la lápida antiguamente podía leerse el siguiente texto: «Aquí yace fray Arsenio. Residió en esta comarca 26 años en esta ermita de la Alameda de Osuna que le fue donada en caridad por sus méritos dedicándose constantemente a la oración y a las más sublimes prácticas piadosas. Murió el 4 de junio de 1802 en brazos de su amigo Eusebio, quien le ha sucedido en su género de vida y aspira a sucederle en sus virtudes».

sónico interesante. Durante un tiempo creí que esta historia era cierta. Y también creí que, tras la muerte de Arsenio, vino a ocupar su lugar otro ermitaño: fray Eusebio.

De pronto vino a mi cabeza el enigmático hombre con el que hablé el día que vine a visitar El Capricho yo sola. Y también la fallida foto que le saqué y que azarosamente desapareció de mi cámara.

—¿Y ahora ya no lo crees?

—Lo dudo seriamente. Después de hablar con Isabel, la arquitecta, ya no sé qué pensar. No hay más constancia de su existencia que esta tumba.

—¿Te parece poco?

—Conociendo a la duquesa, sí. Si este hombre vivió aquí durante más de un cuarto de siglo, y el otro estuvo después otros tantos años, habría algún papel que hiciera alusión a ellos. La duquesa era muy meticulosa. Tenía un enorme archivo en el que se custodiaba toda suerte de documentos y de recibos: lo que comían los caballos, los salarios de los empleados, los materiales adquiridos para la conservación de la finca... ¡todo! El tal fray Arsenio no aparece por parte alguna. Lo mismo sucede con fray Eusebio. Además, la arquitecta dice que se excavó en esta tumba y debajo ¡no había nada! Ni un solo hueso. ¿Cómo es posible?

—Entonces ¿es solo una leyenda?

—Eso creo. Tal vez fomentada por algo que sí hubo aquí: un autómata.

—¿Un autómata? ¿Y eso cómo se sabe?

—Porque Pascual Madoz, ministro de Hacienda durante el bienio progresista, llegó a verlo y dejó constancia.[92] Por lo visto, cuando visitó El Capricho se pegó un susto de muerte al llegar a la Ermita. En sus escritos decía algo así como que tuvo que dar un paso atrás al pensar que había interrumpido las oraciones de un ermitaño, sentado en su interior con un libro en sus manos. De hecho, necesitó acercarse a él para descubrir que no era de carne y hueso.

—Quizá de ahí surgió la confusión, de gente que vio el «muñeco» y pensó que era una persona.

—Es que además hay elementos en esta historia que son muy de leyenda. He llegado a leer que la duquesa, a cambio de cobijo y comida, prohibió al ermitaño cortarse el pelo y las uñas, y que, a instancias suyas, cuando ella y sus invitados paseaban en falúa por la ría se les aparecía en medio de la maleza para darles sustos.

—Suena a leyenda, la verdad. Pero me encanta... Claro que, si nunca hubo ermitaño, ¿qué pinta esta falsa tumba?

—Otro misterio que sumar a la lista.

Continuamos la ruta que nos habíamos marcado y alcanzamos el Estanque de los Patos, otro lugar digno de hacer una parada. Es una pequeña charca que se en-

92. Fue en la monumental obra del propio Madoz *Diccionario geográfico-estadístico-histórico de España y sus posesiones de Ultramar* (Madrid, 1845).

cuentra prácticamente en el centro del parque, pero algo escondida, por lo que muchos visitantes ni siquiera llegan a verlo.

—Aquí tienes otra de las columnas que te decía —señalé al llegar a una rematada con un busto cuyo rostro hoy es inapreciable—. Se abastecía de agua mediante uno de los viajes de agua naturales que recorrían el jardín de norte a sur. Pero fíjate en que lo más interesante de esta columna no es el busto, sino algunos elementos que apenas son perceptibles a menos que sepas que están aquí.

—¿A qué te refieres? Yo solo veo que el vestido que lleva el busto tiene dibujado un ser espantoso. Supongo que es una representación de Medusa.

—Mira en la base...

—Mi vista ya no es la que era —se lamentó David.

—¡Ni la mía! Pero fíjate aquí. A diferencia de lo habitual, es un montículo de roca.

David aguzó la mirada, se aproximó más a la base de la columna.

—¿Eso son rosas?

—Sí. Hay tres. Ya sabes que la rosa posee un simbolismo especial.

—Sí, claro. Tiene relación con la estrella de cinco puntas y con el pentáculo de Venus. Es un símbolo esotérico adoptado por varias sociedades secretas. ¡Qué interesante!

—Y mira ahora aquí —dije señalando a una parte concreta de la roca—. ¿Qué ves?

—¡Una pata de oca! Otro símbolo iniciático de los antiguos constructores.

—Eso es. Está todo a la vista, pero casi nadie se da cuenta. Y, hablando de cosas imperceptibles, acércate aquí un momento. ¿Ves ese asiento junto a las escaleras?

Me refería a un pequeño banco de piedra que hay junto al agua, ideado para que se siente una sola persona. Para llegar a él hay que bajar unas escaleras.

—Sí.

—¿Y ves algo más?

David forzó un poco la vista.

—Desde aquí no veo nada; excepto el banco, claro. Pero es trampa porque no se puede bajar hasta él —masculló—. Ese cordón lo impide.

—¿Me creerías si te digo que en el respaldo del banco hay una calavera con dos tibias que se han ido erosionando por el tiempo y casi no se ven?

David se quedó callado unos segundos, pensativo. Luego se agachó para poder asomarse y ver el banco un poco mejor.

—Ahora que lo dices... se intuye. Pero ¿qué pinta eso ahí?

—Para mí solo hay dos opciones: la primera es que se usara sin querer una lápida para construir el banco. Algo poco probable, teniendo en cuenta el dinero destinado al proyecto del jardín y que todo estaba bien medido y calculado. Sabemos que se emplearon materiales de primera. Suponiendo que esto fuera así, puede que nadie se diera cuenta de que había una calavera ahí, incluyendo a la propia duquesa. Esto es menos probable aún, ya que, aunque ahora no se ve bien, en su momento la calavera tenía que ser muy visible. Si la duquesa la hubiera visto, y se tratara de un error, habría mandado retirar esa losa de inmediato.

—¿Y la opción dos?

—Que se pusiera ahí ex profeso con la aprobación de la duquesa. Es decir, que se tallara ese símbolo en la piedra por orden suya o que, si realmente procedía de una lápida, ella lo supiera y le pareciera oportuno.

—Con lo que sabemos de la duquesa, me quedo con la opción dos. Porque además se trata de otro símbolo masónico —remarcó David—. Como sabrás, en la Cámara de Reflexión[93] de los masones siempre hay un cráneo. El profano debe morir, simbólicamente hablando, para renacer tras la iniciación.

—Y más te lo va a parecer cuando lleguemos al Casino de Baile —dije guiñándole un ojo.

Como sabía que David no se encontraba muy bien, omití algunas explicaciones en enclaves como el Búnker, la Ruina, el Fortín, la Zona de Juegos, la Casa de las Cañas y alguno más. Pero no podía dejar de enseñarle el Casino de Baile, atribuido a Martín López Aguado. Es un edificio blanco con una escalera de dos ramales

93. Antes de la iniciación masónica, el aspirante es introducido en la Cámara de Reflexión, un lugar lóbrego y generalmente reducido en el que, entre otros elementos simbólicos, hay un cráneo.

que servía de desembarcadero. Recordemos que la ría del jardín era navegable y que solía llegarse a este lugar en falúa. El casino está levantado sobre un pozo alimentado por uno de los viajes de agua. No es posible el acceso a su interior, pero el exterior ya habla mucho del edificio.

En la fachada, octogonal, se aprecian unos altorrelieves con angelotes, o quizá niños, muy intrigantes. Están situados encima de cada puerta, y en opinión de varios expertos representan una ceremonia de iniciación, posiblemente masónica; después de estudiarlo, yo misma he llegado a este convencimiento. Sobre el tejado, bien visible, se observa una veleta con los cuatro puntos cardinales. Esto es una pista que indica que, en esta construcción, la orientación es muy importante.

—Al casino se entraba por el este —dije—. Tenemos que hacer un ejercicio de imaginación y recorrer las puertas del casino para descubrir lo que ahora te voy a mostrar.

—De acuerdo. Pues empecemos.

—Si te fijas en el altorrelieve que hay justo encima de esa puerta, la del este, verás representadas tres parejas de angelotes o niños que recogen y portan flores. Simboliza la primavera.

—Ajá. Lo veo, sí.

—Ahora tenemos que seguir caminando en el sentido de las agujas del reloj y saltarnos un altorrelieve. —Llegamos al punto sur—. ¿Qué ves?

—Los mismos niños llevando lo que parecen espigas. ¿Es quizá una representación del verano?

—Eso es. —Seguimos de nuevo el sentido de las agujas del reloj y nos saltamos un panel. Nos topamos con el oeste—. Los niños ahora aparecen recogiendo uvas en grandes cestos. Es la vendimia. El otoño.

—Y supongo que ahora hay que saltar otro panel en el sentido horario —apunto David.

—Sí. ¿Imaginas qué viene ahora?

—El norte. Los niños aparecen abrigados. Tienen frío, como yo ahora —sonrió—. Y se aproximan a lo que parece un fuego. ¿El invierno?

—Exacto. Hasta aquí todo tiene un sentido, ¿verdad?

—Sí. Eso parece.

—Pero ahora viene lo mejor, David. Porque nos faltan cuatro paneles y estos tienen que ser leídos o interpretados en el sentido contrario a las agujas del reloj. Hay que proceder del mismo modo que antes, pero a la inversa. Y hay que saltarse un panel.

—Vamos —dijo caminando hacia la dirección que yo le indicaba, que se corresponde con el noreste.

—Aquí empieza lo bueno. Mira el altorrelieve y dime qué ves.

—Los mismos niños. Uno de ellos lleva la cabeza tapada con un paño o quizá un manto. ¿Qué simboliza?

—¿Te sonará si te digo que en las ceremonias de iniciación masónica al aspirante se le vendan los ojos? Se hace como acto simbólico.

—Se supone que está ciego ante el conocimiento que aspira a alcanzar y que atraviesa una etapa de oscuridad.

—Eso es. Nos volvemos a saltar un panel y llegamos al noroeste. Lo que vemos ahora es el aspirante, arrodillado, frente a la figura que antes aparecía sentada, que representaría al maestro.

—¿La obediencia, quizá? El aspirante no sabe nada y por tanto debe aprender de quien tiene más experiencia que él.

—Eso es. Vayamos al siguiente panel. Se corresponde con el suroeste. Aquí, el aprendiz aparece representado con una pluma. Al principio, en mi ignorancia, pensaba que era un palo, pero lo consulté con José Luis González Munuera,[94] que es uno de los mayores expertos en simbología que conozco. Él me aclaró su significado.

—¿Y qué dice Munuera?

—En el panel se ve una figura togada, que ya hemos visto en anteriores paneles. Dirige al niño, al aspirante, que, en este caso, lleva una pluma en la mano. Según me contó José Luis, y voy a resumir mucho lo que me dijo, podría indicar un traspaso de las fuerzas de la naturaleza al aspirante. Se observa también una figura sedente, que sería el maestro. Este sostiene una mano sobre su rodilla derecha, lo que indica que es quien po-

94. Es autor, entre otros libros, de *Gargolarium: las gárgolas de la Catedral de Sevilla* y *Gargolarium: hombre verde*, ambos editados por la Editorial Círculo Rojo.

see el conocimiento y tiene la misión de iniciar a otros para que puedan adquirirlo. Sería el progreso que va experimentando el aspirante a medida que profundiza en la labor que se ha marcado.

—Tiene todo el sentido. Pero aún nos queda un panel para completar la historia —dijo David, al tiempo que caminaba en sentido opuesto a las agujas del reloj para alcanzarlo.

—Sí, es el último, el que marca el sureste. Aquí vemos cuatro figuras, no como en los otros en los que había seis. Aunque en esta ocasión los niños aparecen acompañados de dos chivos, por lo que, de nuevo, sumaríamos seis elementos. Uno de los niños blande una espada y está a punto de degollar a uno de los animales.

—Imagino que es un emblema del sacrificio, necesario para realizar el ritual representado en los altorrelieves. En la Antigüedad los israelitas utilizaban un chivo para expiar sus pecados, conduciéndolo al desierto.

—De ahí viene la expresión «chivo expiatorio»: otro carga con las culpas, en este caso, el chivo. Es un elemento ritual iniciático necesario para alcanzar la nueva vida espiritual a la que se aspira al entrar en la orden. Como imaginarás, nada de esto puede ser casual, y quien mandó construir este edificio sabía bien lo que hacía. Debajo de él, en la zona donde se halla el pozo, hay una bóveda. Justo allí se encuentra la enorme figura de un jabalí, un símbolo de la fuerza elemental de la naturaleza. La dureza de la piel de ese animal se asocia con la fuerza que posee el sabio que se introduce en lugares difíciles, pero que le servirá para reforzar su sabiduría. Por eso creo, después de todo lo que hemos visto, que este edificio sirvió para realizar algún tipo de ritual de iniciación. No sé si de corte masónico o de otro tipo, pero pienso que ese era su verdadero fin... Más allá de que fuera utilizado como salón de baile.

—Cuando me hablaste de tu antepasada, no imaginaba todo esto ni por asomo —confesó David.

En ese momento estuve a punto de comentar algo, pero empezó a llover con intensidad. Nos refugiamos a toda prisa debajo de un enorme pino, pero aun así y con paraguas, el agua comenzó a mojar nuestras ropas. El viento, racheado, se había empeñado en fastidiarnos la visita. Salimos corriendo y no dejamos de hacerlo hasta llegar al coche. Una vez dentro, David puso la calefacción. La lluvia golpeaba con fuerza los cristales del Golf y apenas se veía el exterior.

—¿Qué ibas a decir antes?

—Pues que, en aquella época, teniendo dinero y poder, lo fácil habría sido dejarse llevar por las modas imperantes, que la duquesa no se hubiera cultivado como lo hizo y que se dedicara a contemplar la vida como muchas de las damas de la nobleza de su tiempo, que, pese a sus grandes posibilidades, apenas sabían escribir. Por eso creo que este jardín no es un jardín más. Es un libro de símbolos. Una prueba del interés de la duquesa por lo oculto. Su existencia refuerza la hipótesis de que los «Asuntos de brujas» de Goya, concebidos para estar aquí, se hicieron con una motivación distinta de la que proponen muchos de los libros de arte que he leído. Este lugar nos ofrece una visión del mundo muy especial, la de Josefa. Mucho más profunda y espiritual de lo que se supone que era la vida de la duquesa de Osuna.

—Me parece una conclusión más que razonable. Tantas casualidades dan que pensar.

—Y ojo. Nos quedan algunos elementos por ver, como la Casa de la Vieja, donde también hubo autómatas. Pero con esta lluvia es mejor que lo dejemos para otro día o acabarás en urgencias —dije recordando su resfriado.

David asintió y, sin decir más, arrancó el coche y nos fuimos a tomar un merecido café a resguardo de la lluvia.

18

La vida es voluble. Tiene la virtud o el defecto, según se mire, de alterar nuestros planes sin previo aviso.

Y la vida se impuso.

Después de visitar El Capricho con mi amigo David, pese a lo avanzado de mi investigación, tuve que aparcarla. Los motivos fueron varios, pero principalmente hubo uno que terminó por devolverme a la realidad: el libro que estaba escribiendo comenzó a demandar más atención de la que recibía. Le «oía» gritar por las noches desde un cajón, reclamando su parcela de tiempo; un tiempo que le había arrebatado en aras de mi proyecto secreto. A veces me desvelaba dándole vueltas y me desesperaba no hallar una solución. Entonces me levantaba, encendía el ordenador y me sentaba a escribir como una posesa, en un vano intento por recuperar el tiempo perdido. Sabía que cada día que pasaba suponía uno menos para la entrega definitiva. Eso me angustiaba. Pero claro, por más que me empeñara, el día no tenía más de veinticuatro horas y ya invertía buena parte de la jornada en la revista. Cuando se hacen las cosas con prisas, no suelen resultar como deseamos. Y menos en materia de libros. Cada uno de ellos merece atención plena, mimo y esfuerzo. Todo ello me obligaba a regresar sobre mis pasos para repasar y corregir errores que, en otras circunstancias, no habría cometido. No podía seguir así.

Aun con todo, hice oídos sordos a los reclamos nocturnos hasta que un día mis editores de aquel entonces vinieron a recordarme que la realidad estaba justamente dentro de ese cajón. Por sentido de la responsabilidad, decidí retomar el libro que tenía marginado. Con esto no quiero decir que me viera forzada a escribirlo. No es eso. Ni que ellos me presionaran. Era un libro que me apetecía mucho. De otro modo, no me habría embarcado en él. El Capricho había sido una tentación. Un desliz. Una curiosidad personal más que otra cosa, pero que me había atrapado sin darme cuenta. Me había aventurado en la vida de mis antepasados para tratar de resolver un misterio familiar, y había acabado complemente enganchada.

En aquel momento, situé ambas cosas en una balanza y decidí que ya habría tiempo para volver al pasado y retomar, cuando llegara el momento, ese viejo sueño.

Pero el destino, la vida, o como queramos llamarlo, tenía reservados otros planes para mí y no pude hacerlo de manera inmediata. Si vuelvo la vista atrás, ahora soy consciente de que este libro no tenía que ver la luz entonces. No podía comprenderlo porque faltaba un capítulo importante cuyo desarrollo no llegaría hasta mucho después. Aunque claro, eso yo no podía saberlo. Así que me centré en lo que tenía entre manos. A decir verdad, tampoco es que pudiera avanzar mucho más. Las últimas noticias que recibí terminaron por decantarme hacia lo conocido y estable. Fue la respuesta de la coleccionista de la que me había hablado Gabino Dachs. Me decía que ella no sabía nada de los cuadros perdidos de la serie de «Asuntos de brujas». Según me explicó, en efecto, había vivido en México unos años y allí, como coleccionista de arte, se había preocupado por seguir la pista de esos dos cuadros desaparecidos. Sin embargo, no obtuvo pista alguna de su paradero. Después, regresó a Madrid. Para ella era un tema olvidado aunque prometió que si algún día sabía algo sobre ellos, me avisaría. Fin de la historia. El desánimo se apoderó de mí y di esa pista por perdida.

Tras la publicación de mi libro, vinieron otros proyectos. Todos atractivos y urgentes, y me dejé llevar. Encadené uno con otro. ¡Qué peligroso es esto! Tanto fue así, que la documentación de mi investigación se perdió en cajas.

Con el tiempo he aprendido que cuando una buena historia te llama, tienes que seguir su reclamo. No importa lo que estés haciendo. Has de dejarlo todo y acudir. Pero, por aquel entonces, no tenía esta percepción y creía erróneamente que tampoco tenía otras opciones. Devorada como estaba por el trabajo, con varios frentes abiertos, no era capaz de darme cuenta de lo desacertado de mi planteamiento.

Cuando se lo conté a mi amigo Javier Sierra, me dijo que era una pena que abandonara mis pesquisas. Él, con su olfato para las buenas historias, estaba convencido de que me hallaba cerca de conseguir algo grande y me recomendó que siguiera. David me dijo algo parecido, aunque quizá él entendió mejor mis circunstancias, pues las suyas eran parecidas. Eso sí, me hizo prometer que algún día escribiría ese libro contando lo que había averiguado y mi teoría sobre los «cuadros protectores». No importaba cuánto tiempo pasara, pero debía hacerlo. A pesar de todo, no me arrepiento de haber actuado como lo hice, porque de otro modo, no hubiera podido contar lo que hoy sé.

Y pasó el tiempo.

De vez en cuando venían a mi mente la duquesa y algunas imágenes de los cuadros que un día estuvieron en El Capricho, pero las desechaba porque, en el fondo, sabía que había algo que no estaba haciendo bien. Poco a poco, los recuerdos y mis pensamientos sobre el tema se fueron diluyendo.

Sí que pensé fugazmente en todo ello cuando me vi impelida a trasladar las cajas que contenían la documentación a una casa que tenían mis padres en un pueblo de Segovia. No tenía sitio en mi vivienda de Madrid. Estaba abarrotada de libros, archivadores y papeles. Comenzaba a parecerse más a una biblioteca con cama que a una casa con unas estanterías repletas. Me daba hasta vergüenza invitar a la gente a tomar un simple café. Solo algunos amigos escritores entendían mi situación y sabían lo que es vivir entre montañas de libros.

Al final, para no morir engullida por tanto papel, tomé la decisión de trasladar parte de ese material, ya que no lo estaba utilizando, a esa casa, que, curiosamente, la gente del pueblo había bautizado como la «casa de la bruja». De nuevo aparecían las brujas en mi vida. Aunque, en este caso, la explicación era mucho más sencilla: no íbamos mucho. El jardín estaba descuidado y parecía semiabandonada.

Una vez allí, con un poso de nostalgia, descargué del coche las cajas con toda la documentación de El Capricho, los duques de Osuna y los «Asuntos de brujas» de Goya. Las deposité en una de las habitaciones y me marché.

SEGUNDA PARTE

La creencia en que los espíritus de los muertos vagan por la Tierra mostrándose a los vivos sigue tan vigente en el siglo XXI como en todos los anteriores. El espejo no ha perdido la capacidad de mostrar prodigios ni su peligrosa naturaleza de puerta que conduce a insospechados mundos.

JAVIER NAVARRETE

—Juana, ¿está todo dispuesto en la Ermita?

El leve temblor del labio inferior de la duquesa no pasó desapercibido para la doncella, que la conocía bien. Solo podía significar una cosa: estaba inquieta por algo, nerviosa.

—Sí, señora. —La criada la miró de soslayo y pudo advertir su agitación.

La duquesa de Osuna estaba sentada en una butaca, frente al espejo, y daba golpecitos con las uñas en el reposabrazos mientras la joven retiraba una colcha blanca tejida a mano para abrirle la cama.

Se habían trasladado al palacete de verano de los duques de Osuna hacía varias semanas para inaugurar la temporada estival, pero Juana llevaba los últimos días muy atenta a cada movimiento que tenía lugar en la casa. Intuía que esos preparativos eran especialmente importantes para su señora a tenor de su extraño proceder o quizá por el secretismo que lo envolvía todo.

—¿Están los cuadros del maestro Goya en los caballetes... —titubeó como si temiera olvidar algo importante— y el espejo?

—Sí, señora.

—¿Y las velas? ¿Llevaste también las velas?

—Sí, señora. Todo lo que solicitó está en el interior de la Ermita.

—Bien. En ese caso ya puedes retirarte a descansar —dijo haciendo un gesto con la mano para que dejara lo que estaba haciendo y se marchara.

Juana obedeció y abandonó los aposentos. Pero en modo alguno tenía intención de irse a la cama. La señora llevaba varios días presa del nerviosismo y quería averiguar por qué. Sabía que el duque estaba de viaje; por tanto, lo que fuera a ocurrir esa noche había sido urdido a sus espaldas. Cualquier información que situara a la doncella en una posición de ventaja frente al resto de los criados era de su interés.

Su madre, ya retirada del servicio de la duquesa debido a su avanzada edad y mala salud, le había repetido hasta la saciedad que no metiera las narices en los asuntos de los duques. Sentía una lealtad y gratitud inquebrantables hacia los señores. A fin de cuentas, ellos no eran tan déspotas como otros. Eso decían las criadas cuando se juntaban en la Alameda con motivo de algún evento. Pero para Juana eso no era suficiente.

Ella aspiraba a más.

No entendía por qué no podía disfrutar de los mismos privilegios que las señoritas, las hijas mayores de los duques. Prácticamente tenía su misma edad, pero esas niñas —por no hablar de los señoritos— al haber nacido en el seno de una familia de grandes de España, con los títulos nobiliarios saliéndoseles por las orejas, disponían de unas prerrogativas que a ella le habían sido vedadas desde la cuna.

Le fastidiaba sobremanera esa injusticia, así como la sumisión de su madre y del resto de la servidumbre. Era verdad que los señores la mantenían con una sustanciosa pensión vitalicia en reales de vellón, eso no podía negarlo. Pero aquello, creía Juana, servía más que nada para acallar la conciencia de los señores.

No, ella no estaba dispuesta a perder su salud en esa casa ni a envejecer prematuramente como le había ocurrido a su madre. Haría lo imposible por evitarlo.

En honor a la verdad, había que decir que la duquesa, a diferencia de otras damas de su posición, se encargaba en persona del cuidado de sus vástagos. No era lo habitual, pero se desvivía por ellos atendiendo sus necesidades día y noche, y les proporcionaba los mejores ayos y profesores a los que se pudiera tener acceso con dinero, que, en su caso, no era poco.

En eso pensaba mientras aguardaba escondida detrás de un biombo próximo a la antesala del gabinete de países, la estancia de donde había tenido que descolgar esos macabros cuadros para trasladarlos hasta la Ermita. Aquel lugar le ponía los pelos de punta. Por mucho recinto sagrado que pretendiera ser, tenía claro que aquello no era una iglesia, ni tampoco un oratorio como el que había en el palacete dedicado a san Francisco de Borja, el antepasado de los duques.

Esa construcción, deliberadamente avejentada en sus muros y en su decoración, presidida por el dibujo de un cuadro rasgado dedicado a san Antonio, era otra cosa. Sobre todo desde que la ocupó aquel hombre hosco y desaliñado cuya conexión con los duques desconocía. Y, aunque ya no vivía allí, había dejado su esencia: un olor a hierbas medicinales que se percibía nada más poner un pie en el recinto, y una construcción de forma piramidal que había mandado erigir la duquesa en honor a ese estrambótico personaje. Sin duda, una más de sus extravagancias.

Juana no acertaba a comprender qué extraño lazo le unía a la duquesa para que esta le hubiese permitido quedarse allí durante una buena temporada; como tampoco entendía, por más esfuerzos que hiciera, por qué atesoraba esos seis lienzos tan lóbregos en sus dependencias privadas.

Sabía que doña Josefa no era una mujer común, pero, en su opinión, el mero hecho de habérselos encargado a Goya hablaba mucho y mal sobre sus siniestros gustos. ¿Quién querría tener brujas horrendas, niños desmembrados y una representación del mismísimo Macho Cabrío colgados de las paredes de su casa? Solo de pensarlo sintió un escalofrío y, como por instinto, se persignó.

Sin embargo, lo que de verdad le intrigaba era el hermetismo con el que se había gestado todo. Además de los «cuadritos», tuvo que transportar con sumo cuidado un espejo recién llegado de Londres. Ignoraba para qué lo querría su señora, pero sabía que lo había esperado con verdadera ansia durante meses.

De repente, la puerta se abrió y la sombra alargada de la duquesa se proyectó contra la pared a la luz de la lámpara de aceite que portaba en su mano. Juana se sobrecogió al verla pasar, igual que lo haría ante la visión de un aparecido. Delgada como el palo de una escoba, avanzaba como si estuviera en trance, ataviada con una túnica blanca que le confería un aspecto fantasmagórico. Cuando la había dejado en sus aposentos, vestía otros ropajes, lo que indicaba que ella misma se había tomado la molestia de cambiarse. Pero ¿para qué? Tampoco llevaba su peluca, y su cabello lacio y castaño le caía sobre los hombros. Iba sin arreglar ni maquillar. Para ser una mujer a la que le preocupaban mucho las apariencias y que siempre iba impecable —no en vano se la tenía por una de las damas más elegantes de Madrid—, verla así resultaba algo insólito.

La siguió con discreción, aunque imaginaba su destino. No podía ser otro que la Ermita. Al atravesar uno de los salones, una vez descendieron las escaleras que separaban el torreón de la duquesa de la planta baja, Juana pudo atisbar la hora en un reloj de pared. Marcaba las doce menos cuarto. Lo habitual era que la duquesa se retirara pronto a sus dependencias y dedicara buena parte de la velada a la lectura. Pero a esa hora ya solía estar dormida, a no ser que recibiera a sus amigos más íntimos en su salón u organizara alguna fiesta en el jardín, algo que, curiosamente, no había ocurrido esa noche de San Juan, una de las más mágicas del año.

La duquesa abandonó el palacete como una exhalación y atravesó el jardín abriéndose paso en la oscuridad. Juana la siguió a una distancia prudencial. Caminaba sin más luz que la de la luna, así que temía tropezar, caer y ser descubierta.

Al alcanzar la Ermita, la duquesa entró y, para decepción de la sirvienta, cerró la puerta tras de sí. Juana dudó qué hacer durante unos minutos, que se le hicieron eternos. Incluso le pareció escuchar la voz de su madre diciéndole: «¡Sal de ahí ahora que puedes!». Pero decidió arriesgarse. Se acercó a la puerta y miró con cuidado a través del cristal con forma de rombo. Lo que vio la dejó boquiabierta. La duquesa había colocado los cuadros formando un círculo. En el centro había puesto el espejo y alrededor de todo ello, cuadros y espejo, había situado las velas que ahora procedía a encender una a una.

Juana no comprendía el significado de lo que veía. ¿Sería una de esas nuevas modas importadas de París a las que la duquesa era tan aficionada? ¿Quizá alguna suerte de baile? Pero ¿qué clase de danza era esa en la que participaba una sola persona, y por qué practicarla en la Ermita, en secreto, a media noche?

Cuando terminó de prender todas las velas, la duquesa se giró súbitamente. Juana reprimió un gritito, y a punto estuvo de ser descubierta. Pero la duquesa parecía demasiado absorta en lo que hacía como para reparar en nada más. A continuación, se colocó en el centro del círculo y, con la lámpara de aceite en la mano, comenzó a hablar sola, como si estuviera en medio de una representación teatral ante un público que solo veía ella.

En esta noche de San Juan
yo, María Josefa de la Soledad,
te invoco e imploro tu ayuda
frente a la maldad que se ha adueñado de este mundo
que me aboca a la desesperanza una y otra vez.
Para que protejas a los míos de todo mal.
Para que sean inmunes a la enfermedad,
la envidia, la fatalidad, el accidente, el crimen y al mismo
destino, si es que lo hubiere trágico para alguno de ellos.

Que todo el mal,
sintetizado en estos lienzos por el maestro Goya,

se proyecte en este espejo
y quede encerrado en él por los siglos de los siglos.
¡Que así sea!

A continuación, extrajo un pergamino oculto en la manga de su túnica y lo leyó en alto. Pero Juana fue incapaz de entender lo que decía ni tampoco en qué idioma hablaba, ya que jamás lo había escuchado con anterioridad.

De pronto, tomó conciencia de su situación y tuvo miedo. No quería imaginar qué ocurriría si la duquesa la sorprendía espiando, así que al ver que cerraba los ojos y se postraba de rodillas ante el espejo en actitud orante, decidió que era hora de marcharse antes de que fuera demasiado tarde.

Aunque quizá ya lo era y aún no lo sabía.

Tal vez su suerte y la de los suyos estuviera ya echada para siempre.

19

Habían pasado cuatro años sin que hubiera vuelto a retomar la investigación sobre mi antepasada.

Una mañana, al abrir el correo, me encontré con un mensaje de Alejandra Ferrer, la coleccionista de arte que había vivido en México, y con la que me había puesto en contacto en 2012. Al parecer, había seguido la pista de los dos cuadros desaparecidos de la serie «Asuntos de brujas», pero, según me contó en ese momento, no había logrado averiguar nada.

Su mensaje era escueto.

De: Alejandra Ferrer
Para: Clara Tahoces
Asunto: Cuadros de Goya

Estimada Clara:
¡Ha pasado mucho tiempo! Espero que estés bien.
Prometí avisarte si encontraba alguna pista sobre los cuadros perdidos. Ahora estoy fuera de España, pero regreso la semana que viene. Me gustaría verte. He descubierto algo. Estoy segura de que te interesa-

rá. Por favor, ponte en contacto conmigo lo antes posible.

Alejandra

Para no mentir, diré que casi me había olvidado de quién se trataba. Pero pronto recordé que había sido Gabino Dachs, el pintor de Zaragoza, el que me había hablado de ella. Aunque, en el pasado, di esa pista por perdida, lo cierto es que no había investigado mucho sobre ella. Las circunstancias no me lo permitieron. A punto como estaba de tirar la toalla, quizá no la valoré con el debido interés. Así que, por curiosidad, tecleé su nombre en un buscador de internet. Pese a que no había mucha información sobre ella, descubrí que Alejandra, además de estar forrada, ostentaba un título nobiliario. Esto me chocó y despertó aún más mi curiosidad.

Llamé a mi madre y le pregunté si había oído hablar de ese título. Ella conocía a muchas personas vinculadas a la aristocracia y quizá supiera de quién se trataba. Lo que me dijo me dejó aún más intrigada. Me explicó que, por los datos que le daba, ese título nobiliario tenía que ser de nueva adquisición. Es decir, que Alejandra no procedía de la aristocracia, sino que había comprado el título. En nuestro país no es posible esta práctica, pero en otros, como Inglaterra y Escocia, sí. Allí la legislación considera que algunos títulos son algo parecido a una propiedad inmobiliaria y eso permite venderlos y comprarlos siempre y cuando se haga conforme a la legalidad. Al parecer, el título que ostentaba Alejandra era uno de ellos.

Reconozco que ese hecho me intrigó. ¿Qué haría que alguien estuviera dispuesto a pagar una gran suma por obtener un título? Se me ocurrían varios motivos, pero ninguno bueno. Ese detalle debería de haberme puesto en guardia, pero lo dejé pasar y me centré en lo que consideré relevante. ¿Qué más me daba cómo hubiera obtenido su título nobiliario? Lo importante era saber si, en todo este tiempo, Alejandra habría logrado averiguar algún dato nuevo sobre los cuadros perdidos. Y, según decía, así era.

Decidí contestar. Tras un intercambio de mensajes, acordamos vernos cuando ella regresara a España.

Al día siguiente, había quedado con Javier Sierra para tomar café. Le hablé del mensaje de Alejandra y le comenté que me había citado con ella la semana siguiente.

—Este es el momento de retomar el libro, Clara —me dijo en una cafetería frente al Retiro—. Y este mensaje quizá sea el empujón que necesitabas.

Puede que Javier tuviera razón. Acababa de entregar un libro a mi editor y no tenía otros compromisos editoriales a la vista. Y antes de que volviera a enredarme, Javier me lo hizo notar.

—¿Te puedes creer que las cajas con toda la documentación aún siguen en la casa de Segovia? —dije con un poso de amargura.

—No sé a qué esperas para recuperarlas y ponerte manos a la obra. Además, ahora ya no tienes la excusa de la falta de espacio —sonrió.

No pude rebatírselo. Javier estaba en lo cierto. La casa donde vivía era mucho más grande y disponía de numerosas estanterías, ya me había encargado yo de que así fuera. La pereza había sido la culpable de que aún no hubiera trasladado el material pendiente. Solo pensar en esas cajas olvidadas me producía ansiedad.

Pero, al despedirnos, me quedé dándole vueltas y concluí que, en efecto, era el momento ideal para imbuirme de nuevo en la vida de los duques de Osuna.

Sería ahora o nunca.

Quizá no tuviera otra oportunidad para hacerlo. Así que ese fin de semana fui a por las cajas y regresé a Madrid. No fue tan difícil después de todo.

Dediqué esa tarde a clasificar todo el material. Al abrirlas, el olor a viejo se extendió por la biblioteca y las imágenes de los «Asuntos de brujas» de Goya parecieron cobrar vida ante mis ojos. Definitivamente, no podía dejar morir ese pequeño sueño.

Los días que restaban para el encuentro los dediqué a poner en orden mis notas para tenerlas frescas en la memoria. Pretendía entrevistarla en toda regla, llevando mi grabadora para sacar el máximo jugo al encuentro.

Alejandra me había citado en la cafetería de un lujoso hotel de Madrid. Con mi timidez habitual, entré al edificio en alerta, sin saber si sería capaz de dar con la persona que buscaba. A fin de cuentas, no tenía ninguna referencia de cómo era Alejandra físicamente. «Yo te localizaré», me había dicho por teléfono. Imaginé que quizá me había visto alguna vez en televisión.

Pregunté por la cafetería. Cuando me disponía a entrar, un hombre alto, vestido con traje oscuro me salió al paso. Debía de tener unos treinta años, pero su pelo engominado era completamente blanco. Recuerdo que me llamó la atención ese contraste entre el pelo y la edad.

—¿Clara Tahoces?

—Sí.

—La señora Ferrer la está esperando —dijo, invitándome a seguirle.

Recordé lo rica que era. Me pareció lógico que alguien velara por su seguridad.

Lo hice.

Alejandra estaba sentada en unos sofás que había al fondo del local, poco concurrido a esas horas. Su pelo, rubio y liso como una tabla, se veía bien cuidado. También su indumentaria, un traje de chaqueta de color hueso combinado con una blusa azul marino y a juego con sus *stilettos*. Iba impecable. Aparentaba unos cincuenta y tantos.

Al verme, se levantó y me dio dos besos.

—¡Qué bien que hayas podido venir! —dijo con cordialidad.

—No podía perderme este encuentro. Estoy deseando escuchar las novedades.

Nos sentamos y al instante apareció un camarero que no tardó en tomarnos nota.

—Si no le importa, me gustaría grabar la entrevista —dije haciendo amago de sacar mi grabadora.

—Preferiría que no lo hicieras, Clara. Y tampoco tomes notas —me paró en seco. De pronto su tono me pareció solemne, casi intimidatorio—. Se trata de algo confidencial que no debe trascender, al menos, de momento. Enseguida sabrás por qué. Y, por favor, trátame de tú —añadió recobrando la sonrisa.

Me quedé un poco chafada, la verdad. Pero respeté su decisión y preparé mis oídos para no perder detalle.

—Iré al grano —dijo recostándose un poco en el sofá—. Como sabes, soy coleccionista de arte. Ha sido mi pasión desde niña. La obra de Goya ha centrado buena parte de mi atención durante los últimos veinte años. Por eso, cuando mi trabajo me llevó a México intenté buscar pistas sobre el paradero de los cuadros desaparecidos de la serie «Asuntos de brujas». No ignoras que su pista se perdió en ese país.

—¿Y has encontrado alguna nueva? —pregunté ansiosa.

En ese instante, reapareció el camarero con las bebidas. Alejandra hizo una pausa hasta que terminó de servirlas. Estaba claro que no quería hablar delante de él. Mientras tanto, el hombre del pelo blanco que me había interceptado en la recepción leía un periódico sentado en una butaca a unos quince o veinte metros, sin interferir en la conversación.

—Sí, Clara. Es más, he logrado verlos con mis propios ojos. Pero me temo que no puedo revelar quién los tiene. —Alejandra hizo un chasquido de fastidio con la lengua—. Esa fue la condición que me puso su actual propietario para poder reproducirlos con exactitud. No quiere que se sepa, que el mundo del arte ponga el foco en él. Imagina el revuelo que se armaría. Y, francamente, esta persona no tiene necesidad de ello.

»Hasta hace poco, solo conocíamos *La cocina de las brujas* y *El convidado de piedra* gracias a dos fotos (bastante malas, por cierto) en blanco y negro. Ahora existen dos copias de esos cuadros en color. Tal como los pintó Goya. Y solo puedo decirte que son maravillosos.

—¡Eso es fantástico! Al menos ahora sabemos que existen, que no fueron destruidos. Aunque me da rabia que no podamos disfrutarlos el común de los mortales.

—Lo entiendo perfectamente. Me costó mucho llegar a ellos y cuando los tuve delante casi me echo a llorar. —Alejandra hizo una pausa, rememorando ese instante—. Pero aparte de esto, Clara, he descubierto algo aún más revelador...

—¿Más que eso? —la interrumpí, con una mezcla de incredulidad y sorpresa.

—Mucho más. Durante todo este tiempo he manejado numerosa documentación sobre los duques de Osuna —dijo, tras darle un sorbo a su café—. Y, en uno de mis viajes en busca de piezas de arte, descubrí un legajo que podría cambiar los libros de Historia y hasta lo que sabemos sobre el propio Goya.

Ante una afirmación así, lo único que fui capaz de hacer fue atragantarme con el zumo de tomate que había pedido. Si Alejandra notó mi nerviosismo, no dio señales de ello.

—Imagino que querrás saber de lo que hablo, sobre todo teniendo en cuenta que eres descendiente de la duquesa —remachó.

La verdad, no recordaba haberle facilitado ese dato. Por mi timidez, era más bien reacia a hacerlo público. ¿Se lo habría contado Gabino Dachs, que fue quien me puso en contacto con ella? Había pasado tanto tiempo que no recordaba si se lo había mencionado a él. Ante la duda, me mantuve en silencio, aunque al hacerlo, en cierto modo, fue una especie de confirmación.

—Pues sí, me gustaría —asentí.

—Verás, siguiendo una pista en la provincia de Burgos, visité un convento de clausura. No fue fácil, pero obtuve un permiso especial para acceder a la antigua biblioteca de la institución. Y después de varias semanas, hallé un documento que lo cambiaba todo. Resulta que una antigua doncella de la duquesa acabó sus días en ese convento. Estaba muy enferma y las monjitas la cuidaron hasta su muerte.

—¿De qué época hablamos?

—Eso es lo más interesante. Sobrevivió a la duquesa. Ella, como sabrás, falleció en 1834. Y esto ocurrió después de esa fecha. Entró a su servicio siendo jovencita, así que pudo ser testigo de muchos de los acontecimientos que tuvieron lugar en esa casa.

—Entiendo.

—La pobre no sabía escribir. En aquella época era lo habitual y más entre la clase baja. Pero una de las monjas que la cuidaba, sí. Y la doncella, viendo que sus días se acababan, quiso dejar constancia de algo que la torturaba. Algo que sucedió en El Capricho y que está relacionado con los cuadros de la duquesa de Osuna.

Mi nerviosismo iba en aumento. Sospechaba que estaba a punto de tener acceso a una información de gran alcance.

—¿Qué ocurrió? Me tienes en ascuas.

—Seguramente sabrás que la duquesa perdió a varios hijos de cortas edades.

—Sí. Fueron pérdidas muy dolorosas para ella.

—Los cuadros que le encargó a Goya tuvieron una finalidad que no aparece recogida en ningún libro de arte. Nadie sabe a ciencia cierta por qué se pintaron. Se ha especulado mucho y circulan varias teorías. Supongo que estarás al tanto.

—Sí. Aunque hay pocas certezas sobre ese aspecto.

—Pues, según se cuenta en el legajo, la duquesa encargó esos cuadros para hacer un ritual protector para sus hijos.

Mi cara debió de iluminarse al escuchar esa revelación, pues era, en parte, la teoría que había manejado todo ese tiempo, aunque nunca había podido demostrarla. Si no llega a aparecer el camarero en ese inoportuno momento se me hubiera escapado un «¡lo sabía!».

—¿Desean tomar algo más?

Ambas pusimos cara de fastidio, pero aproveché para pedir una tila. Los nervios iban a acabar conmigo.

—Por favor, sigue —le dije a Alejandra tan pronto se marchó el camarero.

—Apenada como estaba por la pérdida de sus hijos, vio renacer la vida con la llegada de sus nuevos vástagos. Una vez que nació la última, Manuela, en 1794, empezó a tener mucho miedo. Creía que era víctima de alguna suerte de embrujamiento, tal vez propiciado por la envidia de sus poderosos enemigos.

—María Luisa de Parma y Godoy, por ejemplo —apunté.

—Así es. Pero no solo ellos. Era una persona influyente que resultaba molesta en algunos ambientes, aunque no podían deshacerse de ella así como así.

—Pero... eso no prueba que le echaran una maldición —dije con un matiz de duda.

—Evidentemente, no. Aunque bastaba con que ella lo creyera. Y lo creía —enfatizó—. Al menos, según el documento de la doncella. Por eso, influida por algunos de los personajes que acudían a sus tertulias o quizá por su propia madre, decidió hacer algo al respecto. Como te digo, no se preocupaba por sí misma, sino por sus hijos. Por eso encargó a Goya esa serie de cuadros como «antídoto» del mal.

—¿Y tú crees que una persona ilustrada, como lo era ella, creía en estas cosas? Es algo que siempre me he preguntado.

—Querida —me dijo Alejandra mirándome fijamente a los ojos—, si has estudiado la vida de tu antepasada sabrás que estos temas le interesaban, y mucho. No hay más que darse una vuelta por El Capricho para descubrir todo el simbolismo que encierra, por no hablar de su biblioteca. Tenía numerosos libros de magia y brujería. Distinto es que, de cara a la galería, aparentara otra cosa. Ten en cuenta el tiempo que le tocó vivir. Hablar de estas cosas públicamente podía costarle caro.

Sabía que en eso tenía razón, pero quería sondear su opinión al respecto.

—¿Y Goya estaba al tanto de eso?

—Lamentablemente, el escrito no lo aclara. Puede que lo supiera o puede que no. Yo creo que sí, y que camufló símbolos y mensajes en los cuadros. El caso es que tu antepasada los utilizó junto con un espejo de vidrio de protóxido de plomo, que mandó traer de Inglaterra, para hacer un ritual. Era un espejo normal, pero de alta calidad. Lo mandó hacer ex profeso. La premisa era simple: quería reflejar el mal recibido, simbolizado en los cuadros, para desterrarlo lejos de su vida. Y todo esto lo hizo en su jardín de la Alameda.

¡No daba crédito a lo que escuchaba!

—Estoy alucinada... ¿Y el duque? ¿Sabía de ese ritual?

—No. Fue cosa de ella. El duque no sabía nada. Ni siquiera estaba en Madrid cuando lo realizó. Pero la doncella sí se hallaba presente y debió de participar de algún modo, porque lo describe con detalle.

—Pero, en caso de que se hiciera, no debió de surtir mucho efecto que digamos, ya que después se produjeron más muertes y no solo de sus hijos, también de algunos de sus nietos.

—Ahí está el quid de la cuestión. Pasó algo después, algo que hizo que las cosas se torcieran: la doncella rompió el espejo.

—¿Cómo? No entiendo.

—Lo hizo a propósito, para fastidiar a la duquesa. Ya sabes, el odio de clases que siempre ha existido. —Sonó rara la forma en que dijo esto último. Con cierto aire de superioridad, como si ella perteneciera a la nobleza. Yo sabía que no era así—. Supongo que esa mujer no imaginaba ni por asomo qué consecuencias traería su acción.

—¿Y qué ocurrió? —pregunté intrigada.

—Después del ritual, el espejo fue guardado en un arcón bajo llave, para que nadie pudiera tener acceso a él. Al parecer, mientras el espejo estuviera a buen recaudo todo iría bien. Pero la doncella robó la llave.

—¿Y lo rompió?

—Así fue. Y con esa acción abrió la caja de Pandora.

—La verdad, me cuesta creer todo esto.

—No me extraña. A mí también me costó asimilarlo. —Alejandra hizo una pausa para tomar aire y prosiguió—. La duquesa se horrorizó porque sabía lo que ocurriría. Desesperada, ordenó arreglar el espejo. Pero era tarde.

—¿Y no se planteó repetir el ritual con otro espejo? Quiero decir, si, como has dicho, el espejo era un objeto corriente... no sé bien qué papel jugaba.

—Estás en lo cierto. El espejo no era lo importante. Pero el ritual protector únicamente lo podía hacer la misma persona una sola vez en la vida. Y eso ya no era posible. La única manera de revertir todo el proceso era realizar un segundo ritual.

—¿Y lo hizo?

—No. Porque ese nuevo ritual no era gratis. Nada lo es en esta vida —remachó—. Para hacerlo se exigía una contraprestación: un sacrificio. Un bebé inocente, que no hubiera sido bautizado. La duquesa se negó. Su único afán al hacer el ritual era desprenderse del mal, no causar daño a terceros. Ella había perdido varios hijos y sabía lo que se sufre. No iba a hacerle eso mismo a nadie. Así que decidió asumir las consecuencias.

Juana sintió miedo, sí.

Mucho miedo. Pero fue algo pasajero. En cuanto regresó a su habitación se sintió a salvo; pudo pensarlo todo mejor, y reparó en que había hecho un gran y ventajoso descubrimiento. Había asistido a un evento único. ¡Había hallado el punto débil de su señora! Doña María Josefa era una mujer a la que todos consideraban fuerte como el hierro. Pero resultaba que era humana, a fin de cuentas. Tenía miedos y preocupaciones como el resto de los mortales. Y los suyos estaban relacionados con su descendencia y su familia. Le aterraba que murieran, que era justo lo único que no podía evitar con su dinero.

Eso era normal. Sí, lo era. Pero ¿hasta el punto de elaborar un ritual para protegerlos? ¿Tan grandes eran sus miedos? Aquella revelación, pensó Juana, la situaba en una posición ventajosa, si es que sabía jugar bien sus cartas.

Al día siguiente, como si nada hubiera ocurrido, la duquesa le ordenó que volviera a colgar los cuadros de Goya en su lugar, que quitara los caballetes y las velas, y que no hiciera preguntas. Tenía tanta prisa en que lo hiciera todo que ni siquiera esperó a que Juana se hubiera vestido y tuvo que acudir a su reclamo en ropa de cama. Sin embargo, al llegar a la Ermita, le extrañó no ver el espejo.

¿Dónde estaba?

Habida cuenta de la reserva con la que la duquesa había manejado la situación, la única explicación que se le ocurría era que lo hubiera ocultado ella misma en algún sitio. Pero ¿por qué? ¿Tan valioso era?

Después de recogerlo todo y dejar la Ermita impoluta, para lo cual tuvo que rascar la cera de las velas que había quedado adherida al suelo, Juana quiso saber más del pasado de la señora. Quién mejor que su anciana madre para responder a sus preguntas. Aprovechó el momento en que esta la ayudaba a hacerse el tocado después de ponerse el uniforme.

—¿A qué viene ahora esa pregunta? —replicó su progenitora mientras intentaba domar su pelo.

—Es por simple curiosidad.

—La curiosidad no es buena, ya lo sabes. Pero te diré que, ahí donde la ves, la señora ha sufrido horrores.

—¿Qué tipo de sufrimiento?

—Del que cala en el corazón para siempre —respondió pegándole un tirón—. Perdió a sus hermanos siendo una niña. Y también a su padre. Luego... luego fueron yéndose sus hijos. ¡Que Dios los tenga en su gloria! —exclamó persignándose—. Por eso la duquesa tiene esa fortaleza tan grande. Las desgracias han moldeado su carácter convirtiéndola en una mujer excepcional.

—¿Qué hijos?

—¡Estate quieta que así no puedo! —protestó—. Los primeros señoritos. Los pobres murieron todos. El último, el señorito

Perico, con cuatro añitos que tenía. No te imaginas lo que lloró la señora al tener que cerrar la cajita con su cuerpo dentro. Para mí que la duquesa nunca se ha recuperado del todo. Si te fijas, se le nota un poso de melancolía en la mirada.

—¿Y por eso trata a los señoritos de ahora con tanta finura?

—Yo creo que sí... —Se quedó pensativa. Conocía a su hija y sabía que no era como ella ni como su primogénito, que había hecho carrera en las caballerizas ganándose a pulso la confianza del duque. A veces incluso tenía la impresión de que sentía celos de las hijas mayores de la duquesa, y eso le preocupaba. Temía que acabara haciendo algo que pusiera en riesgo su prometedor futuro en la Casa de Osuna—. Pero ¿qué te importa a ti eso? —prosiguió—. Te lo he dicho mil veces: céntrate en tus labores y no te metas en los asuntos de los duques.

A continuación, siguió hablando de lo buena que era la señora, de lo bien que se portaba con la servidumbre y de lo mucho que le debían por tener a toda la familia a su servicio. Juana estaba harta de escuchar siempre el mismo rosario de alabanzas. Sin embargo, esta vez no le importó. Ya tenía la información que necesitaba.

De modo que la duquesa vivía torturada por la muerte de sus primeros hijos y con aquel extraño ritual pretendía evitar que se repitiera el pasado. «¡Como si eso fuera posible!», pensó la doncella. Aunque, sopesó también, tal vez fuera factible burlar el destino con alguna clase de magia o hechicería que ella desconocía. Desde niña había oído hablar de brujas que acechaban en los cruces de caminos, claro... ¡Quién no! Incluso conocía algún caso directo en el que las brujas habían acabado con la vida de un familiar chupándole la energía tras colarse por su ventana en la noche. O, al menos, eso afirmaba su madre que le había pasado a un tío de su abuela.

Pero las gentes ilustradas se empeñaban en refutar la existencia de estos seres malignos y a menudo se burlaban de quienes sí creían en ellos. Y otra cosa no, pero negar que la duquesa poseía una vasta cultura sería como intentar tapar el sol con un dedo. Por tanto, si ella había hecho un ritual para apartar el mal de sus descendientes, quizá manejara algún tipo de información que a ella se le escapaba.

Aunque, en realidad, le daba igual que existieran o no las brujas, las magias o los pactos con el Maligno. Lo importante, a fin de cuentas, era que la duquesa sí creía en todo ello. De otro modo, no habría representado aquel teatrillo en la Ermita cuando se sabía en completa intimidad. Si la duquesa había guardado con tanto celo el espejo que había utilizado, eso solo podía significar una cosa: que ese objeto era más valioso de lo que parecía. Por eso, debía averiguar dónde lo custodiaba.

Los siguientes días permaneció muy atenta a todo cuanto hacía la duquesa, pero no hubo nada extraño en su comportamiento, ni tuvo noticia alguna del espejo. Ella, por descontado, no podía aventurarse a preguntar nada al respecto. Se limitó a observarla y fue así como descubrió un par de cosas en las que no había reparado hasta ese momento: que estaba más sonriente de lo habitual y que de su cuello pendía un colgante con una llave. Nunca antes se lo había visto, así que sospechó que quizá esa llave le diera acceso al espejo.

Una noche, aprovechando que la duquesa se había quitado el colgante para darse un baño, a sabiendas de que tardaría un buen rato en regresar, robó la llave y comenzó a probarla en cuantos armarios y lugares consideró oportunos. Cuando estaba a punto de darse por vencida, se le ocurrió intentarlo en un arca situada en el cuarto de juegos de los señoritos. Era ahí donde recibían clases de música y dibujo dos veces por semana. Tanto Carlo Marinelli como Agustín Esteve se esforzaban en que aprendieran estas artes que tanto agradaban a los duques.

Pensó en saltársela, pues le pareció que allí únicamente se guardarían partituras y enseres de dibujo, pero al final probó a la desesperada. Había pasado un buen rato y la duquesa estaría a punto de regresar a sus habitaciones.

Sabía que no estaba obrando bien y eso aumentaba su nerviosismo, así que apenas atinó a introducir la llave. Creyó por un instante que no encajaría, pues le parecía que la cerradura era un poco más estrecha que la llave, pero al fin oyó el ansiado clic y el arca se abrió ante sus ojos.

En su interior estaba el espejo.

Sí. Era ese.

Lo sabía bien porque ya lo había tenido en sus manos y, aunque era similar a otros que había repartidos por las distintas estancias del palacete, en el armazón de madera de este, su constructor había grabado el escudo de la Casa de Osuna y las iniciales de la duquesa.

Aún estaba valorando qué hacer con él, cuando oyó unos pasos a su espalda. Con el rabillo del ojo percibió una luz que se acercaba y el leve chirriar de la puerta del cuarto al abrirse.

No había duda: alguien había entrado.

—¿Quién anda ahí? —La voz de la duquesa llegó a sus oídos como un eco inesperado, pero más próximo de lo que la joven habría deseado. No pudo dar crédito a lo que veían sus ojos cuando se dio la vuelta: era la señora misma quien la increpaba. Pensó que el corazón iba a salírsele por la boca.

Juana no contestó. Estaba al borde del colapso. Ni siquiera tuvo tiempo de depositar el espejo en el arca. Lo guardó entre sus manos y permaneció agachada detrás de un clavicordio con la esperanza de que la señora no la hubiera visto y se marchara de allí cuanto antes.

Pero para su desgracia, la duquesa siguió avanzando por la habitación portando una lámpara de aceite en la mano hasta que su sombra, cada vez más alargada, se proyectó contra una pared. Justo en ese instante, a Juana le pareció ver —lo hubiera jurado ante quien fuera necesario— que sobre su cabeza se dibujaban dos enormes cuernos idénticos a los del macho cabrío que había pintado Goya en uno de los horrendos cuadros empleados en el ritual.

Solo entonces Juana fue consciente de su tremendo error y rememoró las palabras de su madre advirtiéndole que no debía husmear en los asuntos privados de los duques. «¿Por qué no le habré hecho caso?», se lamentó.

Hasta ese momento Juana desconocía lo que era el miedo de verdad. Creía haberlo sentido en ocasiones, claro, como aquella noche en la Ermita al espiar a su señora, aunque eso, bien pensado, podría asemejarse más a un sentimiento de excitación ante lo prohibido. Pero jamás había vivido lo que era el puro horror como allí, en el cuarto de los señoritos. No se trataba de un prado donde se reunían las brujas para adorar al Maligno, ni la morada de una hechicera, sino de una habitación corriente y moliente.

El Maligno estaba allí, al menos su silueta, surgido de la negrura de la noche.

La joven no tuvo tiempo para preguntarse si sus ojos la engañaban, si aquella sombra opaca, proyectada en la pared, podría tener alguna clase de explicación racional. Estaba segura de lo que había visto y era, con diferencia, lo más aterrador que había experimentado en su vida.

En ese instante, mientras sus alucinados ojos advertían la presencia de aquella horrenda entidad, el espejo se le resbaló de entre los dedos y cayó con estrépito junto a sus pies. Acto seguido se hizo añicos ante la incredulidad de Juana y de la propia duquesa.

Obviamente, no pretendía que esto sucediera. Pero el hecho es que había ocurrido.

Y tampoco nunca, ni por asomo, hubiera podido sospechar qué clase de consecuencias tendría a la larga algo que, en realidad, había comenzado como un juego para fastidiar a su señora. Pensó que la duquesa le retiraría su confianza y que recibiría una severa reprimenda. Pero también que su madre intercedería ante la duquesa y aquel incidente quedaría reducido a un castigo sin mayores implicaciones. Todo eso, aunque temible para su incipiente carrera, no era nada comparado con lo que acababa de ver en esa habitación. Afrontaría cualquier castigo de buena gana, pues estaba segura de que era el mismo Maligno quien se lo enviaba.

Pero lo cierto es que nada resultó como había imaginado.

Fue mucho peor.

20

—¿Y la doncella? ¿Qué pasó con ella?

—Intentó evadir las culpas. Dijo que había sido un accidente, pero la duquesa descubrió la verdad: que lo había hecho a propósito. Y la echó de la casa de los Osuna. La desgracia, al parecer, se extendió no solo a la familia de los duques, sino a la de la propia doncella. A ella, al igual que a la duquesa, no le ocurrió nada, fue a su descendencia y a sus familiares más próximos. Eso siempre la atormentó. Sabía que no había obrado bien. Por eso se recluyó en el convento en busca de consuelo espiritual. Y al final de sus días quiso dejar testimonio escrito de lo ocurrido.

—Pero ¿cómo sabemos que la doncella decía la verdad? Tal vez se lo inventó todo. O estaba loca. O ambas cosas.

—Porque no tenía motivo alguno para mentir —me interrumpió Alejandra—. No ganaba nada con ello. Y sobre todo porque ofrece unos detalles tan elaborados del ritual que no cabrían en la mente de una persona sencilla de ese tiempo.

—Me gustaría examinar ese legajo, si es posible. Tengo formación en pericia caligráfica y amigos especialistas en documentoscopia. Tal vez se pueda determinar en qué época se escribió, las tintas empleadas, el papel, etcétera. Algo que pruebe que al menos es coetáneo a la época de la duquesa.

—Ese examen ya se ha hecho —afirmó Alejandra—. Se lo encargué a dos prestigiosos laboratorios de Estados Unidos. Ambos concluyen que es auténtico. Clara, no tengo inconveniente en que puedas tener acceso a él, pero es demasiado valioso para llevarlo encima. Se hará todo a su debido tiempo. Pero si he contactado contigo es por algo más. Me gustaría que participaras en mi proyecto. Por eso te escribí.

—¿Qué proyecto?

—Un documental. Quiero que esta historia vea la luz. Yo misma lo patrocinaré, aunque, como comprenderás, no lo hago por dinero.

—Desde luego la historia lo merece.

—Me encantaría que aparecieras en él. Ya lo tengo todo ultimado. Tú eres descendiente de la duquesa y conoces bien su vida porque, como me dijiste, llevas tiempo estudiándola.

—¿Y no sería mejor elegir a algún familiar más directo? La rama de la que procedo no posee el título —dije dudosa.

—Créeme, ya he barajado esa posibilidad y pienso que tú eres la persona idónea. Conoces su historia, la de El Capricho y estás especializada en periodismo de misterio. A fin de cuentas, ¿qué es lo que tenemos aquí? Un misterio del arte sobre unos cuadros universales —dijo con tono envolvente.

—No sé. Yo, yo... —balbucí—; en realidad me metí en esto para desvelar un enigma familiar. La idea del libro vino después. No sé si estoy a la altura de lo que queréis hacer.

—No te lo puedes perder, Clara. Van a participar historiadores de primer nivel, arquitectos, pintores y especialistas en la obra de Goya... Pero ellos no pueden hablar de la parte misteriosa, de las aficiones ocultas de la duquesa, del hermetismo de su jardín. Para que te hagas una idea, vamos a recrear el ritual con actores donde tuvo lugar. Va a ser un gran documental.

—¿Vais a recrear el ritual en El Capricho?

La idea no podía ser más sugerente.

—Sí. Es más, haremos un ensayo antes del día de la grabación. Para que nada falle. Hemos conseguido el permiso necesario para rodar, pero solo nos dejan un día, así que el previo se hará en otro sitio. Y puedes asistir. Estás invitada. De hecho, me encantaría que vinieras. Estarán las réplicas de los cuadros, tal y como eran cuando los pintó Goya. Podrás verlos en color. ¡Va a ser maravilloso! —La emoción se reflejaba en su rostro.

Aquello acabó por decidirme.

—Me gustaría verlo —dije al fin—. Y bueno, si queréis que os grabe unos totales hablando de la duquesa, de la parte que yo sé, tampoco tengo inconveniente.

Alejandra Ferrer sonrió.

—¡Fantástico! Te haré llegar los detalles. Ya verás, va a ser increíble. Pero debo insistir: no comentes esto con nadie. No queremos que nos revienten el proyecto antes de tiempo. No sería bueno para el documental.

—Lo entiendo perfectamente.

—Y, no te preocupes, el día del ensayo te llevaré el legajo para que puedas verlo con tus propios ojos. Te va a fascinar.

Abandoné el hotel conmocionada por todas estas revelaciones. Multitud de dudas y preguntas se agolpaban en mi cabeza. Esa noche fui incapaz de pegar ojo. ¡Era alucinante! Todos esos datos iban mucho más allá de lo que había imaginado y me costaba asimilar que fuera cierto. Pero encajaba a la perfección con mi teoría.

Al día siguiente quedé con David. Me habría gustado que Javier nos acompañara, pero recordé que estaba en Milán para participar en un evento literario relacionado con sus libros. Por eso me limité a enviarle un mensaje en el que le decía que me llamara cuando pudiera.

Sí, ya lo sé. Me habían pedido discreción. ¿Y qué clase de discreción era esta?

Supongo que alguien se preguntará si soy capaz de guardar un secreto. Sí, lo soy. Pero, en este caso, tenía que contarles lo sucedido. Después de todos estos años dándoles la tabarra con El Capricho y los cuadros de la duquesa, me parecía mal no hacerles partícipes de un descubrimiento así. Aparte, quería sondear su opinión. A mí me seguía pareciendo todo irreal, como si aquello fuera producto de un extraño sueño goyesco. Así que sus valoraciones me vendrían bien para tocar tierra.

Sabía que mis amigos eran discretos y cautos. Me lo habían demostrado en muchas ocasiones y me fiaba plenamente de ellos. No harían público ningún dato que les confiara. En pocas palabras: estaba segura de que nuestra charla no trascendería y que, por tanto, el proyecto del documental no se vería afectado en modo alguno. Creí en ese momento —y sigo creyéndolo— que era natural decírselo. No se lo contaría a nadie más, porque es cierto que, en estos casos, cuantas menos personas estén implicadas, menos probabilidades hay de que la noticia se filtre.

Cuando le expliqué a David lo que había ocurrido se quedó igual de sorprendido que yo. Recuerdo que comentó que la historia del ritual era asombrosa y que le hubiera gustado asistir conmigo al ensayo para ver los cuadros y el legajo de la doncella. Pero esa opción estaba descartada y, tal y como se habían desarrollado las cosas, sospechábamos que tampoco me permitirían hacer fotos ni grabar vídeos. Así que, lamentándolo mucho, David tendría que esperar a que el documental se estrenara.

Javier me llamó un poco después, cuando David y yo ya estábamos sentados en un mexicano próximo a la Glorieta de Bilbao, a punto de cenar. Había tenido un día agotador y, aunque había leído mi mensaje por la mañana, no había podido llamarme antes.

Al desgranarle lo ocurrido, su opinión coincidió con la de David. Aunque, haciendo gala de la prudencia que le caracteriza, dijo que él habría puesto como condición ver antes el legajo y los cuadros.

Javier, una vez más, tenía razón. De hecho, esa era mi idea, pero como dos laboratorios habían examinado ya el documento...

—De todas formas —dijo Javier al otro lado de la línea telefónica—, pinta muy bien. Además, no has firmado nada, ¿verdad?

—No. Nada.

—Bien hecho. Si después de asistir al ensayo hay algo que no te convence, siempre puedes retirarte.

Eso mismo pensé yo. A fin de cuentas, no tenía ninguna obligación contractual con nadie, así que decidí que lo mejor era dejarse llevar por los acontecimientos y disfrutar de lo que iba a ocurrir en los próximos días.

Qué equivocada estaba...

21

Me habían citado a las ocho y media.

A esa hora, un coche vendría a recogerme y me trasladaría al lugar donde se haría el ensayo, una finca a las afueras de Madrid. Querían que fuera de noche, tal y como —según se contaba en el legajo de la doncella— se había producido el ritual protector practicado por la duquesa.

A la hora indicada, bajé al portal. Puntual como un clavo, en la esquina, ya esperaba un coche gris de alta gama. No recuerdo el modelo porque todos me parecen iguales. Pero sí reconocí enseguida al conductor. Era el mismo hombre que me había interceptado en la recepción del hotel el día que me reuní con Alejandra Ferrer.

Al verme, se apresuró a abrirme la puerta para que me pudiera acomodar en la parte trasera del vehículo. Sus modales eran impecables. Pero no era muy hablador que digamos. Durante los casi cincuenta minutos que duró el trayecto, apenas pronunció tres o cuatro monosílabos.

Ya de camino, observaba los coches que circulaban a nuestro alrededor en la M-30. A medida que la luz iba decreciendo y nos alejábamos de la ciudad, empecé a mirar los campos de cereal bañados por la «hora dorada», un lapso de tiempo codiciado por los fotógrafos. En ese instante, no pude evitar que me invadiera un poso de nostalgia. Desconocía el motivo. Quizá me asaltó porque intuía que este importante hallazgo pondría fin a una época importante de mi vida. No podía obviar que, pese al tiempo de inactividad, la investigación sobre los duques se había convertido en mi motor. «Vendrán otras investigaciones», me dije para contentarme. Seguro. Pero ninguna con tantas implicaciones emocionales como aquella. En el fondo sabía que ninguna sería igual.

Llegamos a la finca en torno a las nueve y media. A lo lejos se oía el estridular de las chicharras. Ese día había hecho más calor del habitual para el mes de junio, y todavía apretaba un poco a esa hora. Aunque había luz natural, las sombras empezaban ya a ganar terreno a la claridad y las de los árboles se recortaban en el paisaje, confiriéndole un halo de romanticismo.

El lugar, próximo a la localidad de Pedrezuela, había sido escogido porque disponía de un amplio jardín, además de la casa. Si tuviera que regresar sola, me costaría encontrarlo. Así lo constaté después. El conductor se había desviado por caminos de tierra que mi fallido sentido de la orientación era incapaz de retener.

En el interior de la casa me esperaban Alejandra y

otras dos personas, aparte del conductor. Era la típica vivienda campestre de la sierra madrileña, construida con piedra de la zona. Tenía dos plantas; las vigas y los pilares eran de madera sobre zapata de piedra. La iluminación, indirecta, con lámparas bajas de mesa, era muy agradable.

Acostumbrada como estaba a acudir a grabaciones para la televisión, me extrañó ver a tan poca gente. Antes de que pudiera decir nada y como si se anticipara a mis dudas, mi anfitriona me salió al paso.

—Querida Clara... ¡Qué alegría verte! —exclamó Alejandra a modo de saludo—. Ya está casi todo listo. Así que, si te parece, mientras terminan de ultimarlo, vamos a sentarnos, y nos tomamos algo tranquilamente. Con este calor... ¿qué te apetece? ¿Vino, cerveza, un refresco...? —sugirió.

—Una cerveza —contesté.

—Perfecto. Yo tomaré un vino blanco. Y cuando nos avisen, pasamos al jardín. De momento, estaremos mejor aquí con el aire acondicionado —dijo, al tiempo que hacía un gesto con la mano a uno de sus acompañantes para que trajera las bebidas—. Ven, siéntate aquí.

Me acerqué, un poco cohibida, y me senté en un sofá marrón al lado de una gran chimenea de piedra y madera.

—¡Qué casa tan bonita! —comenté, por romper el hielo más que nada. Reconozco que, entre mi timidez y lo inusual de la situación, estaba algo nerviosa.

Alejandra asintió. Luego, sin perder la sonrisa, me planteó algo que ya me temía.

—Resulta incómodo decirlo, pero, antes de continuar, necesito que me prestes tu móvil por unas horas. Como comprenderás, no podemos permitirnos que se filtre todo antes de tiempo. Hay mucho en juego.

—Me lo imaginaba... Me ha pasado en alguna presentación.

Le entregué el móvil y el mismo hombre que me había recogido lo guardó en una caja.

Al cabo de unos minutos, nos trajeron las bebidas. Le di un sorbo a mi cerveza mientras Alejandra comenzaba a hablar sobre el proyecto y lo ilusionada que estaba con la idea de que por fin se supiera la verdad sobre esos cuadros que suponían un enigma para la historia del arte.

Pensé que me mostraría el legajo en ese momento, pero no lo hizo. Tampoco las reproducciones de los cuadros. La vi tan emocionada que decidí recordárselo. Para entonces ya había consumido más de la mitad de mi cerveza. Iba a hacerlo cuando empecé a notarme la boca seca. Di un sorbo más a mi cerveza en un intento por librarme de esa sensación. Pero no mejoró. Es más, noté que el calor me envolvía, pese al aire acondicionado. Tanto fue así, que pequeñas gotas de sudor comenzaron a resbalar por mi frente. Yo no sudo mucho, la verdad, solo cuando el calor es excesivo. Y hasta me estaba mareando.

—¿Estás bien? —preguntó Alejandra.

—Sí... sí... es solo que... —balbucí—. ¿Hace mucho calor o me lo parece a mí?

—¿Quieres otra cerveza?

—Mejor un poco de agua.

De pronto me costaba hilvanar las palabras y el mareo iba en aumento. La luz, que me había parecido cálida al entrar, ahora me resultaba molesta. Todo fue muy rápido. Dejé de encontrarme bien casi de golpe.

Alguien dejó una botellita de agua en la mesa. La abrí como pude y le di un trago, sin usar el vaso.

«¿Qué iba a decir?», pensé. Me costaba centrar mis pensamientos y ordenar las ideas.

—El legajo... —dije con dificultad—. ¿Puedo ver el...?

Pero no pude terminar la frase. No recordaba qué quería decirle y tampoco entendía qué me estaba sucediendo.

—Ya está todo listo en el jardín. Vamos a empezar —oí que decía Alejandra.

Sentía su voz suspendida en el ambiente asfixiante de la sala. Habían pasado tan solo unos minutos o ¿quizá habían pasado horas? Experimentaba una creciente sensación de confusión. Era como si Alejandra me susurrara al oído. Sus palabras calaban en mi cerebro como verdades absolutas. Había que hacer lo que ella decía.

Intenté levantarme, pero trastabillé y caí hacia atrás en el sofá. En ese momento descubrí con horror que no podía tenerme en pie sin tambalearme.

Uno de los hombres me ayudó.

«¡Qué vergüenza!» No podía creer que una simple cerveza se me hubiera subido tanto a la cabeza. ¿Qué pensarían de mí?

Me condujeron al jardín y me sentaron en una silla de mimbre de estilo pavo real. La cabeza me daba vueltas, pero era incapaz de verbalizar mi malestar. ¿Es que nadie veía lo que me pasaba?

—Tranquila, todo saldrá bien. —La voz de Alejandra era un eco lejano.

Después, la oscuridad.

Y, con ella, el olvido.

22

Hasta ese día, mi único despertar similar había sido cuando me quitaron las muelas del juicio con anestesia general... Sin embargo, en las últimas cuarenta y ocho horas me había ocurrido en dos ocasiones. Por la mañana en la terraza cercana a mi casa y ahora.

Eran cerca de las once de la noche y aún tenía la cabeza embotada, y una laguna descomunal. Sentía como si me hubiera pasado un camión por encima.

Lo primero que hice fue ir al baño a mojarme la cara con agua fría en un vano intento por despejar mi mente. Frente al espejo, comprobé que aún tenía las pupilas dilatadas, aunque menos. El pulso me temblaba. Vaya, lo ideal para enhebrar una aguja. Y náuseas. No había probado bocado desde hacía horas. Pensé que tal vez se debieran a eso. Me preparé un sándwich y me obligué a comer, pero mi estómago lo rechazó. Tenía un nudo y no pude acabarlo.

Un zumbido en mi cabeza me impedía pensar con claridad, pero lo peor era ese tiempo desvanecido de mi memoria. Nunca me había sucedido nada semejante. Me sentía desprotegida, vulnerable, como si un ser fantasmagórico salido de uno de los cuadros de Goya me hubiera invadido para arrebatarme mis recuerdos.

Con el paso de las horas, pude atar algunos cabos. Tampoco muchos. Sí que recordaba haber subido al coche de producción para asistir al ensayo del ritual para el documental. Y que, una vez en la finca donde me habían citado, me empecé a sentir mal. Poco más. De vez en cuando me venían *flashes*, luces, destellos... Y la espantosa visión de un bebé tirado sobre la hierba. No saber de qué oscura caverna de mi cerebro procedía esa imagen me atormentaba y me generaba una angustia indescriptible, parecida a los terrores nocturnos de los niños, difíciles de espantar, aunque ya hayan despertado y se encienda la luz.

¿Aquello era real? ¿Se trataba de un recuerdo, más o menos distorsionado, o todo era producto de mi mente? Me inquietaba mucho lo que me estaba pasando.

Era muy tarde para llamar a Alejandra y preguntarle qué había ocurrido. ¡Ella tenía que saber algo! Pero ¿qué demonios iba a decirle? ¿Que no recordaba nada? Pensaría que estaba ebria, ida o qué sé yo... Por otra parte, de haber sido ella y verme enfrentada ante una situación así, lo normal —juzgué— habría sido llamar al 112 o acudir a un hospital con la persona afectada. Pero, por la descripción que me había facilitado Antonio, el camarero, el hombre que me había dejado en la terraza del bar era el mismo que me había llevado en coche hasta la grabación. Eso no tenía sentido. ¿Qué clase de persona haría eso?

Algo no encajaba.

Para colmo, cada vez que intentaba evocar los acontecimientos que rodeaban a esa noche me faltaba el aire y se me aceleraba el pulso.

Tenía miedo.

Miedo de verdad.

Como nunca antes lo había experimentado. Una sensación desconocida para mí.

Yo, que, por mi profesión, me creía curtida de espantos, descubrí lo vulnerable que era en realidad. Por definirlo de algún modo diría que se trataba de un miedo paralizante, de los que te cortan el aliento y te bloquean física y mentalmente. Y lo peor es que no era capaz de averiguar su origen. Solo sabía que evocar el recuerdo de esa noche me aterraba.

Intenté serenarme y esperé hasta la mañana siguiente para llamar a Alejandra. No me quedaba otra. Había pasado algo que se me escapaba y necesitaba saber qué era. Pero, para mi sorpresa, su teléfono estaba apagado. Pensé que tal vez era temprano. También reparé en que no tenía ningún otro teléfono de contacto excepto el suyo. Ni siquiera el de algún miembro del equipo de producción. Todo se había gestionado a través de ella y de un modo tan confidencial que me sentía un poco vendida, desamparada. Con el transcurso de las horas, la sensación de haber sido engañada empezó a parecerme cada vez más cercana. Pero no quise pensar mal. En ese momento, decidí esperar un poco antes de volver a telefonearla.

Mientras hacía tiempo, decidí darme una ducha para ver si el agua me ayudaba a despejar la mente. Al quitarme la ropa reparé en algo: una pequeña marca parecida a una picadura en mi brazo derecho. ¿Un mosquito? Me chocó, pero, con todo lo que tenía encima, no le di mayor importancia.

Llamé a Alejandra varias veces a lo largo del día, pero siempre obtuve la misma respuesta: su teléfono estaba apagado o fuera de cobertura. Le escribí varios mensajes SMS y de WhatsApp, pero si los vio no quedó constancia, ya que no figuraban los dos *ticks* azules. En una de esas ocasiones en las que estaba escribiéndole, sonó mi móvil. Era David.

—¿Qué tal ha ido? —preguntó expectante—. ¡Me tienes intrigado! Quiero detalles.

Como es lógico, pretendía saber lo que había pasado durante la grabación. Y «detalles» era justo lo que no podía facilitarle. Me sentí estúpida al contarle lo que había ocurrido. O, mejor dicho, lo que no había ocurrido. Le expliqué hasta donde sabía. Y ¿para qué negarlo? Su valoración de la situación me acongojó aún más.

—Pinta fatal, Clara. Fatal —murmuró—. Creo que, para empezar, deberías ir al médico a que te examinen.

—¿Tú crees? Hoy es domingo. Tendría que ir a urgencias. Y ¿qué hago? ¿Me presento como si tal cosa y les digo que no me acuerdo de nada? No me van a tomar en serio.

—¿Y si te han drogado? No sé, no me parece normal nada de lo que me has contado.

—¿Drogado? Eso solo pasa en las películas, ¿no? —Mi respuesta era más un deseo que otra cosa.

—Comprendo que no quieras ni planteártelo —dijo David con gravedad—, pero hay casos contrastados de ingesta de drogas de manera involuntaria. La pérdida de memoria, el malestar que sientes...

Se quedó un momento pensativo. Lo que dijo a continuación terminó de rematarme.

—Ojalá me equivoque, pero todo apunta a que te han echado algo en la bebida.

David se ofreció a acompañarme a urgencias, pero decliné su ayuda. Después de darle muchas vueltas, decidí llamar a un médico amigo para consultarle mi situación.

Miguel Ángel Pertierra, además de un excelente médico, es especialista en otorrinolaringología y cirugía. Le conozco desde hace años porque, al igual que yo, está vinculado al mundo del misterio. En su caso, a raíz de una experiencia personal que, con posterioridad, dejó plasmada en un libro.[95] No quise contarle todos los detalles, más que nada porque el asunto pintaba mal y no deseaba implicarle más de lo estrictamen-

95. Miguel Ángel Pertierra, *La última puerta: experiencias cercanas a la muerte*, Madrid, Oberon, 2014.

te necesario. Es decir, omití lo del documental, los cuadros y el legajo.

Cuando le expliqué lo que me había pasado y los síntomas que tenía, lo tuvo claro: alguien me había drogado. En su opinión, posiblemente con escopolamina. La temida burundanga. Pensé en la cerveza que me había tomado aquella noche. Las piezas empezaron a encajar, porque era cierto que fue al poco de beberla cuando comencé a sentirme mareada. También me dijo que lo lógico habría sido denunciarlo, pero que, desde el punto de vista médico, por el tiempo transcurrido, sería casi imposible detectarla en mi organismo, ya que, pasadas unas horas, no dejaba huella.

Por otra parte, seguía sin entender nada. No comprendía que alguien con el perfil de Alejandra Ferrer pudiera hacer algo así. No cuadraba con la típica situación que se presenta en muchos de estos casos: haber conocido a alguien en un bar, despistarte un momento y que te echen droga en una copa para robarte o violarte después. Esto había sido mucho más elaborado y no tenía sentido. Supongamos que todo fuera mentira, que no existiera ningún legajo, ni tampoco un proyecto para realizar un documental sobre la duquesa, ni las réplicas en color de los dos cuadros desaparecidos de Goya. Si todo era un calculado engaño, ¿qué pretendían de mí Alejandra y aquellas personas que estaban en la casa? Lo único cierto es que no me habían sustraído dinero, ni la tarjeta de crédito, ni el móvil, ¡ni nada! Entonces ¿para qué se habían tomado tantas molestias?

Pero, por lo que decía Pertierra, la hipótesis de la droga tenía lógica. Y mucha. Alejandra continuaba sin dar señales de vida y yo no era capaz de sospechar qué había detrás de esa maniobra porque mi memoria estaba sesgada, cubierta por un velo que me imposibilitaba conocer la verdad. Aun así, todo aquello pasaba a un segundo plano cuando me asaltaban esos terribles *flashes*. La sensación de zozobra era indescriptible.

En medio de esa angustia, a Pertierra se le ocurrió algo que tal vez podría ayudarme a aclarar mi mente. En su opinión, tal vez no todo estaba perdido y existía una vía para acceder a mis recuerdos.

23

El doctor Pertierra bajó la persiana de su despacho para que la estancia quedara en penumbra.

—Ponte cómoda, Clara —dijo Miguel Ángel al tiempo que señalaba con su mano hacia un diván negro que había junto a una silla—. Lo mejor es que te quites los zapatos y te tumbes.

Le hice caso.

—Registraré todo lo que digas aquí —comentó mientras sacaba una grabadora de un cajón de su mesa—, así podrás escucharte después.

—Sí, por favor, grábalo todo. De hecho, yo también he traído mi propia grabadora. Necesito saber qué ocurrió aquella noche. Si puedes sacarla, está en el bolsillo interior de mi mochila. No puedo permitirme que haya un fallo durante la grabación. En este caso, dos mejor que una.

Miguel Ángel la extrajo y colocó ambas grabadoras juntas.

Habían pasado dos días desde mi charla con él por teléfono. Ante mi desesperación por la ausencia de recuerdos, me recomendó someterme a una sesión de hipnosis. Pertierra, además de médico, es especialista universitario en hipnosis clínica. Alguna vez habíamos hablado de ello, pero no imaginé que un día me vería forzada a recurrir a esta técnica. Lo único bueno de esta situación era que sabía que estaba en buenas manos. De otro modo, no habría permitido que nadie hurgara en mi mente.

A pesar de que Miguel Ángel vive en una ciudad en el sur de España, viaja con frecuencia a Madrid, ya que tiene una casa a las afueras de la capital. La casualidad había querido que tuviera previsto venir dos días después de hablar conmigo. No me lo pensé mucho y decidí aceptar su propuesta.

Antes de eso, intenté localizar la finca donde había estado con Alejandra, para ver si lograba hallar alguna pista de lo ocurrido, pero, por más vueltas que di con el coche, no fui capaz de encontrarla. La verdad es que algo en mi interior se negaba a creer que había sido víctima de una farsa.

—Es necesario que estés calmada y concentrada en lo que vamos a hacer —dijo Miguel Ángel devolviéndome al presente.

A continuación, me colocó unos electrodos. Estos le ayudarían a monitorizar mis pulsaciones y mi frecuencia cardíaca. Luego se sentó en la silla, junto al diván, y comenzó a hablarme con voz suave y palabras tranquilizadoras.

—¿Estás segura de que quieres hacerlo? —susurró

Miguel Ángel. De fondo empecé a escuchar el sonido de un metrónomo.

—No me queda otra. Tengo que saber qué ocurrió o no podré volver a dormir tranquila por las noches. La imagen de ese bebé tirado en el suelo me tortura.

Miguel Ángel asintió y accionó una linterna de luz estroboscópica que enfocó directamente a mi rostro.

Lo que sigue a continuación es la transcripción de lo que registré con mi grabadora. He preferido exponerlo tal cual para evitar una posible distorsión en mis recuerdos.

—Cierra los ojos e inspira hondo para que el aire llegue a tu abdomen. Inspira... y ahora espira. Despacio, con tranquilidad. No hay prisa.

»Muy bien. Concéntrate en tu respiración. Inspira... espira; inspira, espira...; inspira, espira... Tu cuerpo se va relajando, tus músculos se destensan... estás tranquila y a salvo. Inspira... espira. Nada malo puede pasarte. Inspira... espira. Cada vez estás más tranquila y más relajada.

»Escucha mi voz... Olvídate de todo lo demás... Solo cuenta el aquí y el ahora... Diez, nueve, ocho... Cada vez estás más relajada... Siete, seis, cinco... Más y más... Cuatro, tres, dos... Calmada... uno, cero... Escúchame atentamente... imagina que estás en un lugar cómodo y placentero. Puede ser una montaña, el campo, una playa... el lugar que tú decidas, donde te sientas bien.

—Ya.

—¿Dónde te encuentras?

—Estoy en una playa.

—Muy bien. Siéntate en la arena. Nótala bajo tus pies descalzos, percibe su tacto. Inspira, espira... Suaaave. Mira a tu alrededor. El mar está en calma, apenas hay olas y el cielo es maravilloso. Inspira, espira... El sol está bajando. Toma aire fresco y puro. Respira.

»Ahora quiero que te levantes y camines hacia tu izquierda, hacia el pasado. Si caminas en esa dirección, un poco más adelante verás un cofre de madera. ¿Lo ves?

—Sí.

—Ve hacia él. Camina tranquila, sin prisa, acompasando tu respiración. ¿Cómo es el cofre?

—Pequeño, de madera oscura y lisa. Muy suave.

—Cógelo. Siente la madera en tus manos. ¿La notas?

—Sí.

—Dentro están las respuestas que buscas. Cuando abras la caja te transportarás a la noche del viernes y recordarás todo lo que ocurrió. Tranquila, tranquila... Inspira, espira...

—Tengo miedo.

—No ocurre nada. No te agites... Respira, respira... Deja el cofre donde estaba. Tranquila, respira. Siéntate al lado. Inspira... espira... Inspira, espira... Estoy contigo. Nada malo va a pasarte. No lo abras hasta que estés convencida de que quieres ver su contenido, de que quieres acceder a tus recuerdos.

—Sí quiero. Quiero saber lo que ocurrió, pero tengo miedo.

—Para poder abrirlo tienes que relajarte del todo y dejar el miedo fuera. Respira, suaaave... Inspira, espira... Tranquila, Clara. Estoy contigo.

»Muy bien. Lo estás haciendo genial. Ahora, dime: ¿qué es más grande, tu deseo de recordar o el miedo?

—Quiero recordar.

—No olvides que no estás sola. Coge el cofre... ¿Lo tienes?

—Sí.

—Ahora... ábrelo. Sin miedo. Dime qué ves.

—Estoy entrando en una casa de campo. Está cayendo la noche.

—¿Hay alguien más?

—Sí, está Alejandra, el conductor que me ha traído y otras dos personas que no conozco.

—¿Te dice algo?

—Me invita a sentarme y me ofrece una bebida.

—¿Y tú qué haces?

—Pido una cerveza y ella vino blanco. Estamos haciendo tiempo. Dice que pronto dará comienzo el ensayo.

—¿De qué habláis mientras tanto?

—Alejandra me pide que no utilice el teléfono, no quiere que haga fotos.

—¿Por qué?

—No quiere que se filtre lo del documental.

—¿Te han traído ya la bebida?

—Sí. He dado varios sorbos mientras hablamos.

—¿Y qué sucede después?

—Uff... Tengo mucho calor. Mi boca está seca... Creo que es por el calor, pero me estoy mareando, aunque el aire acondicionado está puesto. Pido agua.

—¿Qué hace Alejandra? ¿Te ayuda?

—No. Dice que está todo listo en el jardín. Intento incorporarme, pero no puedo. Me caigo sobre el sofá. No me tengo en pie. Estoy muy mareada.

—¿Y alguien te ayuda?

—Los hombres me ayudan a ponerme en pie y me llevan en volandas al jardín. Me sientan en una silla de mimbre.

—¿Qué hace Alejandra?

—Ahora no la veo. No sé dónde está.

—¿Y qué ves? Cuéntame qué ocurre en el jardín. ¿Qué hay a tu alrededor? Descríbelo.

—Está oscuro. No veo mucho. Apenas puedo fijar la vista por el mareo.

—Haz un esfuerzo. Dime, ¿qué ves?

—¡Los cuadros! ¡Están los cuadros! Los han colocado sobre unos caballetes, formando un círculo. En el centro hay un espejo, también está sobre un caballete.

—¿Y qué ocurre ahora?

—Intento levantarme. Quiero acercarme para verlos mejor. Pero no puedo. No tengo fuerzas. Oigo risas, pero no sé quién se ríe ni de qué.

—Tranquila, Clara. Inspira profundo y espira... ¡Sigue! Cuéntame qué pasa en ese jardín.

—Hay unos puntos de luz a lo lejos... Se van acercando a mí...

—¿Qué son esos puntos?

—Creo que son antorchas... Sí, hay dos personas con antorchas. Y Alejandra está ahí. Se ha cambiado de ropa. Ahora va vestida de blanco y lleva algo entre sus brazos.

—¿Qué trae entre sus brazos?

—Un bulto.

—¿Qué es?

—No lo sé... Está tapado con un trapo.

—Tranquila, Clara. Traaaanquila. No te alteres. No pasa nada. Estás a salvo conmigo. Respira. Despacio... Así... Muy bien... Calma. Dime, ¿qué ocurre ahora?

—Se acercan a mí...

—¿Quién se acerca?

—Los hombres de la casa.

—¿Qué te dicen? ¿Qué quieren?

—Nada. No dicen nada. Uno de ellos lleva algo.

—¿Qué lleva, Clara?

—Una jeringuilla. ¡Es una jeringuilla! Tengo miedo.

—Calma, tranquila... Chist... Relaaaja. Cuéntame qué pasa.

—Me están sujetando. Me colocan una goma en el brazo. No tengo fuerza para resistirme.

—¿Y qué hace Alejandra? ¿No hace nada?

—Está de pie, mirando. Sonríe. Me da miedo su mirada. Me clavan la aguja. Intento gritar, pero no puedo.

No soy capaz; mi cuerpo está flojo, no me obedece. ¡Me están sacando sangre y no puedo hacer nada!

—Tranquila, relaja... relajaaa... Inspira, espira... No va a pasarte nada malo. Estás conmigo... ¿Qué ocurre después?

—Alejandra tiene un puñal.

—¿Un puñal? ¿Estás segura?

—Sí. Lo llevaba en un bolsillo. No. ¡No lo hagas! No... no... no... ¡Nooooo!

—¿Qué ha pasado?

—¡No! ¿Por qué?

—¿Qué ocurre?

—Se lo ha clavado, ¡le ha clavado el puñal!

—¿A quién?

—Al bebé.

—¿Está muerto?

—Cae sobre el césped. No sé. No veo sangre.

—¿Ha muerto, Clara?

—Está oscuro y no se mueve, ni llora.

—Haz un esfuerzo. Dime si está muerto.

—No es un bebé. ¡No es un bebé! Es un muñeco. ¡Es solo un muñeco!

24

Pasé los siguientes días absorta, metida en una especie de crisálida.

La regresión hipnótica y el acceso a mis recuerdos inhibidos habían sembrado en mí más dudas que respuestas. No podía hacer vida normal; no lograba centrarme en eso que se denomina «cotidianidad». Acudía al trabajo en estado de semitrance, hacía lo que podía y cuando regresaba a casa no tenía ganas de hacer nada ni de ver a nadie.

Creo que estaba en estado de *shock*.

Ni siquiera mi familia estaba al tanto de lo ocurrido. No quise preocupar a nadie y menos aún a mi madre. Por eso le oculté todo. Esos días evité ir a verla y le puse excusas para no hablar por teléfono. Me comunicaba solo mediante mensajes de texto. Pero ella me conoce demasiado bien. Pocas cosas se le escapaban y sabía que, de un modo u otro, notaría mi turbación, ya fuera en mi rostro o en mi forma de comportarme.

Por las noches era peor. Sentía que me faltaba el aire y abría todas las ventanas de la casa en un vano intento por recuperar la respiración. O quizá lo que deseaba recobrar era la tranquilidad perdida.

Pero eso ya no era posible.

Había un antes y un después de la sesión de hipnosis. Se había producido una fragmentación de lo que el común de los mortales denominamos «normalidad», y yo no podía volver a ser la Clara de antes, la que ignoraba la verdad. Se había quebrado una membrana y ahora me tocaba traspasarla y mirar en su interior.

Pero no estaba segura de querer descender a esa caverna.

Miguel Ángel Pertierra había procurado tranquilizarme. Me había explicado que ante situaciones traumáticas era normal reaccionar así, pero a mí eso me serenaba más bien poco. Porque ahora sabía que aquella noche, en esa finca de las afueras de Madrid, había ocurrido algo grave. Ya no se trataba de una mera sospecha, era una certeza. Daba igual si al final resultaba que lo que había visto no era un bebé muerto, sino un muñeco. En parte suponía un alivio, sí. Pero la verdad es que nada de lo ocurrido desde la llegada de Alejandra Ferrer a mi vida era medianamente normal. Todo se había trastocado. Y ahora estaba pagando una factura emocional.

Había escuchado la grabación, atónita, una y otra vez, sin dar crédito a lo que yo misma había relatado durante la sesión. De no haberla grabado, si solo me lo hubieran contado, no lo habría creído. Sin embargo, no podía negarlo: esa era mi voz. Aunque a mí me pareciera la voz de una desconocida.

Casi todo encajaba.

Estaba claro que, como sospechábamos Pertierra, David y yo, me habían drogado. Lo más probable es que me hubieran echado algo en la bebida. No podía ser casual que me sintiera mal nada más dar dos o tres sorbos a la cerveza. Me habían echado algo en el vaso. Eso era seguro. De no ser así, no me explicaba cómo, al verme trastabillar, ninguno de los presentes acudiera en mi ayuda. En lugar de eso, me habían trasladado al jardín con aviesas intenciones para después dejarme tirada en la terraza de un bar próxima a mi domicilio. No, aquel no era un mareo causado por el calor, el alcohol o una bajada de tensión. Ellos esperaban que eso sucediera y solo podía deberse a que lo tenían todo bien calculado.

Hasta ahí estaba claro, pero no acababa de entender el desarrollo de los acontecimientos posteriores. ¡Por Dios bendito, si hasta me habían sacado sangre! Costaba creerlo, sí. Pero ahora cobraba sentido la marca que había advertido en mi brazo y que ingenuamente tomé por la picadura de un mosquito. Sin embargo, por más que me esforzara, no concebía el motivo por el que querían mi sangre. Y eso me turbaba. Uno no va por ahí sacándole la sangre a los demás a menos que sea el protagonista malvado de una novela de terror.

Tampoco me cuadraba que Alejandra se hubiese tomado la molestia de colocar los cuadros en caballetes formando un círculo. Más aún: ni siquiera que los hubiera traído a una finca alquilada si no tenía intención alguna, como había quedado patente, de enseñármelos ni de grabar un ensayo para un documental que no existía. Eso le habría valido como señuelo para atraerme a la finca, como así había sucedido. Eso y la promesa de mostrarme el legajo (¡si es que existía!, algo de lo que, a esas alturas, dudaba). Pero lo que no tenía sentido era preparar ese teatrillo para nada. Si no había ningún documental en marcha, la escenografía sobraba.

Sin embargo, lo más desconcertante de todo —y lo que de verdad me angustiaba— era la visión del muñeco y el puñal. Que Alejandra le hubiera asestado una puñalada a un muñeco solo podía significar una cosa: que estaba seriamente trastornada. O quizá, con independencia de que así fuera, lo cual no podía descartarse, había algo más; algo que se me escapaba y que podía darle sentido a todo cuanto había vivido esa noche en la finca.

Por eso le pregunté a Miguel Ángel Pertierra si cabía la posibilidad de que mi mente me hubiera jugado una mala pasada, de que hubiera inventado o rellenado espacios oscuros con un relato que no era del todo verídico. Y, aunque existía dicha posibilidad, él, por su experiencia en la hipnosis clínica, no creía que fuera mi caso. Las emociones, la coherencia del relato, mis constantes fisiológicas y la ansiedad mostradas no eran ficción. Me confesó que, en más de una ocasión, pensó en despertarme debido al alto grado de afectación que apreció en mí. Estaba convencido de que se trataba de hechos reales bien estructurados. No tenía duda de que yo simplemente había contado lo que había vivido.

También valoré la opción de acudir a la policía para denunciarlo todo. Pero, a fin de cuentas, ¿qué podía decir? Según Miguel Ángel, la droga que me habían suministrado era de las que pasadas unas horas no dejan rastro en el organismo. La pérdida de memoria y el resto de los síntomas que presenté las horas posteriores a mi estancia en la finca así lo indicaban. ¡Y habían pasado varios días!

Además, ¿para qué negarlo? La historia en sí misma no podía ser más rocambolesca. ¿De qué podía acusar a Alejandra? ¿De haberme engañado con lo del falso documental de la duquesa? ¿De haberme sacado sangre contra mi voluntad? No podía probar nada. Ni siquiera su número de teléfono estaba ya activo. Transcurridos unos días había dejado de funcionar. Sería mi palabra contra la suya. Entendería que la policía me mandara a freír espárragos. ¡Si hasta a mí me costaba creer lo que había sucedido!

Pero soy de la creencia de que las cosas no pasan porque sí. Por eso todas esas dudas en el aire me hicieron plantearme opciones de todo tipo. La que resonaba en mi cabeza con más fuerza era un poco retorcida, pero era la única que me encajaba en ese escenario: que hubiera un engaño en el discurso de Alejandra, pero que también hubiera cosas que fueran ciertas. Un popurrí difícil de discernir.

Para empezar, no podía atestiguar que el legajo de

la doncella existiera, pero sí que había visto —aunque fuera bajo el efecto de una droga— las réplicas de los seis cuadros de la serie «Asuntos de brujas», incluyendo las dos obras desaparecidas cuya pista se había perdido en México. Se supone que nadie sabe qué colorido tienen dichas obras, pues solo se conservan fotografías de mala calidad en blanco y negro. No obstante, los cuadros que había visto tenían colores. Eran obras maravillosas que no desentonaban nada con el resto. ¿Habría tenido Alejandra acceso a esas obras, tal como me contó, y las había copiado?

También había visto un espejo que parecía antiguo, y según Alejandra, la duquesa había utilizado uno para hacer su ritual protector. Si todo eso era una mentira, ¿qué hacían esos elementos en el jardín? ¿Para qué molestarse en urdir ese plan, si yo no me iba a enterar de nada porque estaba drogada? Si los habían llevado ahí era por algo.

Continuando con este razonamiento, Alejandra había dicho que, tras la rotura del espejo, para evitar que el proceso se revirtiera en contra de la duquesa, era preciso realizar otro ritual, ya que solo era posible que la misma persona hiciera el primero una vez en la vida. Tenía que ser otro diferente, uno mucho más lóbrego y sangriento, pues exigía a cambio una contraprestación: la vida de un recién nacido, de un inocente.

Alejandra también comentó que la duquesa se negó a llevarlo a cabo porque no estaba dispuesta a generar dolor a otros para evitar el mal y que decidió asumir las consecuencias de la rotura del espejo, aunque no hubiera sido ella quien lo hiciera añicos. Todo eso cuadraba con la presencia del muñeco que vi tirado en la hierba. Pero claro, por fortuna, lo que vi era un muñeco, no un bebé... ¿Qué sentido tenía?

Tras darle muchas vueltas una idea se instaló en mi cabeza. Tal vez, como me había explicado Alejandra, en efecto, había acudido sin yo saberlo a un ensayo; a una prueba. A un acto previo al verdadero rito. ¿Pretendía Alejandra Ferrer realizar el ritual de sangre que la duquesa se negó a hacer? Podía sonar enrevesado, fantasioso y hasta propio de una mente desquiciada, pero era lo único coherente que se me ocurría para explicar lo que había visto aquella noche en el jardín. Y si así era, ¿qué pretendía lograr? ¿Esperaba conseguir algo o se trataba solo de una persona enferma, con mucho dinero y tiempo libre?

No había que olvidar que todo ese montaje había costado dinero. Alejandra Ferrer estaba forrada. Eso era seguro. Había comprado un título nobiliario y tenía una colección de arte que para sí la quisiera la mismísima Alicia Koplowitz. Dinero y locura: una combinación fatal que la convertía en un ser deletéreo. Así que concluí que acudir a la policía no era una buena opción a menos que tuviera pruebas sólidas. ¡Y no las tenía!

Por otra parte, ¿qué papel desempeñaba mi sangre en todo eso?

Se me antojaba que había detalles que carecían de

sentido o, si lo tenían, era demasiado siniestro como para planteármelo. A veces, en la vida, hay cosas terribles que nos cuesta concebir porque a nosotros ni siquiera se nos pasarían por la cabeza. Jamás. Pero que, en cambio, para otras personas podrían llegar a ser hasta normales.

Solo Dios sabía qué clase de ideas podía albergar la mente de Alejandra Ferrer.

25

Realizar el ritual de sangre.

¿Era eso lo que pretendía Alejandra? Sí. Lo sé. Parecía de locos. Llegué a pensar que tal vez la que había perdido el juicio era yo. Quizá me había obsesionado en exceso con los duques, El Capricho y los malditos cuadros de Goya. Acaso lo que necesitaba era desconectar y olvidarme de todo. Pero ¿qué otra explicación tenía si no lo que había visto?

Por desgracia, a mí no se me ocurría una mejor.

Algo en mí se activó y me hizo salir de mi aparente letargo. Tenía que contárselo a alguien; a una persona que pudiera poner un poco de cordura en mis ideas. Alguien que me dijera: «Es imposible, Clara. Olvídalo ya». Sí, eso era lo que precisaba en esos momentos. Y la única persona que sabía todo lo ocurrido de principio a fin era mi amigo David. A Miguel Ángel había evitado contarle algunas partes para no involucrarle. Encima que me había hecho el favor de ayudarme, no iba a meterle en un embolado. Respecto a Javier, en determinado punto, también preferí dejarlo al margen. Así que quedé con David en una terraza y, frente a un par de cafés, le expuse lo ocurrido y mis sospechas. En realidad, solo pretendía que me quitara esas ideas de la cabeza.

—Un poco a locura sí que suena. Porque te conozco y sé que no estás tan mal de la cabeza —dijo David sonriendo y enfatizando ese «tan»—. Pero, para que me quede claro, ¿tú lo que estás sugiriendo es que esa mujer, la tal Alejandra Ferrer, pretende reproducir el segundo ritual usando un bebé en lugar de un muñeco, y que a lo que asististe el otro día fue a un ensayo?

—Sí, más o menos —respondí bajando la cabeza, avergonzada.

—¿Para qué te necesitaba a ti entonces? Quiero decir... podría haberlo hecho sin tu presencia, sin arriesgarse a nada y en la intimidad de su hogar, que seguro que dispone de un estupendo jardín para ello.

—Pues no lo sé, la verdad. Tampoco entiendo por qué querrían sacarme sangre y, al parecer, me la extrajeron.

—Pero, sobre todo, Clara: no se me ocurre para qué querría ella, en concreto, llevar a cabo ese ritual. Suponiendo que fuera verdad lo que te contó sobre la doncella, según esta, la duquesa hizo el primer rito para proteger a sus vástagos. Y, que sepamos, esa mujer no está emparentada con la duquesa. En cambio, tú sí. Al menos, si fuera descendiente suya tendría alguna lógica.

—Ya. Tienes razón. Sé que hay lagunas en mi teoría, pero creo que se deben a que nos falta información. Es que, si lo pienso, tampoco encuentro otra explicación que encaje mejor. Te recuerdo que Alejandra compró un título nobiliario. No es descendiente suya, pero quizá le hubiera gustado serlo. ¡Qué sé yo! Tal vez, aunque nade en la abundancia, sea una mujer acomplejada. Hay sentimientos que no se pueden borrar ni con todo el dinero del mundo. ¡Vete a saber!

—Es todo bastante extraño, Clara —comentó David, pensativo—. No me refiero solo a tu hipótesis, sino a todo. Y, la verdad, tampoco me atrevería a decir que no estés en lo cierto. A veces hay cosas que parecen imposibles, pero que suceden. El pensamiento mágico es así. Tengo un amigo que vivió cinco años en Guinea Ecuatorial. Le destinaron por trabajo a Malabo y allí vio cosas increíbles. No hablo de que se las contaran, sino de que las vivió en primera persona.

—¿A qué clase de cosas te refieres? —pregunté intrigada.

—Pues fueron varias —carraspeó—. Una de ellas ocurrió en una casa vecina. Por lo visto se había producido un robo y no sabían quién había sido el autor. El brujo local convocó a todos los familiares en la vivienda, que eran tropecientos. Mi amigo acudió en calidad de observador.

—¿Y qué pasó?

—El brujo se presentó con una botella y un palo. Y les dijo que, para descubrir al ladrón, uno a uno, debían introducir el palo por el cuello de la botella. Una cosa sencilla, en apariencia, porque el palo cabía perfectamente. Según el brujo, el que no fuera capaz de hacerlo, sería el ladrón.

—Sigue, por favor.

—Así se hizo. Todos fueron metiendo el palo por la boca de la botella. Todo fue bien hasta que uno de los presentes lo intentó y no pudo. Pero cuando te digo que lo intentó, quiero decir que lo hizo de todas las maneras posibles. No hubo forma.

—Pudo ser por los nervios. Quizá temía ser descubierto —le interrumpí.

—Sí, sí, lo que tú quieras, pero aquel hombre estuvo un buen rato intentándolo, cogiendo la botella, dándole vueltas, probando todas las maneras. Y el palo no entró.

—¿Qué ocurrió al final?

—Que había sido él. De hecho, confesó el robo —concluyó David—. A lo que voy: si quieres que te diga que tu teoría no tiene ni pies ni cabeza, no puedo. Hay un noventa y nueve por ciento de probabilidades de que estés equivocada, pero no un cien por cien. ¿Has buscado datos sobre rituales similares al que supuestamente realizó la duquesa? Al menos para saber si existe alguno parecido y que no es todo una invención de la loca esa.

—No, pero creo que sé quién puede informarme de ello.

26

Cuando llegué a la casa de Salvador Mostaza casi era de noche. Aquel era el pseudónimo de un reputado historiador que había colaborado con la revista en la que yo trabajé. Estaba especializado en rituales antiguos y debo decir que editar sus documentados artículos fue siempre un placer para mí. Sin embargo, Salvador, que impartía clases de Historia Antigua en una universidad, temía que su afición por este tema —de llegar a saberse— se convirtiera en un escollo en su carrera. De ahí que firmara sus trabajos con pseudónimo. El suyo en concreto hacía referencia a la célebre parábola del grano de mostaza, transmitida por Jesús de Nazaret y recogida en el Nuevo Testamento. Salvador —omitiré su nombre real para no comprometerle— hacía referencia al propio Jesús.

El caso es que le llamé apelando a su generosidad. Mi trato con él había sido constante durante los trece años que había estado en la revista y, aunque no éramos amigos, nos veíamos de vez en cuando y entre nosotros se había gestado un clima de cordialidad y simpatía. Preferí recurrir a él para no perder el tiempo buscando en la biblioteca. Sabía que si existía algún ritual parecido al que supuestamente había descrito la doncella de la duquesa, él lo conocería.

Salvador me pidió unas horas y me citó en su casa. Vivía en el centro, en un ático próximo a la parroquia de San Ginés. En una zona estupenda, aunque en un edificio sin ascensor. Tras subir los cinco pisos, llamé al timbre. Aún no había recuperado el resuello cuando me abrió. Lucía una amplia sonrisa. Un par de gatos salieron al descansillo para cotillear quién venía a visitar a su amo.

—Se me olvidó decirte lo del ascensor. ¡Lo lamento! —dijo tendiéndome la mano—. Pasa, pasa, por favor. En compensación tengo limonada recién hecha. Igual con eso consigo que te olvides de las escaleras. O, si lo prefieres, puedo prepararte un cóctel.

—La limonada es perfecta —contesté aún sin aliento.

Salvador me hizo pasar a la terraza. A esa hora todavía se estaba bien al aire libre. Era grande y bien decorada, con abundantes plantas aromáticas y flores. Había algunas luces led de colores diseminadas por las paredes y una lámpara de pie que permitía una buena lectura, aunque pensé que sería un imán para toda clase de bichos e insectos.

—No cambio esta terraza por un piso con ascensor —comentó mientras servía la limonada en dos vasos con dibujos arabescos.

—Es muy bonita. Y ahora, en estas fechas, es un lujo tener una tan amplia en pleno centro de Madrid. Ya casi no se construyen casas con terraza.

—No sabes las fiestas que organizo por San Juan —dijo en tono de confidencia—. Vienen algunos amigos y nos quedamos hasta las tantas haciendo los rituales preceptivos de esa noche. Es divertido. Si quieres te puedes apuntar a la de este año. Es dentro de tres días.

—Me encantará venir —afirmé sonriendo.

Salvador era moreno, alto y de porte elegante. Por lo que sabía de él, enviudó con treinta años y no había vuelto a casarse. Ahora rozaría los sesenta.

De no ser por los verdaderos motivos que me habían llevado hasta su casa, habría podido disfrutar un poco de la charla con él. Pero no eran las mejores circunstancias para hacerlo.

—Te he mirado lo que me pedías —comentó el historiador, centrado ya en el tema—. Así de primeras, lo que me explicaste me sonaba, pero no estaba seguro hasta que recordé algo que puede tener relación, tanto por las fechas que barajamos como por la presencia de espejos.

Saqué mi cuaderno, dispuesta a tomar notas. Al exponerlo a la luz, un mosquito fue justo a estamparse contra sus hojas blancas. Hice caso omiso. Aparté el bicho muerto y comencé a escribir.

—Como sabrás, los rituales raramente se practican de una manera pura. Suena contradictorio lo que te voy a decir, porque, aunque en esencia son acciones inflexibles, con el devenir de los tiempos se han ido adaptando a las necesidades del oficiante. Todo dependía un poco del mago, vamos a llamarlo así, que lo practicara.

—¿Y si no fuera un mago? Es decir, ¿si el oficiante fuera una persona corriente aunque poderosa?

Le había dicho que estaba preparando un artículo sobre las aficiones esotéricas de la aristocracia en el siglo XVIII. Me había visto forzada a mentirle para no involucrarle demasiado en el tema.

—En ese caso, a buen seguro esa persona poderosa estaría asesorada por un mago, un hechicero o un erudito. Y estos solían operar según los intereses del oficiante. Por ejemplo, un rey que necesitase un ritual para que su esposa, aparentemente estéril, pudiera concebir un heredero. Quizá el propio rey fuera el que debiera someterse al ritual, pero no lo haría sin contar con el asesoramiento de un especialista.

—Entiendo.

—Vaya, me ha quedado un poco ácida... —dijo Salvador tras dar un sorbo a la limonada—. ¿Quieres que te traiga azúcar?

—No, gracias. Para mí está perfecta.

Salvador prosiguió.

—Pues bien, al comentarme lo del espejo, los cuadros, etcétera, recordé la existencia de un libro. Una obra fascinante. Se titula *Compendium rarissimum totius Artis Magicae sistematisatae per celeberrimos Ar-*

tis hujus Magistros.[96] Básicamente es un tratado de ocultismo y de rituales mágicos. Está escrito en latín y en alemán. Se desconoce la fecha exacta en la que se publicó así como su autor, ya que este quiso hacer creer al lector que había sido escrito en el año 1057, tal y como figura en las primeras páginas del libro.

—¿Y no es así?

—No. Estudios posteriores han concluido que fue escrito en 1775. Esto es interesante, porque concuerda con la horquilla de fechas que me has facilitado. Es decir, que el ritual que me decías bien podría haberse inspirado en este libro.

Había tomado como punto de partida 1798, que es el año que figura en la factura de los cuadros de Goya. El ritual, de haberse realizado, necesariamente habría tenido que ser posterior a la creación de los cuadros.

—¿Y qué aparece en ese libro?

—Encantamientos, hechizos, rituales mágicos, demonios, símbolos... Pero lo más interesante son las acuarelas que contiene, más de una treintena. He podido ojearlo personalmente y es maravilloso. Se conserva en la Wellcome Library, en Reino Unido. Pero ahora está a disposición de todo el mundo a través de su página web.

—¿Qué fue lo que te llamó la atención?

---

96. *El más raro sumario de todo el Arte de la Magia elaborado por los más famosos Maestros de este Arte.*

—Ah, claro... —Salvador hizo una pausa—. Pues fue esta lámina.

Entonces, con manos temblorosas, abrió una carpeta de cartón gris que tenía sobre la mesa y me la mostró. La tomé entre mis manos y la acerqué a la lámpara que había junto a mí. Me quedé boquiabierta.

—¿Es un ritual con un espejo? —pregunté intrigada.

—Eso es.

Escrita a mano figuraba la palabra «cataptromantia».[97]

La escena se desarrollaba en un cementerio. En la lámina aparecía dibujado un hombre anciano, de barba y pelo blancos, vestido con una túnica gris y un sombrero del mismo color. Posiblemente un mago. Permanecía arrodillado junto a una tumba y en la mano izquierda portaba una varita. Apoyado en la tumba había un espejo. En su superficie, en lugar de verse reflejado el mago, se observaba un hombre ataviado con ropajes del siglo XVIII. Deduje que se trataba del difunto que estaba enterrado en esa tumba. Esta última se hallaba rodeada por un círculo protector confeccionado con símbolos mágicos.

—En realidad todos los ritos se realizan para conseguir un fin —prosiguió Salvador—. Ya sea bueno o malo. Y lo que me describiste tiene que ver con la ca-

97. En español, «catoptromancia». También llamada «hialoscopia». Adivinación mediante una superficie reflectora, preferiblemente un espejo o una bola de cristal.

toptromancia. La presencia del espejo junto a esos cuadros así lo indica. Y los lienzos pueden contener magia en sí mismos. Es decir, que pudieron ser concebidos para dicho fin. Con una proporción concreta, un argumento común, una serie de símbolos que no se entienden a menos que se conozca la serie completa... Esos cuadros debían de simbolizar el mal en todas sus formas posibles dentro del contexto social de la época en la que fueron pintados.

—Eso creo yo.

—Los dispusieron en círculo con el propósito de contener ese mal. En el centro se colocó el espejo, como ocurre en esta imagen. Los símbolos mágicos, para que nos entendamos, serían los propios cuadros y el espejo cumpliría la misión de recoger y condensar el mal para que no pudiera afectar a los descendientes de quien realizara el ritual. En definitiva, es un rito hecho a medida. Si te fijas en la lámina, la acción que describe es un poco diferente: el mago acude a una tumba concreta en un cementerio. Traza el círculo mágico y pretende invocar al hombre que yace ahí enterrado. El difunto acude a la cita. Por eso vemos su reflejo, su esencia, en el espejo.

—Me queda claro. Y, sobre el segundo ritual, el de sangre, ¿qué opinas?

—Que se gestó como un plan B. Si el espejo que contenía todo el mal se rompía, este volvería a azotar a la familia del oficiante. El asesor mágico comprendió la dificultad que entrañaba conservar intacto durante generaciones un espejo, un objeto, a fin de cuentas, muy delicado. Pero, ah, amiga, toda desviación de un ritual original conlleva un precio. La magia es así. Si quieres disfrutarla, tienes que estar dispuesto a dar algo a cambio. Si no, es preferible renunciar a ella.

—¿No es demasiado una vida humana?

—La de un inocente. Un altísimo precio, sí. No me extraña que el oficiante rehusara practicarlo.

—Entonces, si no he entendido mal, esos rituales no te suenan a cuento chino.

—Ni mucho menos, Clara. La desesperación puede llevar a eso y a cosas aún más terribles. Menos mal que este tipo de rituales no están vigentes.

—Sí, menos mal.

Me callé. Pero claro que estaban vigentes.

—Aun así, imagina que lo estuvieran —proseguí—. Supón que el oficiante se negara a participar en el segundo ritual y que el mal se extendiera de nuevo. ¿Tendría algún sentido extraerle sangre a uno de los descendientes del oficiante y que fuera otra persona la que practicara el segundo ritual? ¿Serviría de algo?

—Sentido tiene poco, la verdad. Si la persona que fuera a realizarlo hoy en día no es descendiente de quien practicó el ritual en la Antigüedad y, por tanto, no participó en él, no lo veo factible. Y sobre si serviría, tomó partido de la base de que hablamos de creencias. No se trata de algo racional. ¿Sirve de algo escribir una lista con las cosas negativas que quieres eliminar de tu vida y quemarla en la noche de San Juan?

Era una pregunta retórica. No esperaba una respuesta, así que prosiguió.

—Pero muchas personas lo hacen. Yo mismo —dijo Salvador cerrando la carpeta que contenía la lámina—. Toma, puedes quedártela de recuerdo.

—Gracias.

—Volviendo a tu duda, pregúntate qué ocurre cuando la salud de los tuyos está en juego, cuando has perdido a varios hijos y miembros importantes de tu familia. La impotencia es clave en estos casos. No digo que no pueda existir una parte de verdad en determinados rituales. La historia está llena de ejemplos difíciles de explicar si no es por la acción externa de las fuerzas de la naturaleza. Pero preferimos atribuirlo todo a la casualidad. Y yo, como estudioso, no deseo entrar en esas honduras, más que nada, para no caer en obsesiones. Lo analizo desde fuera, como folclorista. No me pregunto si funcionaban o no esos rituales que, no lo olvides, eran practicados por mucha gente. Si te digo la verdad, prefiero no saberlo.

Dadas las circunstancias, yo también hubiera deseado no tener conocimiento de esos datos. Pero ahora no podía obviar un hecho que ya sospechaba: en la mente perturbada de Alejandra Ferrer se escondían algunas verdades. Quizá, después de todo, sí existiera el famoso legajo de la doncella. Aunque, en realidad, importaba poco si el ritual descrito en él funcionaba o no. Lo importante es que había una persona que creía que sí.

Alejandra era esa persona.

Sus motivos continuaban siendo un enigma. Pero estaba convencida de una cosa: la coleccionista de arte estaba dispuesta a llevarlo a cabo doscientos años después.

27

A menos que lleve prisa, al despertar suelo realizar un balance mental de lo que tengo que hacer durante el día y esa mañana deduje que me esperaba una jornada corriente, condenada a la rutina más absoluta y a pasar sin pena ni gloria en el calendario. Ni por asomo imaginaba la trascendencia que tendría ese día en mi vida. Como suele ocurrir en estos casos, nada presagiaba que los acontecimientos fueran a dar un giro. Además, me había levantado con dolor de espalda. No dormía bien desde lo de la finca.

Me preparé un té y una tostada y me senté en el sofá. Sobre la mesa baja de color blanco que tengo junto a él aún estaba la carpeta gris con la lámina de la catoptromancia en su interior. La extraje y la miré de nuevo, como si al hacerlo pudiera desvelar sus secretos. Nada de eso ocurrió. Ninguna idea inspiradora asomó a mi mente.

Habían pasado tres días desde mi charla con el profesor y seguía inquieta. Evidentemente, estaba descolocaba por todo lo que había averiguado, pero no podía hacer nada más, así que solté la carpeta y le di un mordisco a la tostada mientras removía el té.

Recuerdo que ese día tenía poco trabajo. Lo único digno de mención era que, por la noche, a eso de las nueve, había quedado en asistir a la fiesta que Salvador organizaba en su terraza con motivo de la noche de San Juan. No podía imaginar lo mucho que se me complicarían las cosas ni que pasaría esa velada de un modo bien distinto a como había planeado.

Le di otro mordisco a la tostada y después me duché. Más tarde me entrevisté con un testigo de una supuesta aparición. No tenía nada que ver con el libro sobre la duquesa de Osuna. A este, debido a los acontecimientos vividos en los días anteriores, lo daba casi por perdido. Se trataba de una persona que afirmaba haber contemplado el fantasma de un amigo recientemente fallecido. Había escuchado multitud de historias similares, pero esta tenía algo especial. Según mi testigo, el fantasma le había señalado dónde podría encontrar una llave que su familia necesitaba para abrir una caja que contenía unos valiosos documentos.

Más tarde, a la hora de comer llegué a casa. No era lo habitual, pero cuando podía, prefería comer allí. Al menos ese rato me permitía desconectar un poco del bullicio para tomar fuerza y seguir trabajando. Por costumbre, mientras me preparaba la comida, de fondo tenía puestas las noticias en la radio o la televisión —ese día había puesto la 2—. Así me enteraba de lo que había pasado en el mundo. Aunque a veces, según las informaciones, se te quitaran las ganas de comer.

No estaba prestando especial atención hasta que escuché algo que hizo que dejara un tomate a medio cortar. En el informativo decían que habían secuestrado a un bebé a la salida de una maternidad en Madrid. Al escuchar la palabra «bebé», por puro instinto, sentí una punzada en el pecho. Pero lo que de verdad hizo que la sangre se me helara en las venas fueron las declaraciones de los testigos presenciales. Afirmaban que había sido un hombre de unos treinta años con el pelo completamente blanco. Un dato distintivo que les había llamado la atención y que a mí, en particular, me hizo ponerme mala.

No es un decir.

De pronto sentí un vahído y me tuve que recostar en el sofá, aunque no pude dejar de mirar el televisor. Estaba como hechizada. Faltó poco para que me diera un ataque de ansiedad ahí mismo. Esa era exactamente la descripción del chófer que me había recogido el día que acudí a la finca, el mismo que acompañaba a Alejandra Ferrer cuando quedé con ella por primera vez y el que me había dejado tirada en una terraza de bar próxima a mi domicilio. ¡Ese sujeto trabajaba para ella! Con una característica física tan concreta, solo podía ser él.

El espanto se apoderó de mí en cuestión de segundos al comprobar que mis sospechas podían ser ciertas. En ese instante, los recuerdos recuperados durante la sesión de hipnosis se agolparon en mi cabeza, como escenas de una película inconclusa pasadas a gran velocidad. Me cuesta explicarlo, aunque he pensado muchas veces en ello. Cada recuerdo que me llegaba era parecido a recibir una estocada en el corazón. Una sobredosis de emociones sin filtrar, como la sangre que sale a borbotones al seccionar una arteria.

Mi día acababa de cambiar.

Me habría desmayado, si hubiera podido permitirme ese lujo. Pero no era un buen momento ni siquiera para eso. Tenía que pensar bien cómo actuar.

¿Qué podía hacer?

Muy a mi pesar, debía acudir a la policía. No me quedaba más remedio. Aunque me tomaran por loca. No podía quedarme de brazos cruzados, así que llamé a David para contarle lo ocurrido y rogarle que me acompañara a la comisaría. Pensaba que dos personas harían más presión que una, aunque al final la denunciante fuera yo.

David tenía el teléfono apagado.

Decidí esperar un poco porque no quería ir sola. Cuando por fin hablé con él y le conté lo sucedido, su reacción fue la que ya imaginaba.

—Pero ¿estás completamente segura de lo que dices? ¿Se trata del mismo hombre? —me preguntó—. De no serlo te puedes meter en un gran lío. Y yo, de paso, contigo.

—Lo sé, lo sé. Pero ante la duda tengo que denunciarlo. Imagina que sí es el mismo hombre y no hago nada. ¿Y si matan al bebé? Yo no podría vivir con eso. Por favor, ven conmigo. Si voy con otra persona quizá me tomen en serio. Y no puedo ir con nadie más, porque eres el único que conoce toda la historia.

—Pueden pensar que eres una enferma mental. —Hizo una pausa y añadió—: O peor aún: ¿y si te acusan de denuncia falsa o algo semejante?

—Pues que me acusen. Es un riesgo que tengo que correr. Al menos eso significaría que van a investigar lo que digo.

—Lo que quieres es que nos encierren a los dos, claro. ¿Es una venganza contra mí por algo que haya hecho en el pasado? —Por el tono que empleó, supe que vendría conmigo. En otras circunstancias, me habría reído, pero en ese momento no fui capaz.

Así que David me recogió y fuimos a la comisaría más cercana. Pero, por desgracia, al salir llegamos al convencimiento de que el agente que me había tomado declaración no había dado crédito a mi relato. O, si lo había hecho, no había mostrado señales de ello. Me cuesta describir la impotencia que sentí. Al mismo tiempo, entendí a la perfección que no me creyera.

Mi deber como ciudadana era acudir a la policía, pero hasta yo sabía que la historia se las traía. Además, como es lógico, me hicieron muchas preguntas que no fui capaz de responder. Para colmo, no tenía prueba alguna de lo que decía. Si analizaba fríamente el desarrollo de los acontecimientos, sonaban a pura ficción.

Mientras hablaba observé cómo la incredulidad se

iba reflejando en el rostro del policía con cada palabra que pronunciaba y que estaba más preocupado por el cambio de turno que se perfilaba a nuestro alrededor. Pero hubo un detalle que para mí fue la señal inequívoca de que no me creía: a partir de determinado momento el policía dejó de tomar notas.

También le preguntó a David si él podía refrendar algo de lo que yo decía, si había estado presente en alguna de las reuniones con la coleccionista de arte o con el hombre joven del pelo blanco. En definitiva, quería saber si respaldaba de algún modo mi versión. A mi amigo no le quedó más remedio que decir la verdad.

Y la verdad era que no.

Por mi parte, imaginaba en qué lugar iban a realizar el ritual. Estaba convencida de que sería en El Capricho, pero tampoco podía probarlo. ¿Y cuándo lo harían? ¿Esa misma noche o esperarían varios días a que las aguas se calmaran con respecto al secuestro del bebé? Todo eran interrogantes.

Al final, el agente dijo que mandarían una patrulla para que diera una vuelta por las inmediaciones del jardín. Pero a nosotros nos dio la impresión de que lo había dicho por tranquilizarme más que porque tuviera intención de hacerlo. Total, que cuando salimos de la comisaría ya era tarde. El desánimo se reflejaba en nuestras caras.

—No te sientas mal. Has hecho lo que estaba en tu mano —dijo David intentando ayudarme—. No es culpa tuya si no te han creído.

—Ya. Pero eso no me consuela. No me doy por satisfecha. Por la cara que ha puesto el agente, seguro que ni siquiera va la patrulla. Lo ha dicho para que le dejemos tranquilo. No hará nada, porque, además, si te has fijado, estaba más pendiente del cambio de turno. Seguro que estaba deseando deshacerse de nosotros.

—Déjalo, Clara. Ya no es asunto tuyo.

—Sí que lo es —remaché.

—No. No lo es. Tú ya has informado. Entiendo que estés intranquila, pero ahora es cosa de la policía.

—¿Y por qué no vamos nosotros, David?

Las palabras salieron de mi boca, pero tuve la sensación de que era otra persona la que hablaba por mí.

—¿Adónde? ¿A El Capricho? ¿Te has vuelto loca? —replicó David—. ¿Qué pintamos ahí? ¿Sabes que estará cerrado a esta hora? —repuso mi amigo en buena lógica.

—Solo es ir y echar un vistazo por fuera, por si vemos algo. Simplemente damos una vuelta a la manzana para comprobar que todo esté tranquilo. Sin bajarnos del coche. Solo a mirar. Eso no nos compromete a nada.

—¿Y qué pretendes ver?

—No lo sé. Un movimiento raro, algo sospechoso. ¡Qué sé yo! Ojalá que nada —dije con ojos suplicantes.

David se quedó mirándome con fijeza al tiempo que sacaba las llaves de su coche del bolsillo.

—¿Así te quedarías ya tranquila y olvidarías este asunto de una vez? ¿Para siempre?

—Sí.

—¿Me lo prometes?

—Sí.

—Maldita sea. ¡No sé por qué te hago caso! —protestó al tiempo que pulsaba el mando a distancia para abrir su coche—. Sube, anda. Sube antes de que me arrepienta.

28

—¿Lo ves? No hay nada sospechoso aquí —dijo David dando por zanjado el tema—. Así que, si te parece, lo dejamos ya. Nos vamos a tomar algo, que yo aún no he comido, y nos olvidamos de esta pesadilla.

Mi amigo estaba en lo cierto.

Todo permanecía tranquilo en las inmediaciones de El Capricho. Sin descender del coche habíamos dado una vuelta a la enorme manzana que circunvala el jardín y no habíamos apreciado nada fuera de lo normal.

—Debo admitir que tienes razón —claudiqué bajando la guardia por primera vez en toda la tarde—. Si quieres, justo ahí hay una cafetería.

Me acordaba del local donde había estado con la arquitecta María Isabel Pérez Hernández. Estaba muy poco concurrido a esa hora, así que nos decantamos por la terraza, pues no hacía frío. David pidió una hamburguesa con huevo y yo un sándwich vegetal. Mientras esperábamos a que el camarero trajera nuestra merienda-cena, se hizo el silencio.

—Te conozco y sé lo que estás pensando —aseveró

David cerrando la carta y dejándola a un lado de la mesa—. Pero no puedes hacer más de lo que ya has hecho. No te sientas culpable.

En ese instante, antes de que pudiera contestar, vimos pasar un coche de la policía. No llevaba la sirena encendida. Solo estaba rondando por la zona.

—Mira, pues al final sí que han mandado la patrulla —comentó David—. Aunque da igual. No hay nada que ver por aquí.

—Imagino que habrán pensado que estaba loca, pero no del todo —bromeé guiñándole un ojo—. Porque creerme, lo que se dice creerme...

David sonrió.

—¿De qué te ríes?

—Tendrías que haberte visto la cara mientras declarabas delante de ese policía. Si lo sé te grabo a escondidas con el móvil. En ese momento no me hizo ninguna gracia, lo confieso, pero ahora que ya ha pasado... Seguro que aquel agente no habrá escuchado un relato tan surrealista en su vida.

—¡Ni lo escuchará jamás! —sonreí, empezando a relajarme—. Y lo mejor es que es verdad. Pero esto lo mete Spielberg en una de sus películas y dirían que es una exageración.

—Te veo un poco mejor. ¿Estás más tranquila?

—Sí y no. Pero, en cualquier caso, tienes razón. Ya no podemos hacer más. Ahí atrás está todo en calma —dije señalando con el dedo en dirección al jardín—. Empiezo a pensar que el hombre de la maternidad no era el mismo que vi con la coleccionista. Tal vez todo sea fruto de una increíble coincidencia.

—Es lo más probable. No soy muy de dar consejos, ya lo sabes, pero si me permites uno, te diría que lo mejor es que cuando llegues a casa te tomes una pastillita, te acuestes y duermas toda la noche del tirón. Eso es lo que de verdad necesitas: descansar y sobre todo desconectar de esta historia por completo. Ah, y olvídate del libro por una buena temporada. Con lo que ya lo has pospuesto, seguro que puede esperar un poco más.

—El libro lo tengo más que enterrado. A este paso, no creo que lo escriba nunca. Creo que te haré caso. Me tomaré una valeriana o algo relajante que tenga por casa y a dormir.

Al finalizar salimos de la cafetería entre risas. Había vuelto el clima distendido y jovial de siempre. David y yo nos conocíamos desde el año 2003, cuando por mediación de Javier Sierra supe de la existencia de una de sus novelas, *Hada de noche*, una bella historia que tenía como protagonista a Gustavo Adolfo Bécquer. Desde entonces, era raro el día que, al quedar, no acabáramos riendo por cualquier tontería. David era muy inteligente y me conocía bien. Por eso mientras cenábamos había ido encadenando anécdotas vividas en común en situaciones comprometidas hasta que al final logró su objetivo: que dejara de pensar en lo ocurrido y cambiara el chip.

Ya en el coche, David circulaba despacio, para no

equivocarse de salida, puesto que para regresar a Madrid teníamos que pasar de nuevo por delante del jardín. Yo iba consultando despreocupadamente mi móvil. Al hacerlo, advertí que tenía varios mensajes de Salvador Mostaza.

—¡Mierda! —exclamé con fastidio—. Se me había olvidado por completo. ¡Tendría que estar en casa de Salvador, en su noche de San Juan!

David no dijo nada. Parecía ajeno a mis palabras.

—Clara, mira a tu derecha. ¡Corre! —Su tono había cambiado, ya no bromeaba como antes—. ¿Es ese el tipo del pelo blanco? —preguntó en un susurro, como si el hombre en cuestión pudiera escucharnos.

Aparté la vista del móvil y dirigí la mirada hacia donde me decía.

Entonces lo vi. ¡Era él!

Estaba junto a la entrada del jardín. Y esta vez no había duda: era el mismo individuo que me llevó a la finca la noche que me drogaron.

—Sí. ¡Es él!

Por unos segundos me quedé petrificada, sin saber qué decir. Era como si la pesadilla, lejos de disiparse, hubiera regresado con más fuerza. Y, de pronto, algo en mi cabeza empezó a encajar las piezas del puzle que faltaban.

—Ahora le veo el sentido a todo, David. Van a hacer el ritual esta noche —anuncié como sumida en una especie de revelación—. Y creo que sé por qué han escogido esta fecha.

—¿Por qué?

—Porque acabo de caer en que hoy es la noche de San Juan. ¿Recuerdas que te comenté que la escritura de arrendamiento de El Capricho se había firmado en el día de San Juan?

—¡Ostras! ¡Es verdad!

—Pues ya sabes por qué —comenté con tono lóbrego—. Se ve que Alejandra estaba esperando a que llegara esta fecha. Desde la Antigüedad se considera mágica y propicia para hacer rituales. Me apuesto lo que quieras a que están ahí dentro con los preparativos en espera de que den las doce de la noche. Por eso han secuestrado al bebé hoy. Seguramente, la duquesa hizo el ritual original con los cuadros en una noche como esta, pero doscientos años atrás.

Todos los esfuerzos que David había hecho por tranquilizarme se fueron al traste con sus siguientes palabras.

—Si es el mismo hombre, es imposible que esté aquí por casualidad. Creo que tienes razón: estos cabrones van a matar al bebé.

David había seguido conduciendo con normalidad, para no llamar la atención, y acabábamos de dejar atrás la entrada al parque.

—¡Tenemos que hacer algo! —exclamé horrorizada, echando la vista atrás.

—¿Algo como qué?

—No sé, David, pero habrá que pararles de algún modo. Sabemos que, aunque la llamemos, la policía no va a venir. Porque, además, la patrulla acaba de pasar y justo entonces estaba todo tranquilo. No vendrán y me parece lógico que no lo hagan. Por eso creo que debemos entrar nosotros.

—¿Debemos? ¿Nosotros? ¿¡Pero qué dices!? Ni de coña, Clara. —Su tono era tajante—. ¿No ves que esa gente es peligrosa? Esto no es un juego.

David detuvo el coche para poder hablar.

—Por supuesto que no es un juego —protesté—. Entonces ¿qué hacemos? ¿Nos vamos y fingimos que no va a ocurrir nada ahí dentro?

—Pues no lo sé. No sé qué podemos hacer, pero lo único que tengo claro es que no voy a entrar ahí —insistió negando con la cabeza—. Para empezar, esa gente tendrá armas, digo yo. ¿Qué crees que nos harán si nos descubren? Llegados a este punto de locura, no les va a importar deshacerse de nosotros.

—Ya, tienes razón. Y de verdad que comprendo perfectamente que te dé miedo entrar porque a mí también —dije al tiempo que abría la puerta del copiloto—. Pero no podré volver a dormir tranquila por las noches si, sabiendo lo que sé, no hago algo. Así que estamos perdiendo el tiempo discutiendo. Yo voy a entrar.

Acto seguido, me bajé del coche y comencé a caminar en dirección al jardín.

—¡Eh, espera! ¿Adónde vas? —le oí decir desde el coche.

No contesté y seguí caminando. Estaba claro adónde iba. No podía obligarle a venir conmigo ni tampoco quería hacerlo. Bastante me había ayudado ya.

Pero de pronto David hizo algo inesperado. Arrancó el vehículo, metió la marcha atrás y pisó el acelerador hasta colocar su coche a mi altura. Por suerte, a esa hora no pasaba nadie por ahí. Luego accionó el freno de mano y bajó del coche pegando un sonoro portazo.

—¡Joder, Clara! ¡Eres muy cabezota! Está bien, está bien. No quiero entrar ahí, pero no voy a permitir que lo hagas tú sola. Así que, si vamos a hacerlo juntos, por lo menos pensemos un plan coherente, algo que tenga pies y cabeza. ¡Por Dios, Clara, razona!

Por supuesto, una vez más, David estaba en lo cierto. No podíamos entrar ahí como si tal cosa y pretender salir indemnes como si fuéramos los protagonistas de *Expediente X*. Menos mal que me frenó porque reconozco que, en aquel momento, estaba ofuscada.

—Vale, sí. Es verdad. Tienes razón —claudiqué.

—¿Que tengo razón?

—Sí.

—¡Pues sube al coche de una puñetera vez!

En trece años nunca le había visto tan enfadado.

—Mira, Clara: entrar por entrar no sirve de nada —arguyó con la lucidez que a mí me faltaba—. Lo que tenemos que conseguir es que venga la policía para que frenen a esa gente. Nosotros solos no podremos. Eso sería una locura y no ayudaríamos en nada a ese bebé. Es más, podríamos desencadenar que las cosas se precipitaran.

—Sí, pues como no provoquemos un incendio, ya me dirás. —Por supuesto, mi ocurrencia era ironía pura.

—Pues, oye... no está mal esa idea —dijo pensativo—. Eso podría valer como excusa para atraer a los bomberos y la policía.

—No estarás hablando en serio, ¿verdad? ¿No pretenderás que le peguemos fuego a El Capricho? —pregunté, alarmada.

—No.

Respiré aliviada. Tal vez porque no imaginaba lo que iba a decir a continuación.

—Servirá con crear un fuego pequeño —sentenció—. Eso sí, lo suficientemente llamativo como para que vengan los bomberos y la policía. Es más, les podemos llamar nosotros antes de hacerlo. A fin de cuentas, de eso se trata, de que vengan.

—Si te oye mi madre, nos mata a los dos.

—Lo siento por tu madre y por tu antepasada, pero es la única opción viable que se me ocurre. ¿No querías entrar en El Capricho? Pues toma Capricho.

—Ya. Me lo tengo merecido.

—Haremos eso: provocamos el fuego en un seto o donde sea y nos marchamos —remarcó—. Me tienes que prometer que, una vez dentro, no intentarás heroicidades de ningún tipo.

—Por supuesto. Hablas como si yo tuviera ganas de meterme en este follón. Y si lo hago es por el bebé.

—Vale. Pues estamos de acuerdo entonces.

—¿Y cómo entramos? Porque la tapia no es muy

alta, pero si te has fijado, está coronada por una especie de valla. Necesitaremos unas cuerdas o algo.

—Eso es fácil. Con una escalera de dos tramos. —David arrancó el coche—. Vamos a comprar una antes de que nos cierren.

Era una locura, sí. Pero ya no había vuelta atrás. Tal y como se habían precipitado los acontecimientos, no nos quedaba otro remedio que seguir adelante con el plan y cruzar los dedos para que nuestra idea saliera como habíamos planeado.

Provocar un incendio en El Capricho me parecía algo digno de espanto, pero no había tiempo para pensar en una opción mejor ni tampoco para lamentar las posibles consecuencias. La vida de un bebé estaba en juego.

29

—Recuérdame que no vuelva a quedar contigo en una buena temporada —masculló David mientras maniobrábamos con la escalera para acoplarla en el coche. Previamente habíamos tenido que abatir los asientos traseros para que cupiera.

Agobiados por la gravedad de la situación, ambos estábamos desbordados emocionalmente. Pensé en hacer un chiste para rebajar la tensión, pero al final opté por no comentar nada para no empeorar las cosas. ¿Qué podía decirle? ¡Si es que encima tenía razón! Entendería incluso que no quisiera quedar conmigo nunca más.

Aparte de la escalera, que nos serviría para franquear el muro que separaba el jardín de la duquesa del paseo de la Alameda de Osuna, habíamos comprado dos linternas. En el interior, al no ser un parque al uso, no había farolas ni luz de ningún tipo. Además de eso, habíamos adquirido un par de buenos mecheros y botellas de aguarrás. Con dichos materiales podríamos provocar el incendio necesario para llamar la atención de servicios de emergencias, aunque, con sinceridad, temía que se nos fuera de las manos. Me dolía el alma solo el hecho de imaginarlo.

Ya con las compras en el coche, regresamos a El Capricho y aparcamos enfrente del recinto. Por suerte, a esa hora no había problema de aparcamiento. El muro en cuestión no era muy alto, pero en algunas zonas la frondosa vegetación del jardín obstaculizaba el acceso, así que nos esmeramos en buscar una despejada para situar la escalera. Colarse no podía ser especialmente complicado, pensé. Y más con la ayuda de la escalera. Recordaba que la arquitecta María Isabel Pérez Hernández me había contado que, tiempo atrás, unos desconocidos habían entrado por la noche en el jardín para realizar una suerte de rito en una zona de acceso restringido. No les pillaron, pero se descubrió que algo extraño había ocurrido porque, a la mañana siguiente, los empleados hallaron restos de cera y algunos elementos esotéricos diseminados por el augusto suelo empedrado de uno de los puentes que hay en el recinto. Nunca se supo quiénes lo hicieron ni con qué intenciones. Y la noticia tampoco trascendió a la prensa.

Cuando localizamos el punto que más nos interesaba, apoyamos la escalera en el muro y sin mucha pericia, pero de forma efectiva, conseguimos nuestro objetivo: acceder al jardín. Lo malo fue que, al descender, ya en el interior, David pisó mal y se torció el tobillo derecho. Mi amigo reprimió un grito de dolor. Nuestras miradas se cruzaron en la penumbra. Si la telepatía existe, estoy convencida de que ambos pensamos lo mismo: salir de allí iba a resultar mucho más complicado que entrar.

En El Capricho reinaban la oscuridad y el silencio más absolutos. Una no se imagina cuánto cambia un lugar hasta que no se adentra en él de noche y en soledad. En este sentido, El Capricho no era una excepción. A causa de mi trabajo, había estado de noche en todo tipo de emplazamientos: cuevas, criptas, castillos, bosques, monumentos megalíticos y un largo etcétera. Sin embargo, un bello y romántico jardín, como lo es hoy la antigua casa de recreo de los duques, *a priori* amable e inocua, puede tornarse hostil y lúgubre hasta el punto de llegar a hacerte sentir muy incómodo. Nada más cruzar ese umbral que separa el recinto de la calle me sentí invadida por una voz interior alertándome: «No deberías estar aquí. Márchate ahora que puedes». Reconozco que, aunque de manera fugaz, vinieron a mi mente todas las almas de los fallecidos en aquel singular espacio, incluyendo las de mis antepasados. Menos mal que solo fue durante un momento, el tiempo justo hasta que encendimos nuestras linternas para orientarnos.

No sabíamos bien en qué parte del jardín habíamos ido a parar. Enfoqué con la linterna a mi alrededor. Me costó, pero llegué a la conclusión de que nos hallábamos cerca de la plaza de los Emperadores, junto a la Exedra. Caminé hacia ella mientras David me esperaba para no dañar más su tobillo. Necesitaba averiguar dónde podrían estar Alejandra Ferrer y sus hombres.

Poco a poco, mis ojos se fueron acostumbrando a la negrura.

Después de varios minutos que se me hicieron eternos, al fondo, hacia mi izquierda, observé algunos puntos de luz. Tenían que ser la coleccionista y sus hombres. Por puro instinto, bajé la linterna y regresé al lugar donde había dejado a mi amigo esperando.

—Me parece que están por allí. —Señalé con mi dedo hacia donde había visto las luces.

—¿Y qué hay en esa zona? —susurró David—. ¿Lo sabes?

—Estoy un poco desubicada, pero creo que allí está la Ermita. Ese edificio donde se encuentra la supuesta tumba del ermitaño, la que tiene forma de pirámide. ¿Te acuerdas?

—Sí. Ya recuerdo. —Hizo una pausa y prosiguió—. Es peligroso, Clara, pero me temo que tendremos que acercarnos a esas luces. Hay que provocar el incendio lo más próximo a ellas para que los bomberos y la policía puedan dar con esa gente antes de que maten al bebé. Este lugar es tan grande que hay que facilitarles las cosas o puede que todo esto no valga de nada.

—¿Y tu tobillo? ¿Podrás andar? ¿Te duele?

—Un poco. Pero me duele más pensar que he dejado tirada a Ingrid por venir aquí a provocar un fuego —dijo en voz queda.

Ingrid era su novia. Esa noche tenían previsto ir al cine. Pero David lo había cancelado con una excusa.

—Ahora me cogerá manía —comenté con resignación.

—De eso nada. Ya la conoces, si le llego a decir lo que íbamos a hacer, seguro que se hubiera apuntado. Por eso no le he explicado la verdad. En todo caso, se enfadará conmigo por no hacerlo. Y ahora —dijo colocándose su mochila sobre los hombros— vamos a centrarnos. No quiero pasar aquí más tiempo del necesario. Procura enfocar hacia el suelo para que no nos delate el haz de luz de la linterna.

Caminamos como pudimos en dirección a las luces. Íbamos despacio por el estado del tobillo de David. A nuestro paso intuimos la silueta de las ocho esfinges que custodian la Exedra; estas conferían al ambiente un toque tétrico. Por unos segundos imaginé a la duquesa vagando sola en la oscuridad de su jardín, lamentando la pérdida de sus hijos y clamando ayuda a los monstruos alados. Deseché este pensamiento, aunque reconozco que otros parecidos me asaltaban de vez en cuando. Lo que tenía que hacer era concentrarme en la tarea que nos había llevado hasta allí y dejarme de sentimentalismos.

A medida que nos aproximábamos a la Ermita comprobamos que, en efecto, las luces emanaban de ella. La habían iluminado por fuera con antorchas. Asimismo, nos pareció distinguir el movimiento de un hombre trajeado en los alrededores.

—Hasta aquí —susurró David—. No avancemos más. Es peligroso.

—¿Y dónde hacemos el fuego? —pregunté.

—¿Qué te parece si usamos ese contenedor?

Se refería a uno grande lleno de hojarasca que estaba semiescondido entre la vegetación. Seguramente, los jardineros lo habrían dejado allí para no romper la armonía del recinto.

—Vale, pero habrá que separarlo de ahí o corremos el riesgo de quemar medio parque.

—Sí, tranquila. Vamos, ayúdame a moverlo.

Empujamos el contenedor. En medio de la noche, en un lugar tan silencioso como aquel, cualquier sonido se amplifica. O al menos a nosotros nos pareció que habíamos metido demasiado ruido.

Y posiblemente así fue.

Luego David se quitó su mochila y la abrió. Extrajo una botella de aguarrás, se acercó al contenedor y la derramó en su interior, encima de la hojarasca.

—¿Será suficiente para que lo vean desde la calle? —pregunté temerosa.

Era nuestra gran duda. Si llamábamos a los bomberos para denunciar que había fuego en El Capricho, venían y no apreciaban nada anómalo desde el exterior, quizá pensaran que era una gamberrada y decidieran no entrar.

—Confío en que sí. Cruza los dedos.

—Ay, Dios...

—Bueno, allá voy —dijo David infundiéndose ánimo—. Prepara el móvil.

Le hice caso.

Me cuesta ordenar los acontecimientos, porque a partir de aquí todo fue muy rápido. David sacó un mechero tipo Zippo, lo encendió y lo arrojó al contenedor. Rápidamente surgieron las primeras llamas. Estas pronto se extendieron y generaron una sola más grande. Por mi parte, marqué el 112. En cuanto descolgaron, denuncié que unos vándalos habían entrado en El Capricho y que habían provocado un incendio. Sin dar más explicaciones, colgué y apagué el teléfono. En ese instante, ambos nos quedamos de pie, subyugados por el poder hipnótico de las llamas.

—¿Se verá desde fuera? —insistí, dubitativa.

—No lo sé. Pero no pienso quedarme a averiguarlo. No hay tiempo, Clara.

Entonces David hizo algo inesperado. Se acercó al contenedor y lo empujó con fuerza hasta volcarlo.

—Pero ¿qué haces? —dije desconcertada.

Las llamas se extendieron alrededor del contenedor. El estupor que sentí debió de reflejarse en mi rostro.

—Lo siento, pero no podemos arriesgarnos a...

David no pudo terminar la frase. Alguien le golpeó en la cabeza. No soy capaz de describir lo que sentí al ver a mi amigo caer desplomado. Tan solo puedo decir que el pánico se apoderó de mí y me quedé petrificada. Antes de que pudiera correr hacia él para socorrerlo, alguien me empujó y me hizo caer a mí también. Era uno de los hombres de Alejandra Ferrer. A continuación, sin miramientos, me agarró del pelo y me arrastró por el suelo varios metros. La verdad, no intenté resistirme ni hacer ninguna heroicidad por el estilo, pues vi claramente que tenía un arma en la mano derecha. Tal vez la misma con la que había golpeado a David por detrás. Tampoco supe el alcance del golpe que este había recibido porque el individuo, el famoso hombre del pelo blanco, me levantó del suelo y retorciéndome el brazo me obligó a acompañarlo a punta de pistola. Así que el cuerpo de mi amigo quedó tendido en la hierba, inerte, y yo me temí lo peor. Recuerdo que pensé que entrar allí había sido una gran equivocación; un error que no admitía marcha atrás y del que yo era la única responsable.

El hombre me condujo hacia la Ermita. A través de sus ventanas se vislumbraba un haz de luz más tenue. Por el parpadeo que se apreciaba, deduje que procedía de unas velas. Ignoraba el modo en que esas personas habían accedido al recinto, pero, a juzgar por la infraestructura que habían montado, desde luego no había sido con una humilde escalera.

Por primera vez en mi vida vi la puerta de la Ermita abierta. Lo normal es que esta construcción, igual que el resto, permanezca cerrada, ya que no se permite el acceso a los visitantes, que deben contentarse con vislumbrarla a través de un ventanuco en forma de rombo que hay en la puerta. Junto a ella, de pie, vestida con una túnica de tul blanca y con un extraño gesto triunfante en su rostro, estaba Alejandra Ferrer.

Mientras el hombre me ataba de pies y manos, la

escuché decir algo que me aterrorizó aún más, si es que eso era posible.

—No te esperaba aquí, querida Clara. Pero ya que has venido, esto también te concierne. —Y luego, dirigiéndose al hombre le conminó—: ¡Métela dentro!

Su esbirro me empujó y me hizo entrar a trompicones en la Ermita. Como sospechaba, el espacio había sido iluminado con unas velas que formaban un círculo. En su interior, bajo su tenue abrigo, estaban los seis cuadros que Goya pintó para mi antepasada. Habían sido posicionados sobre caballetes, también en círculo, tal y como los había visto el día que acudí a la finca. Justo en el centro habían dispuesto un espejo, también situado sobre un caballete. Aquello fue la confirmación de que mis recuerdos, rescatados bajo la regresión hipnótica del doctor Pertierra, eran absolutamente reales. No había fantaseado ni fabulado. Este descubrimiento me paralizó. Pero el hombre de Alejandra no me dio tregua. De un empujón me hizo perder el equilibrio hasta que caí al suelo y quedé tirada en un rincón de la Ermita.

Después, otro hombre, mayor que el anterior, entró en el recinto con un bebé en brazos. Su cara me sonaba. Es posible que fuera uno de los que estaban en la finca cuando me drogaron. La pequeña —deduje que era una niña por sus ropas— parecía dormida. Al menos no lloraba ni emitía sonido alguno.

—Ponla ahí —ordenó Alejandra—. Y déjanos solas.

El hombre obedeció. Colocó a la niña en un canastillo situado fuera del círculo y se marchó, cerrando la puerta a su espalda. Junto a la pequeña observé la presencia de una nevera portátil y sobre esta un puñal.

—Estás loca —es lo único que se me ocurrió decir al ver semejante panorama.

—¿Loca? Deberías darme las gracias —dijo Alejandra con convicción.

Por un segundo pensé que todo era una elaborada broma de mal gusto o quizá un mal sueño. ¿Que le diera las gracias? No podía hablar en serio. Sin embargo, el brillo de su mirada me hizo comprender que aquella mujer no estaba bromeando.

30

—¿Las gracias? ¿Por qué? ¿Por engañarme, por drogarme? ¿Por qué se supone que debo darte las gracias? —repliqué.

—¡No te he engañado! Todo lo que te he contado es cierto —se excusó Alejandra. El tono y las maneras de la coleccionista eran suaves. Si soy sincera, debo decir que no tenía la impresión de estar ante un ser abyecto. Más bien parecía una persona torturada que había sufrido en exceso. Esto me desconcertó aún más—. Aquí están los cuadros desaparecidos que tanto te interesaban. Míralos bien, ¡disfrútalos! No volverás a ver nada parecido en tu vida.

—Y el legajo de la doncella, eso también era cierto, ¿no?

En realidad solo intentaba ganar tiempo. Tenía la esperanza de que la policía llegara antes de que Alejandra consumara el crimen. Pensaba que si la distraía y hablaba con ella, lograría evitar que ocurriera lo peor. Pese a sus cuidadas maneras, sabía que esa mujer no estaba bien de la cabeza. ¡No podía estarlo!

—No existe el legajo. Me lo tuve que inventar para atraer tu atención porque sin pruebas no me habrías creído. Pero te aseguro que la historia de la doncella es tan real como que estoy aquí contigo ahora mismo. Fue transmitida oralmente de padres a hijos durante varias generaciones.

—No te creo —le dije muy consciente de lo que hacía.

En esos momentos me importaba bien poco la doncella y su vida, solo quería que todo acabara cuanto antes, que apareciera la policía, los bomberos o quien fuera y le pusieran fin.

—¿Por qué no me sueltas y permites que me lleve al bebé? Aún estás a tiempo de no cometer una atrocidad.

Pero ella parecía absorbida por la doncella, obsesionada con ella.

—¿No me has oído? Te estoy diciendo que la historia de la doncella es cierta. —Entonces hizo una confesión que no me esperaba y que me heló la sangre—. Lo sé porque... —titubeó, como si le costara admitirlo— porque... yo desciendo de esa mujer.

Mi rostro debió demudarse. Aquella revelación lo cambiaba todo. Aunque yo aún no supiera por qué, intuí que había una implicación personal para toda esa compleja operación. No imaginaba hasta qué punto.

—No pongas esa cara —dijo Alejandra haciendo aspavientos con las manos—. Tú no me lo dijiste, pero sé de dónde procedes. Te he investigado. Vienes de la rama del segundo hijo varón de los duques, de Pedro. ¿Aún no lo ves? Nada es casual. —Su tono cambió volviéndose casi rogativo—. Me buscaste sin saberlo. Y ahora estamos aquí tú y yo, juntas, más de dos siglos después, para acabar con el mal que se desató el día que mi antepasada rompió el espejo de la tuya. ¿No lo entiendes? Yo he conseguido las réplicas de los cuadros desaparecidos y ahora podemos deshacer por fin este ciclo destructivo, terminar con él para siempre.

De pronto lo comprendí todo... El título nobiliario comprado, su complejo de inferioridad oculto bajo su apabullante fortuna, su obsesión por los «Asuntos de brujas» de Goya, la sangre que me habían extraído... ¡Para eso la quería! ¡Pretendía llevar a cabo el ritual oscuro que mi antepasada se negó a realizar utilizando mi sangre! El espanto y la ansiedad se apoderaron de mí en apenas unos instantes.

—No voy a deshacer nada porque no hay nada que deshacer. ¡La maldición que dices no existe! —grité horrorizada.

—¿Que no existe? ¿Y las muertes de los hijos y los nietos de la duquesa? ¿Las has olvidado ya?

—No, no las he olvidado. Pero no tienen nada que ver. Es una leyenda negra —repuse desesperada—. Además, ¿a ti qué te importa? ¡No es tu familia!

—¡Por supuesto que me importa, Clara! Estás cegada y no ves las cosas como realmente son. El día que Juana, mi antepasada, rompió el espejo, no solo provocó que el mal regresara a la familia de la duquesa...

—Hizo una pausa, como si fuera incapaz de asimilar lo que iba a decir—. Hubo otras consecuencias, daños colaterales, podríamos decir. Juana no sabía lo que hacía. Solo fue consciente un tiempo después, cuando algunos de sus familiares empezaron a morir. Entonces regresó a la casa de los Osuna, de donde la habían expulsado. Intentó hablar con la duquesa para explicarle lo ocurrido, pero tu antepasada no quiso escucharla. Más tarde fueron sus hijos, sus nietos y luego los hijos de estos. El resto ya te lo imaginas, ¿no? La maldición también la había alcanzado a ella, o más bien a los suyos. ¿Y tú te atreves a negarme ahora que la maldición existe? —dijo con incredulidad—. Tendrías que estarme agradecida. Lo que voy a hacer, lo hago también por ti. Por ti y por mí. Por los nuestros —enfatizó.

Yo estaba espantada por lo que acababa de escuchar. Intenté explicarle que ese no era el camino y que lo que decía no tenía sentido alguno.

—Alejandra, no me cabe en la cabeza que alguien de tu cultura y bagaje pueda creer eso. Dices que pretendes ayudarme. Si de verdad quieres hacerlo, ¡desátame! Ese bebé no tiene la culpa de nada. Aún estás a tiempo de evitar un baño de sangre. ¿O es que deseas que se apodere de ti ese mal que afirmas querer destruir?

Pero, por sus siguientes palabras, comprendí que ya no era posible razonar con ella.

—Yo tampoco tengo la culpa; ni tú, Clara. Estamos pagando un altísimo precio porque otros jugaron con las sombras y abrieron una puerta inesperada. Si tu antepasada no hubiera hecho el primer ritual no estaríamos ahora aquí. Mi hijo no estaría en coma, pudriéndose en la cama de un hospital. Tenemos que poner fin a este ciclo antes de que sea tarde. Y hay que hacerlo esta noche. No habrá otra oportunidad como esta.

—Siento lo de tu hijo, siento que esté enfermo o lo que sea que le ocurra, pero te lo pido por favor: ¡recapacita! ¡La maldición no existe! —Mi tono era más un deseo desesperado que otra cosa—. Existen las desgracias, las enfermedades, los accidentes, las casualidades fatales... No ayudarás a nadie matando a esta niña. Solo causarás más dolor.

Sabía de sobra que mis palabras no servirían de nada. Pero, al menos, mientras siguiera hablando, no le haría daño al bebé. Tenía que ganar tiempo. Sin embargo, ella ya no me escuchaba. Había desconectado de mí y de mi discurso. Lo supe por la expresión de su rostro. Se la veía decidida a comenzar el ritual.

—Pensaba usar la sangre que te sacamos el otro día —dijo señalando con la cabeza hacia la nevera portátil—. Pero ya que estás aquí, utilizaremos sangre fresca.

Entonces, con impotencia, vi que se dirigía hacia el bebé. Lo tomó en brazos y cogió el puñal. Luego se acercó a mí y, aunque intenté resistirme, me provocó un corte en el brazo con el filo del arma. Varias gotas de mi sangre cayeron sobre la frente de la niña. En ese instante se despertó y comenzó a llorar, asustada.

En el silencio de la noche empezaron a oírse las sirenas, aunque con la confusión del momento y el llanto de la niña no fui capaz de distinguir si eran los bomberos, la policía o ambos cuerpos a la vez. En cualquier caso, respiré aliviada. Sin embargo, la reacción de Alejandra me hizo temer lo peor.

—¿Qué es eso? —preguntó confundida.

—Es la policía —afirmé tajante—. Viene hacia aquí. La llamamos antes. Y también a los bomberos. Hay fuego en El Capricho, así que será mejor que te entregues o que te marches.

Uno de sus hombres aporreó la puerta.

—Señora, ¡debemos irnos!

Pero ella no hizo caso a su recomendación ni a la mía. Se introdujo dentro del círculo y se cortó en un dedo para que nuestra sangre se mezclara sobre la frente del bebé. Aprovechado el desconcierto, me arrastré por el suelo y, como pude, le pegué una patada al caballete más próximo a mi posición, el que sujetaba el lienzo de *La cocina de las brujas*. Este se precipitó sobre Alejandra y ella, para evitar que se le viniera encima, se apartó. Pero su túnica se prendió con la llama de una de las velas. Por el material con el que estaba confeccionada, el fuego se extendió con rapidez. La coleccionista trastabilló y provocó que algunas de las velas que formaban el círculo se volcasen. La Ermita es un recinto reducido y algunas de las copias de los cuadros empezaron a arder.

—Señora, ¡nosotros nos vamos! —gritó de nuevo uno de sus hombres desde fuera.

Cuando Alejandra se percató de lo que ocurría, la mitad de su túnica estaba en llamas y parte de su pelo comenzaba ya a arder. La coleccionista dio un grito y soltó a la niña, que no paraba de llorar. Como pude la sujeté con mi cuerpo para evitar que cayera al suelo. Luego salió corriendo de la Ermita. Imaginé que intentaría alcanzar la ría, próxima a nuestra situación en el jardín. O cualquiera de los estanques cercanos, como el de los patos. Pero correr era justo lo que no debía hacer. Si me hubiera desatado podría haberla ayudado. Lo cierto es que la vi salir de la Ermita y ya no supe nada de ella. Bastante tenía encima con impedir que el fuego nos alcanzara a la niña y a mí.

Unos minutos después, aparecieron dos agentes de la policía y los bomberos. Me encontraron allí tirada junto al bebé. Me desataron y me hicieron algunas preguntas mientras un bombero apagaba las llamas. El edificio no había resultado dañado, pero los cuadros sí. No supe responder a las preguntas de la policía porque ignoraba qué había pasado en el exterior. A mí solo me importaba saber qué le había ocurrido a mi amigo David. Les expliqué lo poco que sabía y pedí que me acompañaran a buscarlo. Pero, por suerte, ya habían dado con él. Los bomberos lo vieron tirado sobre la hierba cuando entraron a apagar el fuego. En cuanto a este último, ya había sido controlado y los daños, gracias a Dios, eran mínimos.

David se encontraba bien, aunque aún estaba un poco aturdido. Por eso decidieron trasladarnos al hospital.

Un agente nos llevó en un coche patrulla y se quedó con nosotros hasta que se aclaró lo sucedido. A él le hicieron unas pruebas y le curaron el tobillo, y a mí el corte del brazo. A la niña también se la llevaron para examinarla. Aunque manchada de sangre, estaba en perfectas condiciones.

Después nos retuvieron en comisaría hasta que se esclarecieron las circunstancias de nuestra presencia en El Capricho. Al final, la denuncia que había interpuesto en la comisaría esa tarde ayudó a desenredar las cosas.

A la mañana siguiente me enteré de que habían detenido a los hombres de Alejandra cuando intentaban huir de El Capricho. Pero lo verdaderamente inquietante y que ni a mí ni a David nos cuadraba —y aún hoy sigue sin aclararse— fue lo sucedido con la coleccionista.

Según la reconstrucción que la policía hizo de los hechos, Alejandra Ferrer había salido de la Ermita en busca de ayuda, pero sus hombres ya no estaban allí. Como sabemos, habían emprendido la huida. Por tanto, ellos no pudieron socorrerla. Al no hallar a nadie, desesperada, habría corrido en dirección al Estanque de los Patos, que se hallaba más próximo a la Ermita que la propia ría. Debió de llegar envuelta en llamas —yo misma vi cómo su pelo comenzaba a arder— y presumiblemente se habría arrojado al agua. Los agentes hallaron restos de su túnica quemada en el interior del estanque.

Pero lo más extraño y turbador de todo es que Alejandra Ferrer logró desaparecer.

Se esfumó sin dejar rastro. O, mejor dicho, dejó el poco rastro que acabo de explicar. Nunca, que yo sepa, se halló una sola pista que condujera a su paradero. Y, todavía hoy, se ignora dónde se encuentra. La policía sospecha que consiguió escapar, claro. Pero ¿cómo? Si la entrada al parque estaba controlada, ¿de qué forma una mujer con graves quemaduras en su rostro y su cuerpo pudo burlar a la policía y a los bomberos y escalar el muro que separa el jardín de la calle? Sé de lo que hablo porque yo estuve ahí y franqueé esa tapia. Y no resultó fácil. Solo fui capaz de acceder con la ayuda de una escalera, que David y yo retiramos para no delatar nuestra presencia en el jardín. Por eso sé que no pudo hacerlo sin ayuda y más estando, como estaba, herida. Es algo que no logro comprender y que me ha inquietado desde entonces.

Sé que la gente no desaparece sin más.

Sin embargo, ella lo hizo.

Reconozco que durante un tiempo viví con miedo. De vez en cuando aún sufro pesadillas. Sueño con ella, con su regreso, con los cuadros y con lo que ocurrió esa noche de verano en El Capricho. Pero lo cierto es que, hasta el momento de escribir estas líneas, no he vuelto a saber nada de ella.

Es como si se la hubiera tragado la tierra.

Poco más puedo añadir, excepto que las famosas reproducciones de los cuadros desaparecidos de Goya quedaron irremediablemente dañadas. Eso y que días después de lo ocurrido en el jardín me enteré del fallecimiento del hijo de Alejandra Ferrer. Era verdad lo que me dijo. Permanecía en coma en el hospital Georges Pompidou, en París. Llevaba ingresado varios años a causa de la caída de un caballo. Recuerdo que me llamó la atención la fecha de su muerte. Había sido justo la noche de San Juan, cuando su madre intentaba pactar con las sombras para, según creía ella, devolverle la salud perdida.

He pensado mucho sobre lo ocurrido aquella noche en El Capricho, sobre los duques y su descendencia, y ¡cómo no!, sobre los cuadros del inmortal Goya. No puedo negar que hay cosas extrañas en esta historia, algunas incluso inquietantes y que no logro resolver utilizando la lógica. Pero aun así me hubiera gustado poder razonar con Alejandra Ferrer, hacerle ver que las maldiciones no existen, que la vida nos manda duras pruebas combinadas con momentos dulces, que es parte de ese Gran Juego en el que todos participamos a ciegas, sin conocer las reglas. Desde el mismo instante en que nacemos se inicia la partida y ya no es posible detenerla. Puede que nos hayan tocado buenas cartas o... quizá no. Pero lo importante es seguir jugando y encajar lo que llegue, bueno o malo, del mejor modo posible. Hay que adaptarse y el miedo no es una opción. Por ello tenemos que aprovechar nuestro turno con buen ánimo, sin intentar hacer trampas. Porque ella, la Vida, se da cuenta de todo.

Como colofón a esta historia, que comenzó cuando siendo una niña me fijé en el grabado de la duquesa, debo hacer una confesión. Dado mi interés por su figura, mi madre me lo regaló. Y estuvo años a mi lado. Pero, al igual que la coleccionista desapareció en la noche de San Juan sin dejar rastro, con este grabado ocurrió exactamente lo mismo. Fue durante la última mudanza. Sé que las mudanzas tienen estos riesgos: siempre se pierde o se rompe algo. Sin embargo, no puedo negar mi sorpresa al descubrir que era este justamente el objeto desaparecido.

Son esas sincronicidades que te hacen entender que el juego ha acabado y que la supuesta maldición nunca existió.

Epílogo

Me voy.

Lo sé. Llegó mi hora. Puedo sentirlo en el fondo de mi alma. Percibo cómo se aproxima el momento de volver a disfrutar, de estar todos juntos. Por fin. ¡Cuánto he clamado por ello! He vivido más de lo que habría deseado. Pero tú, Muerte, no apareces cuando se te llama. Siempre reclamas tu sitio de manera sibilina y cuando tú lo consideras oportuno.

Te hablo a ti, Muerte. Y lo hago de tú. Nos conocemos demasiado bien para hacerlo de otro modo.

Voy a cumplir ochenta y dos años y me parece que han transcurrido al menos cien desde que vi la luz del mundo por primera vez. He visto pasar a varios reyes ante mí y he sufrido los desastres y la crueldad de la guerra con Francia. Pero todo eso no es nada comparado con la cruda realidad que me has impuesto al irme separando de quienes más amé.

El destino ha querido que naciera en esta casa, que fuera grande de España, que nunca me faltara un plato de comida en la mesa, pero bien sabe Dios que lo hubiera cambiado todo por tener a los míos siempre conmigo. Por no verles desaparecer uno a uno. Por no sentir mi corazón hecho jirones.

Ahora que las canas pueblan ya mis cabellos y que las arrugas surcan mi rostro dibujando el paso del tiempo, puedo echar la vista atrás y hacer balance de lo vivido. Antes fue imposible, pues intentaba aferrarme a lo que aún estaba por venir. Si lo hago, si miro hacia el pasado, veo a mis hermanos del alma, a mi padre y a mi madre, a mis pequeños hijos que no consiguieron salir adelante, a mi querido esposo Pedro, al que siempre querré como solo se ama a un fiel compañero de viaje que te ayuda y te apoya en todo. Aunque lo suyo fue ley de vida.

Pero no imaginaba que aún tendría que soportar más tu presencia y el horror que contigo arrastras cada vez que me visitas. Hice cuanto estuvo en mi mano para evitarte, quise proteger a los míos, ocultarlos de tus garras en mi particular paraíso en forma de jardín. Pero tú tenías reservados otros planes para mí y para ellos. Te dio igual lo que hiciera, proyectara o soñase, porque encontraste la manera de consumar tus designios. No has sido nada generosa conmigo. Eso te reprocho. Ni una tregua me has dado.

Después de la rotura del espejo, todo aquello que había querido evitar volvió. Y lo hizo con más fuerza si cabe. Te llevaste primero a mi hija mayor, a mi querida Pepita, la niña a la que quise ahorrar el sufrimiento de ver a su abuela agonizar. Las fiebres malditas vinieron a por ella el 11 de noviembre de 1817. Supe entonces lo que iba a pasar. Lo supe de un modo que no soy capaz de explicarme ni a mí misma. Lo dije. Lo lloré antes de tiempo. Y dio igual. No pude hacer nada por ella. Por eso asumí la manutención de mis nietos con alegría. Para tenerla en el recuerdo a ella y a esos pobres niños a mi lado.

Pero no. No era lo único que me tocaría ver. También quisiste que poco después, en 1820, tuviéramos que enterarnos del ahogamiento de mi nieto, el marqués del Viso, el hijo primogénito de mi querida Joaquina. Y de la muerte de Teresita, la mayor, con tan solo tres años.

¿Por qué tanto sufrimiento? ¿Por qué? ¿Porque sabrías que podría soportarlo, que pese a todo seguiría adelante?

Continuaste.

Me mandaste más carga.

Te llevaste a Francisco de Borja, a mi primogénito. ¡Cómo iba a imaginar cuando testé y lo incluí como albacea, que tendría que ser yo quien lo enterrara a él! Su muerte me dolió especialmente por el tiempo que perdimos al distanciarnos por su mala cabeza. Aun con todo, siempre lo apoyé en la sombra. A él, a sus hijos y a su esposa María Francisca, a la que abandonó en vida. No me quedó otro remedio, si quería estar con mis nietos. Aunque a dos de ellos, Francisca y Agustín, también te los llevaste demasiado pronto.

Pese a que, en más de una ocasión, te rogué a gritos

que me llevaras de una vez, que acabaras con esta pesadilla de locura, en el fondo, ahora no quiero irme y abandonarlos a su suerte, a tu suerte. ¿Sabes por qué? Porque pese a todo he vivido. Añoro las tardes de luz navegando en falúa por la Alameda, el canto de los pájaros de la mañana que paran a beber en la Fuente de las Ranas, el ulular de los búhos por las noches junto a la Casa de la Vieja y sentarme en la lápida del Estanque de los Patos para recordar a los que ya no están los días en que no me soporto ni yo de la tristeza que arrastro conmigo. Que si algo he hecho bien en esta vida es mi Capricho, del que ya disfrutan mis nietos. Eso, al menos, no te lo podrás llevar. Aunque me marche, seguiré allí, velando por ellos. Nada me apartará de mi jardín secreto ni de la magia que en él habita. Ese es mi deseo para la vida eterna que, creo yo, me he ganado con creces.

Y sí, no me duele en prendas decirte a la cara que te tengo miedo. No quiero encontrarme contigo en la fría tumba y de repente descubrir que estoy viva. Que sé de la soledad que allí se siente, que es la misma que he sentido yo todos estos años evocando el vacío de los míos.

Que me lleven desnuda de lujos, que me amortajen sin pompa, que esta úlcera cancerosa que me has mandado no acabe con mi lucidez en los últimos instantes, para poder ver a mis descendientes junto a mi cama, a los que están presentes y a los que no están. A estos últimos ya los comienzo a atisbar al otro lado de esa puerta, ahora entreabierta. Oigo desde hace días a Perico y a Paquita reír y jugar mientras esperan mi llegada. La fiesta que me han preparado en la Alameda ha de ser maravillosa.

Estarán por fin todos aquí, conmigo.

Dile a los míos, a los que se quedan, que recen por mí, por mí y por ellos. Espero y te ruego que al irme yo, sueltes las riendas, que todo acabe. Que el mal, que yo no pude contener, no se extienda a los que han de venir. Que todo cese. Que mi ataúd lleve una visera de cristal para seguir viéndolo todo hasta que la tierra me cubra y regrese al origen, al polvo y a mi Capricho.

Que así sea.

Madrid, 5 de octubre de 1834

Nota al lector

Aunque la obra que tiene en sus manos es una novela, contiene datos que son rigurosamente ciertos. No es una invención todo lo relativo al simbolismo oculto en el jardín de El Capricho, ni las muertes en el seno de la familia de los IX duques de Osuna. Tampoco lo es la leyenda negra existente sobre la denominada «maldición de los primogénitos», ni las proporciones geométricas ocultas en la serie «Asuntos de brujas», que Francisco de Goya pintó para los duques en las postrimerías del siglo XVIII.

Por expreso deseo de mi familia he evitado dar algunos detalles, que poco o nada aportan a la esencia de esta historia y que, sin embargo, pueden causar dolor innecesario a determinadas personas.

Agradecimientos

No podría empezar este capítulo de agradecimientos sin citar a mi madre, Blanca Escrivá de Romaní Ubarri, y a mis hermanas Sofía, Blanca y Laura, que han seguido —o sufrido— este proceso de principio a fin. También quiero agradecerle al resto de mi familia, a la que conozco y a la que no, su comprensión por lo que se cuenta en estas páginas.

Sin el empuje y la ayuda de tres amigos esta novela no existiría. En primer lugar, mi querido Javier Sierra. Lo mismo ocurre con David Zurdo, quien, además, ha seguido esta historia desde dentro, convertido en improvisado personaje por las circunstancias de la vida. Nacho Ares es el tercero, un fiel amigo en el que siempre he confiado para desvelar los episodios oscuros de la Historia.

Mención aparte merecen Iker Jiménez, apasionado y enamorado de la figura de Goya, que desde la sombra ha estado presente, y Carmen Porter, compañera de aventuras, que supo de esta historia mucho tiempo antes de que se gestara esta novela.

Mi sincera gratitud también a la arquitecta y presidenta de la Asociación Cultural Amigos del Jardín El Capricho, María Isabel Pérez Hernández, cuya ayuda ha resultado crucial. Y a la paisajista Carmen Añón Feliú por facilitarme su libro, una obra maravillosa en la que recoge su experiencia y conocimientos sobre este jardín.

Asimismo quiero agradecerle su inestimable ayuda a Carmen Espinosa, conservadora jefa del Museo Lázaro Galdiano de Madrid, al proporcionarme la información que necesitaba sobre los dos «Asuntos de brujas» que se custodian en el citado museo. Verlos a través de sus ojos ha sido todo un privilegio.

No puedo olvidar la inestimable ayuda y colaboración que me prestaron Pilar León y Juan Rocha, mis cicerones en Aragón, para perseguir pistas y datos sobre el maestro Goya.

Antonio G. Amador, profesor de lenguas clásicas, me ayudó a descifrar los mensajes ocultos en la tumba de la IX duquesa de Osuna, y José Luis González Munuera, experto en simbología, me permitió comprender algunos de los paneles secretos del Casino de Baile.

En el aspecto más técnico, la inspectora de policía Silvia Barrera me aconsejó sobre detalles propios de la investigación policial y el doctor Miguel Ángel Pertierra me asistió en la comprensión de los intrincados laberintos de la mente y la hipnosis.

Mi agradecimiento a mis compañeros en la redacción de *Cuarto Milenio*. En especial a Javier Pérez Campos, por soportar mis embrollos con una sonrisa entusiasta; a Carlos Largo, Pablo Villarrubia, Paco Pérez Caballero y Gerardo Peláez.

Quiero dar las gracias también a mis editoras Lucía Luengo, que vino a buscarme haciendo gala de su fina intuición, sin saber que yo tenía una historia que contar, a Clara Rasero y a Carmen Romero. Mi mención especial para Covadonga D'lom, por su ayuda crucial, por meterse de lleno en esta historia y saber comprender mis ritmos circadianos. También a mi agente Silvia Bastos, que siempre me ayuda y aconseja en las cuestiones literarias, igual que Gabriela Guilera de Riquer y Pau Centellas, también miembros de la agencia.

Estoy en deuda con Beatriz Cepeda y Carla Sánchez, que me facilitaron la fotografía de un cuadro que se atesora en la capilla de los duques en la catedral de Valencia. Aunque finalmente no sale en este libro, me sirvió de referencia para compararla con el boceto que sobre ese cuadro realizó el maestro Francisco de Goya.

Finalmente, aunque no menos importante por ello, deseo expresar mi agradecimiento a la propia IX duquesa de Osuna. Sé que parecerá una locura, pero su esencia es tan poderosa que, más de dos siglos después, me he sentido acompañada y arropada por su sombra durante el proceso de escritura.